KB150604

www.bbulmedia.com

BBULMEDIA

www.bbulmedia.com

운종룡편종견

윤종룡변종편

담적산 퓨전 판타지 장편 소설

2

뿔미디어

목차

9.

늑대는 탐욕을, 개는 의리를

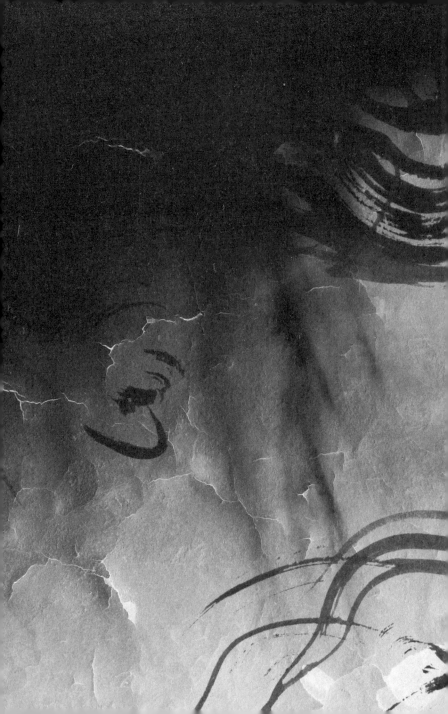

"이 자식!"

광겸이 칼을 죽 내밀었다.

"커컥!"

비명이 나오긴 했다.

주르륵—

피도 흘렀다. 그러나 표정은 흐트러지지 않은 채 그대로
였다.

"말을…… 크, 곧 죽을 몸도 살점이라고 아프군. 말을 전
하겠다. 일단 모용세가에서 보여 준 신위에 감동을 표하신
다더군. 만령충인 삼십을 차 한 잔 마실 시간 만에 아작 냈
다지?"

너무 황당해서 광겸은 할 말을 잃었다.

피가 그대로 광겸의 손잡이까지 흘렀다가 투두둑, 무릎께의 천을 적시고 땅바닥으로 떨어졌다.

지켜보던 사람들도 마찬가지였다.

글자 그대로 마교였다.

마교에 자기 한목숨 아깝지 않은 놈들이 많은 것은 당연했다. 하지만 마교라는 위세를 한 번 떨기 위해 저렇게 목숨을 헌신짝 취급한다는 것은 듣도 보도 못한 일이었다.

광겸은 짜증이 치밀어 소리쳤다.

"아이는? 잡소리 집어치우고, 우리 아현이는 어디 있나!"

흑의인은 목에 꽤 깊이 박힌 칼날을 그대로 놔둔 채 씨익 웃었다.

"그래, 그렇게 급하게 굴어야 천하의 마교에서 애를 납치해야 했던 망신을 위로받지 않겠어? 좀 더 급하게 굴어 봐, 꼬마."

"이 자식이!"

광겸이 다시 움직이려는 순간, 광수가 급하게 제지했다.

"이야기 듣고!"

더 깊이 썰어 들어가려던 칼날이 멈칫거렸다. 흑의인의 얼굴이 일그러지고 입가가 씰룩였지만, 그래도 비명은 나오지 않았다.

얼굴근육을 부르르 떨어 그것으로 고통을 털어 버리는 것이었다.

녹진자가 혀를 찼다.

"사람을 저리 독하게 키우면 기분이 좋은 거야, 쟤네들은?"

종남일기가 성질난다는 듯이 말을 받았다.

"마(魔)잖아! 넌 이십 년 전에 겪어 보고 그새 까먹었냐!"

주르륵―

약간만 움직이는 통에 꽉 물고 있던 살이 비틀리면서 피가 다시 쏟아졌다. 그 와중에도 흑의인은 아무렇지도 않게 말을 전했다.

"아, 우리 선물은 잘 뜯어 봤겠지?"

"선물?"

기가 차다는 듯 종남일기가 중얼거렸다.

듣고 있던 호위무사가 악을 썼다.

"서안에서 상도덕이 뭔지 보여 주신 분을 생으로 썰어 놓은 게 선물이면 네놈들 악행은 대체 어떤 수준이란 말이냐!"

흑의인이 흐흐, 웃었다.

"저런 순진한 놈. 악행이라니, 힘은 그자체로 순수한 거야. 그걸 발산하지 못하게 막으니까 비뚤어지는 거 아닌가."

분을 참지 못한 광겸이 이를 갈며 한 자, 한 자 끊어 말했다.

"죽.으.러. 왔.다.며? 죽기 겁나? 빨리 말하라고. 바로 나머지 반마저 썰어 줄 테니까."

저도 모르게 힘이 들어가 다시 칼이 움찔거리자 흑의인의 얼굴이 그제야 고통을 내보였다. 그러나 입은 계속해 광겸의 화를 자극했다.

"크크으흑! 머, 크큭, 멍청한 자식, 이까짓 일로 흥분해,

칼을 움찔거, 거리다니, 네놈은, 칼잡이의 기, 기본도 없냐, 이 애송아!"

광겸의 얼굴이 파르르 떨렸다.

"말 참 잘한다, 너…… 빨리 불어, 이 자식아!"

"전하지. 그래, 전해 주마. 크크크, 일단, 아이 납치의 일차 목적은……."

흑의인이 손가락을 들어 올려 광겸을 가리켰다.

"너다."

지목당한 광겸이 움찔, 입가를 씰룩였다. 그러나 뭐라고 말을 내뱉지는 못했다.

홍춘이 엉금엉금 기다시피 방문 앞으로 나와 광수의 바지춤을 붙들고 눈물을 흘리며 바라보는데, 아현이를 인질로 잡았다고, 그래서 망신이라 성질난다고 말하는 적 앞에서 어떻게 화를 낼 수가 있겠는가.

흑의인이 얼굴을 비틀어 광겸의 칼에서 목을 빼냈다.

푸욱—

"크허허허헉! 제기, 성질나네, 멋 부리기가 이렇게 힘들어? 이까짓 고통에…… 크크큭!"

고통을 표시한 만큼 흑의인은 삼 형제를 비웃었다.

"네놈이 그 백선고의 여왕충을 본 교에 얌전히 돌려준다면 아이를 풀어주마."

홍춘이 간절한 눈으로 광겸을 바라보았다. 그러자 광수가 빠르게 홍춘에게 변명했다.

"백선고를 지금 빼내면 검이는 죽어."

홍춘의 눈이 암울하게 물들었다. 어머니 약값, 그거 빌리지 못해 자식을 기루에 맡겼던 홍춘이다. 그 꼬장꼬장한 성격에 아무리 내 자식 살리자고 남의 목숨 달라고 할 여자도 아니었다. 그러니 더 고통스러웠다.

이윽고 홍춘의 입에서 긴 신음이 터져 나왔다.

"으으으으, 아현아…… 으흐으으으으……."

그러자 흑의인이 다시 비웃었다.

"왜? 우릴 마교라며? 악마 새끼가 아닌 너희들은 당연히 사랑하는 사람들을 위해 희생해야 하는 거 아니냐? 그게 사랑의 궁극이잖아! 흐흐흐!"

광검은 그제야 대꾸했다.

"난 사랑하기 위해 사는 게 아냐. 복수하기 위해 사는 거다. 너흴 다 씨몰살시켜 버릴 때까지."

"푸핫핫핫핫핫!"

흑의인이 정말 참을 수 없다는 듯 고개를 쳐들고 크게 웃었다. 그 진동에 따라 피가 쏟아졌다.

"그거 어째 우리가 너희에게 더 많이 했던 말 아니냐? 대체 누가 선이고, 누가 악이냐? 마지막 가는 길에 제발 웃기지 좀 마라, 응?"

녹진자가 참을 수 없다는 듯 한마디 던졌다.

"나쁜 놈 소리 듣는 게 그렇게 기분 나빴으면 이제부터라도 좋은 일 하면 될 거 아니냐!"

퍽!

"개똥철학 같은 소리 하고 자빠졌네!"

광겸이 흑의인의 목을 쳤다.

"커허헉!"

피가 콸콸 쏟아졌다.

"그렇게 시간 끌고 잔머리 굴릴 거면 강하다는 말을 꺼내지도 말든가, 이 새끼야! 힘으로 한다며! 빨리 말해!"

흑의인은 바닥에 구르고 숨을 헐떡였다.

"헉, 헉, 크흑…… 제기, 이런 푸대접을 받을 줄 알았으면 그 꼬마 계집년 가랑이 사이를 으스러뜨리고 오는 건데."

우직!

"크아아아악!"

광겸의 촉수가 마교도의 다리 관절을 거꾸로 접었다. 광겸의 눈이 핏발로 가득 차 터져 버릴 것 같았다.

"불어!"

고통에 차 데굴거리며 구르면서도 흑의인은 웃었다.

"크으으, 마음 급하지? 안타깝지? 아주 녹아 버릴 것 같지? 크흐흐흐, 그러게 얌전히 구석에 처박혀 있지 왜 본교의 일을 방해하고 지랄이냐! 더 괴로워해라, 이 새끼들아!"

광겸의 손이 다시 흑의인의 목을 찌르고 들어갔다. 상처가 생으로 벌어지며 손가락이 그 안에서 꿈틀거렸다.

쑤욱.

"크허허허헉!"

연미의 눈이 더욱 커졌다.

아무리 짧게 지냈다지만, 광겸이 저런 짓을 할 수 있는 사람이라고는 생각해 본 적이 없었다.

하기야 마교와 관련된 사람치고 제정신인 사람은 아무도 없었지 않은가. 가해자든, 피해자든 말이다. 모자라 보이기까지 하던 광겸의 그 선한 웃음은 어디로 갔는가.

광겸이 겪은 과거의 고통이 얼마나 격렬한 것인지 이제야 조금 알 것 같아서 연미는 눈을 질끈 감았다. 눈물이 찔끔 새어 나오며 다시 손이 입으로 올라갔다.

그럼에도 광겸이 흥분해 외치는 소리가 마음을 두들겨 댔다.

"그래그래, 우리가 잘못했다. 응? 집법당 전체가 나왔든, 너희 그 잘나 빠진 교주가 직접 나왔든 너희 바라는 대로 그 아가리에 들어가 줄 테니까, 제발 아현이 어디 있는지 말해 다오. 앙!"

"카아으흑! 이, 이런, 개, 개자식! 나, 나도 무인인데, 자, 자존심 살려 주면, 너 먹을 똥이 도망가냐!"

"말해! 아이는 어디 있나!"

힘이 들어가자 칼이 더욱 파고들었다. 급기야 목의 상처가 확 찢어져 흑의인의 목이 꺾일 정도가 되었다.

"크흑!"

흑의인의 발작이 멈췄다. 고통이 느껴지지 않는 듯했다.

순식간의 일이었다.

그제야 모두들 움찔했다. 아현이의 행방을 찾을 끈이 날아가 버리면 어쩌려고. 종남일기가 진기로 흑의인의 심장을 다시 뛰게 할 준비를 하려고 했다.

그때, 흑의인의 입이 열렸다. 모두들 안도의 숨을 내쉬었다.

"제기…… 처음 계획은, 후, 이, 이게 아니었는데, 내가, 내 배 째고 내장 드러내면서…… 설교 좀 하려고 했는데…… 흐흐흐, 인생 마음대로 되는 거 하나도 없군."

광겸의 표정은 이제 일그러질 대로 일그러져 손 털었다는 포기 상태로 넘어가 있었다. 마교는 역시 독했다.

흑의인은 간신히 말을 내뱉었다.

"강 건너…… 위남에…… 넓은 들판…… 빨리…… 헉헉헉, 빨리, 가야 할걸……. 매달아 놨으니, 얼어 죽기 전에…… 못 믿겠으면, 거지들, 쫓아갔다니, 그놈들한테…… 확인…… 그륵!"

흑의인의 눈이 뒤집혔다.

"진짜 독한 놈이다, 너……."

종남일기의 말에 광겸이 머리를 숙였다.

흥분이 지나쳤다. 칼 쓰는 자에게 흥분은 곧 죽음이다. 하지만 그 시커먼 손에 잡혀 겨울 찬바람에 내던져진 아현이 생각만 하면 견딜 수가 없었다.

다시 불덩이가 치밀었다.

"어쩔 거야? 믿고 갈 거야?"

광수가 중얼거렸다.

"일단 한 가지는 확실하다. 매달아 놨다는 건 거짓이 아냐. 그러니 시간이 없다는 거. 아이들 체력은 오래가지 않아. 체온 떨어지면 그대로 모든 게 끝이야."

그 말에 홍춘이 눈을 까뒤집고 기절했다.

"으으, 아가……."

"형님!"

연미가 달려들어 간신히 부축해 침대로 끌어다 눕히는 동안 광수가 손을 풀었다가 다시 쥐는 동작을 두어 번 반복했다.

우드득.

개방의 도현호를 생각하기에는 너무 상황이 급박했다.

아현을 한겨울 허공에 매달아 놨다는 얘기는 삼 형제가 알고 있는 마교라면 결코 거짓이 아니었다.

우드득.

울퉁불퉁한 손이 뚝 멎었다.

마침내 광수는 결정을 내렸다.

"인질을 구하려는 수작을 못 부리게 들판에 자리 잡았다는 말도 사실일 거다. 어차피 아현은 곧 죽는다. 어디로든 가야 해. 최대한 빨리. 여기서 아이를 납치하고, 그 시간 안에 도착할 만한 평원이면 위남으로 도박을 걸 만하지."

광수는 광검과 광겸의 얼굴을 쳐다보며 말했다.

"가자."

말을 마치는 순간, 요란한 폭발음이 일었다.

파파팡!

삼 형제의 몸이 폭발하듯 도약했다.

"정말 황당한 짓거리만 골라 하는군, 이놈들. 이십 년 동안 더 악독해졌어."

종남일기가 계단을 밟듯이 허공으로 떠올랐다.

입을 말을 하며 능공허도를 펼치는 것이다.

녹진자가 같이 솟구치며 말을 받았다.

"새로운 얼굴 하나 등장한 거 아니오, 선배? 난 그렇게 생각되는데…… 지휘하는 놈 성깔이 보통내기가 아닌 걸로 보여서 말이지."

"그럴지도 모르지. 이십 년이면 충분히 가능한 얘기다. 그러나저러나, 정말 독한 놈들이다, 독해."

두 노고수의 걱정은 괜한 것이 아니었다.

"최소한 마교라는 이름값도 고려하지 않고 일처리 하는 놈이 집법당 고수를 부리는 위치라…… 새로 소교주라도 나타난 건가?"

"알 게 뭐냐. 이따위로 악독하면 얼굴이 뭐든 십만 마교 전체가 같이 악독해질 판인데. 에이, 지겨운 놈들."

삼 형제가 급격히 멀어짐에 따라 종남일기와 녹진자의 발놀림도 빨라졌다. 따라가면서도 얼굴은 급격히 굳어졌고, 입도 굳어져 마음이 굳어진 것을 그대로 드러냈다.

마교의 이빨이 드디어 본격적으로 드러난 것이다.

이십 년 전의 악몽에 백선고 여왕충의 위력이 더해지면 대체 어떤 형태일까?

상상하기조차 끔찍해지는 대목이었다.

피와 원독으로 가득 찬 강호를 두 번 다시 경험하고 싶지 않은 노인의 마음은 이렇게 다시 침식되었다.

화제가 다른 곳으로 돌아갔다.

"저놈들, 잘 뛰네."

녹진자가 나직이 감탄했다. 사실상 그건 뛴다는 형태가 아니었다.

파파팡!

압축된 공기가 터지는 소리가 한 번 날 때마다 삼 형제의 몸은 폭발하듯 쏘아지고 있었다.

윤홍광이 처음 강호에 등장했을 때 이름을 날리게 해 준 신법, 절공행이었다. 사람의 몸이 확 늘어나는 듯한, 공간[空]을 자른다는 이름 그대로 고수들의 눈에마저 잔상만이 남는 불가사의한 빠름!

종남일기가 맞받았다.

"다시 보니 감회가 새롭군. 홍광이 그 녀석, 너무 잘해서 그놈 무공을 제대로 이을 만한 놈들이 안 나올 줄 알았더니, 독한 사연을 가진 놈들 골라 가르칠 생각을 했을 줄이야."

"제자복도 운인가 봐, 선배. 저렇게 사부 혈육 구하러 의리 지켜 주는 거 봐."

"그거야 어려운 게 아니지. 어지간한 놈들도 제 사부 혈육이 어려우면 당연히 나서지. 이만한 의리야 당연한 거지만…… 저만한 실력을 가지고도 홍춘이 바라는 대로 큰 쌈박질 안 하려고 기루 호위무사에게 수모를 당하던 몇 년 세월을 생각하면 그게 더 어려웠을 텐데. 젊은 애들 속치고는 안 어울리게 깊잖냐."

그러고는 말이 없었다.

사실 대문파에 그 정도 속 깊은 애들이 정말 없을까?

문제는 종남이고 화산이고 간에 너무 커져서 애들도 많고, 그러다 보니 제 문파 안에서도 고를 만한 애들이 오히려 눈에 안 뜨인다는, 정말 황당한 사실이었다. 그 많은 애들이 다 바르게 크는데 못 찾다니.

　파파팡! 팡팡팡!

　어두워지는 저녁, 삼 형제의 몸은 쉴 새 없이 공기를 갈라 댔다. 한겨울의 찬바람 속에 숨 한 번 들이켜고 쏘아지는 거리가 길면 길수록 단전이 난리를 칠 테지만 삼 형제는 이를 악물고 달리기만 했다.

　허공에서 삼 형제를 내려다보는 종남일기와 녹진자도 한숨이 깊어졌다. 이제 제자를 찾고 은퇴를 고려할 시기가 훨씬 지났다. 종남일기야 사조보다 한 배분 더 차이 나는 계보 서열을 무시한 직전제자가 당금 장문인이니 그나마 나은 셈이었지만, 제자의 그릇이 인간적으로 넓기는 해도 무공 면에서 깊이가 모자란 아쉬움은 녹진자와 마찬가지였다.

　강호는 마교처럼 독하다.

　견자단 삼 형제를 볼수록 녹진자와 종남일기의 한숨은 더 길게 늘어져 가기만 했다.

　파파팡—!

　삼 형제의 눈은 어두워져 가는 겨울 저녁에 맞춰 불길을 강하게 드러냈다. 사람 마음에 불을 질러 댄 흑정의 인물처럼 기다리는 놈들도 독할 것이다.

　삼 형제의 눈에서 뚝뚝 떨어져 뒤로 흩날리는 불똥의 잔상이 더욱 길어져 갔다.

파파팡—!

저 멀리 가물거리는 불빛 한 점이 나타났다. 아주 작은 한 점. 인가의 불빛이 급속도로 가까워지는데 바닥에도 불빛이 보였다. 바닥의 불빛은 반사되어 일렁이는 형태였다.

물결의 출렁임, 강이었다.

서안과 위남 사이는 황하가 있다.

코앞에 위치한 개방에 질문 한 번 못하고 튀쳐나올 정도로 급했으니, 배를 찾고 자시고 할 건덕지도 없었다.

그런 것쯤은 조금 무리하면 되니까.

그 무리가 어떤 무리수인지는 빠른 속도를 그대로 유지하며 달리는 것에서 드러났다.

광수가 고함을 질렀다.

"한 호흡에 건넌다! 크게 들이마셔!"

허공 위의 종남일기와 녹진자는 입을 쩍 벌렸다.

콰—파다다당!

종남일기와 녹진자가 떠 있는 허공에까지 공기의 파동이 느껴질 만큼 큰 폭발음이 터져 나왔다.

폭발은 원래 충격파를 대동한다. 화약도 아닌, 그냥 소리가 큰 것뿐인데 종남일기와 녹진자의 몸이 흔들거릴 정도였던 것이다.

아무리 밤이라고는 하지만 삼 형제의 몸은 아예 잔상조차 남기지 않았다.

한순간 사라졌다가 파장 바로 바깥에서 모습을 나타낸 삼 형제는 그때부터 두 노고수의 눈에 잔상을 남기며 신형이 늘어났다.

강변의 모래와 진흙, 자갈이 삼 형제의 뒤로 마구 흩뿌려졌다.

그리고 다음 순간.

파촤— 콰과과과과과—!

밤하늘을 뚫고 허연 물보라가 달빛을 받으며 솟아올랐다.

물보라는 무려 반 장이나 치솟으며 그대로 늘어나기 시작했다.

파콰과과과과—

요란한 소리가 꼬리를 물고 이어졌다.

촤촤촤촤촤촤—

처음 시작된 물보라가 가라앉은 것은 마치 거대한 칼처럼 겨울 황하의 절반 이상이나 갈라 놓은 후였다.

"무식하게도 달린다."

종남일기가 놀란 입을 다물지 못했다.

강호에는 청정점수(淸靖點水)라는 말이 있다.

물의 표면을 밟으면 고수의 감각에 아주 작은 저항력이 느껴진다. 그러한 감각이 커지면 종래에는 한두 발짝 정도 물에 빠지지 않고 그냥 표면을 밟고 다니는 것이 가능했다.

원래는 대단히 빠르게 디뎌야 하는 것이지만, 익숙해진 상태의 고수는 제자리에서 꽤 오랫동안 깡충거리며 물위를 뛰는 모습을 보이기도 한다.

그 상태까지 끌어 올린 것이 바로 청정점수였지만, 엄밀히 말해 지금 저 셋이 보여 준 장면은 청정점수라고 부를 수는 없었다.

우선 그 빠르기부터 남달랐다.

파촤촤촤촤촤아—

종남일기가 말을 끝마친 후에는 오로지 물 떨어지는 소리만 들릴 뿐, 벌써 강을 건너 반대편 기슭을 밟은 것이다.

대저 황하를 이렇게 빠르게 건넜다는 사람의 이야기는 누구도 들어 본 적이 없었다.

"저놈들, 무리하는데, 선배."

녹진자가 걱정스럽다는 듯 말하자 종남일기도 눈을 좁히며 저 멀리 지평선을 노려보았다.

어둠 너머의 지평선 저쪽, 대놓고 피워 대는 강렬한 마기가 뭉클거리며 웃고 있었다. 날카롭다 못해 시퍼런 이빨을 드러내 보이며 빨리 오라고 킬킬대는 아수라.

이십 년 전 싸움에서 마교 교주가 나오지 않은 상태에서도 두 노고수의 뇌리에 박힌 느낌이었다.

"집법당이 맞군……."

파파팡!

마기를 느낀 순간, 삼 형제는 속도를 다시 한 번 끌어 올렸다. 겨울밤의 차가운 공기가 그들의 몸을 식히기는커녕 오히려 달아오를 정도였다.

지금 삼 형제가 느끼는 뜨거움.

악다문 이에서 피가 비쳤다. 새녀 나온 피도 덥혀진 공기에 휩쓸려 뒤로 날렸다. 숨을 공급하는 허파는 얼마나 더 뜨거울 것인가.

심장은 이미 뜨거우니 혈관도, 그러니 근육도, 뼈도, 타 버릴 것처럼 뜨거울 것이다. 이를 악물고 버티는 것은 오로지 의지력 하나일 것이다.

세상의 근본이 눈에 들어오기 시작한 늙은 고수의 눈에 이미 그것이 보였다. 하나 저 지평선 너머, 종남일기와 녹진자의 몸을 굳게 만드는 강호 전체의 최대 난적, 마교 집법당 고수들은 과연 어찌 상대할 것인가.

게다가 광검은 빙공으로 백선고의 여왕충을 계속 얼려야 했다. 이런 뜨거움은 결코 좋은 일이 아니었다.

불리함을 미리 안고 싸워야 하는 삼 형제 중 특히 더 무거운 짐이 있는 것이 광검인 것이다.

그렇다고 무리하지 않을 수도 없었다. 아현의 체력이 얼마 가지 못할 만큼 추운 겨울밤, 일촌광음이라도 빨리 도착해야 했다.

사부, 사부의 혈육.

개가 주인을 찾아 머나먼 여정을 헤매는 이야기, 주인을 위해 목숨을 바친 이야기는 아주 흔하게 듣는다. 들을 때마다 쓰게 웃으며 고개 끄덕일 만큼 감동적이다.

지금 저 삼 형제가 딱 그랬다.

종남일기는 울컥하는 마음에 외쳤다.

"마지막이다! 그냥 아예 빠르게 도착해 딱 한 호흡만 돌려라! 자!"

파파팡!

다시 한 번 폭발음이 들린 순간, 저만치 앞에 밝은 불이

켜졌다. 그 불이 비춰 주는 영역. 일정 수준 이상 오른 고수들의 눈에 확연히 보이는 그 광경.

아현이 땅과 평행으로 대롱대롱 매달려 있었다. 이 장이 될까 말까 한 높이였다.

삼 형제의 눈에서 불길이 확 일어났다.

비쩍 마른 몸에 털의 윤기마저 온데간데없이 사라져 오로지 눈의 번쩍임만이 남은 야생의 들개처럼, 분노의 불길 밑으로 허연 이빨이 나타나 외치는 것이다.

"아현아—! 삼촌들이 왔다—!"

그리고 다음 순간, 머리를 울리는 거대한 마기가 피어났다.

종남일기와 녹진자 같이 우주 만물의 들락거리는 기운을 눈으로 보듯 느끼는 경지의 인물들도 흠칫, 몸을 떨어야 할 만큼 강렬한 마기였다.

"집법당 말고 다른 놈이로구나! 넌 누구냐!"

종남일기의 말이 떨어지기 무섭게 마기의 주인공은 비웃음으로 대꾸했다.

[수고했군. 힘들게 달려왔으니 이제 잔칫상을 차려야 할 테지. 자, 이걸 보면 즐거울 거야.]

툭.

거리는 멀었지만, 마치 그런 소리가 들린 듯했다.

아현을 묶고 있던 줄이 끊어진 것이다.

이를 악물고 달려야 하는 삼 형제의 입에서 호흡이 빠져나갔다. 격한 외침이 터져 나왔다.

"안 돼—!"

아현의 몸이 땅에 떨어져 반동으로 풀썩인 후 뒤집어지는 장면이 천천히 머릿속에서 이해되기 시작했다. 아현이 매달린 줄을 삼형제가 확인하자마자 끊어 놓은 것이다.

죽어라 달렸는데!

종남일기와 녹진자의 대단한 연륜도, 오래도록 도를 닦은 단단한 이성도 한 방에 마비시키는 장면이었다.

"이, 이 짐승 같은 놈들—!"

종남일기가 참지 못하고 소리를 질렀다. 그러니 삼 형제의 지금 심정은 말로 표현할 길이 없을 정도였다.

광검의 눈에 혈관이 터질 듯 팽팽하게 솟아올랐다. 그러나 그것은 흰색 혈관이었다. 지나친 분노. 아현의 몸이 저렇게 허무하게 떨어지는 순간에 진기가 통제되지 못하고 폭주했다. 음중극음의 기운이 다른 곳으로 쏠리는 순간, 백선고의 여왕충이 깨어날 채비를 하는 것이었다.

쾌애애애애액—

그러나 광검은 치고 달렸다. 달리는 것 말고 할 것이 없었다.

'아현은…… 설마, 아현아?'

그때, 아현이 꿈틀거렸다.

"쿨럭."

푸악—

피를 토했다. 그 작고 예쁜 입에서, 땅에 떨어진 충격이 .내장을 상하게 한 듯 울컥거리며 쏟아 내는 것이다.

"엄마, 아퍼…… 엄마……."

울음을 터뜨릴 만한 체력도 없는 것이 확실했다.

아현의 몸 상태는 정확하게 눈에 들어왔다. 그것이 삼 형제를 더욱 괴롭게 만들었다. 조금만 더, 한 걸음만 더 다가가면 마지막 도약으로 아현을 살필 수 있을 것이다.

바로 그때였다.

[오오! 얘, 충격 먹었네. 빨리 오는 게 좋겠는데? 피도 나네, 이거. 낄낄낄.]

"이 개자시―아―아―이익―!"

광겸이 마침내 입을 열어 소리를 질렀다. 진기가 흐트러진 순간, 광겸의 배와 가슴을 타고 목젖이 울컥거렸다.

백선고의 원 뿌리, 여왕충이 뛰쳐나오기 일보 직전이었다.

마기의 주인이 말했다.

[호, 이 꼬마 효과를 톡톡히 보는데? 네놈이 악을 써야 백선고의 여왕을 꺼내지. 그래서 집법당을 거의 반수나 데려왔는데. 호호, 이거, 저놈은 제대로 싸우지도 못하고 백선고를 토해 내게 생겼잖아.]

콰두둑―!

삼 형제가 일단 멈췄다.

먼지와 돌이 삼 형제가 가던 방향으로 마구 흩날렸다.

"죽여 버릴 테다!"

광겸이 활활 불타는 눈으로 외쳤다.

마기의 주인은 마음 놓고 웃었다.

[깔깔깔깔깔깔, 좋지. 하지만 너희들의 소중한 꼬마는 시간이 별로 없어. 체력도 그렇고, 저만한 충격이면 그 자체로도 사람을 죽일 수도 있어. 알잖아? 꼬맹이 체력도 그렇고. 재미있지? 깔 깔깔깔깔!]

여자였다. 동시에 남자였다.

마교에서 집법당을 부릴 수 있는 여자의 성격을 가진 남자, 그리고 백선고의 또 다른 여왕충을 지닌 존재, 타인의 만령충을 자신에게로 흡수할 수 있는 또 하나의 존재.

삼 형제는 아주 어릴 때부터 그를 알고 있었다.

'결국…… 만났구나, 너…….'

광수의 울퉁불퉁한 손은 아무것도 없는 허공을 으스러져라 움켜쥐었다. 입은 세상을 부술 듯 깨물어진 상태였다.

아현의 상태는 위급했다. 그 점을 마기의 주인공은 다시 짚었다.

[집법당의 고수들이 버티고 있으니, 아마 가진 힘을 다 끌어 올려야 할걸?]

"콜록! 콜록! 캐애액캑……."

아현은 자신의 입에서 나온 피를 그제야 의식한 모양이었다. 아이들은 겁을 먹으면 더 위험한 상태로 빠져든다.

"엄마…… 나, 죽기 싫어…… 엄마…… 흑흑……."

아현의 울음에 광수는 퍼뜩 정신을 차렸다.

"아현아! 계속 말을 해! 지쳤다고 자면 안 돼! 쉬면 안 된다! 알았지!"

아현은 부지불식간에 고개를 끄덕였다.

"아, 알았어, 큰삼…… 아니, 아빠……."

광수는 와락 물이 쏟아지려는 눈을 닫았다.

"작아! 더 크게 말해! 노래 불러라! 절대 그치면 안 된
다!"

아현은 혼미한 정신으로도 대꾸를 하려 노력했다.

"잘, 잘, 안 돼, 아빠……. 입이, 잘…… 안 벌어진단 말
이야……."

삼 형제는 안타까운 심정을 금할 수 없었다. 당장 한 번
만 도약하면 단숨에 닿을 수 있는 거리이건만.

광겸의 칼이 파릿, 독한 마음에 바르르 떨었다.

"죽. 여. 버. 릴. 테. 다!"

[아, 눈물 나려고 그러네, 이거? 친자식도 아닌데, 역시 내리
사랑이란 위대한 것이냐? 흐흐흐, 급한 쪽이 빨리 오라고.]

광수는 우락부락한 손을 들어 자신의 양 뺨을 짝, 소리
나게 쳤다. 그러고는 눈을 떴다.

"후우, 한 번, 단 한 번에 직선으로 간다! 걸리는 건 모
조리 부숴!"

동시에 저 앞에서 아수라의 마기가 뭉클거리며 피어오르
기 시작했다. 집법당 고수들이 전면으로 나서는 것이었다.

일단 나서는가 싶던 순간에 이미 눈앞으로 다가들 만큼
빨랐다.

삼 형제도 같이 뛰어들었다.

종남일기가 외쳤다.

"가자—!"

녹진자도 받았다.

"하늘과 땅의 조화를 해치는 것들 같으니!"

두 노 고수는 지금 머리카락이 하늘을 찌를 듯 곤두서서 일렁이고 있었다. 지금껏 이런 식으로 사람의 마음을 가지고 조롱하는 것은 들어 본 적도, 상상한 적도 없었다.

저 새로운 놈은 대체 머리 구조가 어떻게 되어 처먹은 것인지 알고 싶지도 않았다. 어서 빨리 죽여 없애 우주 만물의 조화에 도움을 주고 싶은 생각뿐인 것이다.

그때였다.

쾌애애애애애애애액—

대뜸, 집법당 고수들이 강기를 날려 보냈다.

삼 형제는 속도가 너무 빨라서 궤적을 흐트러뜨릴 수가 없었다.

그에 광수는 손을 휘저었다. 손 주변의 공기가 일렁였기 때문이다.

사부가 돌아가시고 강호로 나온 이후 처음이었다. 강기, 그것도 병장기에서 발출되어져 거의 이기어처럼 부려지듯 엄청난 위력으로 쏘아진 경지의 강기를 맨손으로 흘려내기는 말이다.

광수의 손이 동그란 파장의 잔상을 좌악 늘렸다.

부와악—

검강, 그것도 이십여 장이나 먼 곳에서 쏘아질 정도로 지고무상한 경지의 검강이 그냥 맨손에 흘려졌다.

푸바바바바박—

광수의 뒤로 지나쳐 땅을 요란하게 긁으며 깊은 구덩이를 삐딱하게 파 놓은 검강이 사라진 것은 먼지가 사람의 키만큼이나 피어오른 후였다.

"헉, 헉, 헉……."

구역질을 참아야 하는 광검은 힘들었다. 그러나 이를 악물 수밖에 없었다. 아현의 체력이 다 되어 가물가물해지는 노랫소리가 시작되었기 때문이다.

"눈이…… 봄 햇살에…… 녹으면…… 얼음도…… 마음을, 마음을 열고……."

아현이 기루에 있을 때 기생들에게 가장 인기 있던 곡조였다. 거기에 서안에서 가장 잘나간다는 문사가 시를 붙여 준 것이다.

허연 핏줄이 꿈틀대는 광검의 눈에 눈물이 고였다.

겨울, 언제나 한겨울 같은 삼 형제의 삶에 있어 봄 햇살은, 그중에서도 가장 단단한 얼음인 광검의 인생은…….

'녹지 않아도 좋다. 영원히 얼음이어도 상관없지.'

그게 광검의 마지막 이성이었다.

"크아아아아아아아아—악!"

광검의 입에서 허연 촉수가 뛰쳐나왔다.

그리고 그 순간에 집법당 고수들의 뒤편에서 지켜보던 '그' 소교주 단천상이 눈을 반짝였다.

"지금이닷!"

그는 재빨리 정신을 집중해 파장을 쏘았다.

[오라! 그자의 몸은 네게 맞는 몸이 아니다! 내게로 오라! 와서 하나로 합치자! 더 강해지면 네 종족 번식도 더 쉬워진다! 오라!]

동시에 광검의 몸에 있던 여왕충이 서서히 각성하기 시작했다. 광검의 의지와 상관없이 그에게로 다가가는 것이다.

그의 입가에 승리의 미소가 절로 그려졌다.

"고마워, 꼬마."

당연한 일이었다. 광검은 성장하려는 백선고를 잠재워 두기만 한 채 몸에 완전히 일치시키지도, 만령충으로 진화해 끌어모으는 내공을 자신의 것으로 만들지도 못했다.

자신과는 차원이 다른 천박함이었다.

강한 것은 더 강해져야 하는 것이다.

광검의 몸 여기저기에서 제멋대로 튀어나와 흔들리는 촉수들을 그는 황홀하게 바라보았다.

광겸과 광수는 일단 다시 멈춰야 했다.

광검이 저렇게 발작을 하다니, 게다가 여왕충이 떨어져 나올 기미마저 보이고 있지 않은가.

지금 봐선 아현보다 광검이 더 위험할 수도 있었다.

광겸이 소리쳤다.

"작은형, 정신 차려! 싸움은 우리가 할 테니 그거나 억눌러! 어서!"

그러나 광검은 마지막으로 한 줄기 이성을 끌어모아 손을 휘저었다.

"쿠웨헤헤헤헥— 쿠웨엑— 컥!"

말은 나오지 않았다.

그러나 손이 휘젓는 방향, 거기에 아현이 꺼져 가는 목소리로 노래를 부르고 있었다.

"새싹이 얼음을 녹여 파랗게 물들이면…… 그리운 님은……."

광겸은 급기야 눈물을 떨구고 말았다.

"어떻게, 우리가 어떻게 살아났는데 두고 가란 말이야!"

광수의 손이 휘둘러졌다.

철썩!

종남일기도, 녹진자도 정신이 번쩍 들게 하는 소리였다.

광겸의 고개가 홱 돌아갔다. 광수의 냉정한 말이 격정의 어둠을 갈라놓았다.

"어떻게 살았냐고? 사부님이 우릴 살리셨지. 우리가 먼저냐, 사부님과의 약속이 먼저냐. 우린 개다! 늑대는 탐욕을 쫓아도 개는 의리를 섬기는 거다! 광검은 저주보다 강해! 절대 무너지지 않는다! 가라! 네가 아현이를 안아 들어! 내가 저들을 부순다!"

예의 그에게서 비웃음이 터져 나왔다.

[뭐야, 자중지란이냐? 깔깔깔깔깔!]

광겸이 고개를 들었다.

눈동자를 몰아내 버릴 만큼 **빽빽**한 핏발. 그 눈이 눈물을 억지로 끊으려는 듯 아현이 누워 사경을 헤매는 곳을 찾았다.

아현은 헐떡이며 노래를 불러 대느라 안간힘을 쓰고 있었다.

"아빠, 나…… 졸려……. 아, 단단한 얼음 같던 내 님의 마음도…… 그렇게 물들인 새싹처럼…… 내 마음을, 파랗게 생각하실 거야……."

그 순간, 광수가 소리를 질렀다.

"뛰어!"

파파팡!

그와 동시에 집법당 고수들이 쏘아 낸 강기 다발이 본격적으로 쏟아졌다.

쾌애애애애애애액─

"아빠, 어, 디, 만큼, 온 거야……. 나, 이제 졸려……."

아현의 힘없는 목소리는 광수의 가슴을 찢어지게 만드는 위태로움이 간댕간댕했다.

강기는 일직선으로 광수의 심장을 정확히 노리고 날아들었다.

무려 일곱 명의 내공을 감당해야 했다.

대답을 해 줄 여유가 없었다.

그러나 광수는 숨을 내쉬면서까지 말을 해 주었다.

"거의 다 왔어! 정신 차리고, 계속해!"

그 한마디를 하는 동안 광수의 손이 어둠까지 일렁이는 파동을 원형으로 늘이며 잡아 돌렸다.

부싯—

그 손에 검강 서너 개가 걸려들었다. 정식으로 마주치는 것이 아닌, 엇치기로 흘려내기만 하는데도 타격은 어마어마했다.

'커헙…….'

온 얼굴이 절로 일그러졌다. 그러나 방금 그 한마디, 그걸 위해 광수는 어거지로 버텼다.

투둑— 파치직— 푸박!

엇갈려 흩어지는 강기 다발 사이로 광수의 신형이 파고들었다.

오로지 전진뿐이었다. 그렇지 않으면 간발의 차이일지 몰라도 자신이 죽는다. 호흡뿐만이 아니고 빠른 몸놀림에 의한 찬바람이 광수의 얼굴 근육을 푸들거리며 멋대로 떨리게 했다.

그러나 광수의 눈은 오히려 더욱 크게 떠졌다. 빠른 속도를 전혀 줄이지 않은 것이다. 부릅뜬 눈에서 분노로 불타떨어진 불똥 두 개가 길게 잔상을 남겼다.

그리고 잔상 옆으로 길게 뻗은 핏줄기가 보였다.

한 개는 제대로 돌려내지 못했다. 눈 밑이 제법 길게 상처를 입었다. 핏방울이 길게 늘어지며 흩뿌려지고 있었다.

마교 집법당의 무위는 말을 내뱉으면서 감당할 성질의 것이 애초부터 아니었다. 게다가 상대는 일곱 명이었다.

터무니없는 짓거리를 한 것이다.

쫘아아악—!

광수가 그대로 뛰어 들어 간 곳은 무려 마교의 집법당 고수하고도 일곱 명이 뭉친 곳이었다.

이제 정말 하늘이 두 쪽 나도 일곱 명과 사생결단을 내야 한다. 아현을 돌볼 시간이 없었다. 가슴이 저려 손이 부르르 떨릴 지경이었다. 게다가 광겸이 흩뿌린 기세가 충돌는 폭발음이 들려왔다.

콰콰쾅!

아현에게 다가가는 길목에도 만만치 않는 숫자의 고수가 버티고 있는 것이다.

'참아라, 아현아!'

앞을 막아서는 기세가 칼처럼 허공을 저미는 일곱 겹의 철벽같았다. 그 칼날의 철벽에 광수는 그냥 부딪쳐 갔다.

"터허—!"

한편, 여왕충의 촉수 상태를 지켜보던 집법당 당주, 세상이 절강검마(切江劍魔)라는 별호를 붙여 준 탁치환의 눈동자가 잠깐 광겸에게로 돌아갔다.

광겸의 의식은 이미 여왕충이 점령한 것으로 보였다. 아주 잠시, 그 잠시만 버텨 주면 광겸이 지닌 여왕충은 자신의 의식에 흡수된다.

마교 사상 그 누구도 이룩하지 못한, 깨달음 없이도 거대한 내공으로 노화를 영원히 억누를 수 있는 경지를 완성할 수 있는 것이다.

백선고가 성장하고 기를 받아들이기 시작하면서 만령충으로 탈바꿈하면 그 만령충을 흡수한다.

그것이 바로 만령충의 진정한 효능이자 흡정마공의 새로운 경지였다.

어느새 단천상의 보라색 입술에서도 만령충 촉수가 튀어나와 꿈틀대고 있었다.

그 젊은이에게 고개를 숙여야 하는 것을 아쉬워하지 않았다. 탁치환은 그의 아버지를 주군으로 모셨고, 평생 존경했다. 젊은이 역시도 아버지와 같이 되리라고 의심한 적이 없었다.

그 주군의 이름은 단예였다.

단예는 맨손으로 최하층부에서 시작했다. 연습벌레라는 말은 천하의 누구에게라도 붙을 수 있다. 먹지도, 자지도 않는다는 말을 누구든 쓰고, 또 누구나 그럴 때가 있다.

그러나 단예는 달랐다.

그는 잘 거 다 자고, 먹을 거 다 먹었다. 그걸 꼭꼭 지켰다.

무공 수련을 위해서였다.

남들이 내공의 중요성을 강조하며 정신 수련을 하는 동안 그는 육체의 중요함을 알고 정신과 육체의 조화에 신경을 쓴 사람이었다. 그는 그래서 늦게 두각을 드러냈다.

하지만 깊게 축적되어 있던 능력이 폭발하듯 만개하자 그는 단숨에 그가 몸담은 곳의 끝까지 치고 올라갔다.

그 자리를 다른 사람들은 이렇게 불렀다.

마교 교주.

그랬다. 바로 옆의 젊은이는 마교의 소교주였다.

마교 소교주, 단천상.

녹진자의 예상대로 새로운 소교주가 드디어 다 자라 세상을 향해 발톱을 드러낸 것이다. 그리고 그 목표는 발톱을 더 강하고 날카롭게 해 줄 힘이었다.

광검의 백선고 여왕충!

탁치환은 시선을 거두고 허공을 올려다보았다.

탁치환의 입가가 씰룩, 움직이며 비웃음 섞인 미소를 드러내 보였다. 그리고 입이 열렸다.

"오랜만이시오, 두 분. 한데 상황이 별로 안 어울리는구려."

종남일기와 녹진자가 대꾸 없이 천천히 지상으로 내려왔다. 움직임과 기세는 점점 커지고 있었다. 탁치환은 싸울 준비를 하며 찬찬히 말을 이었다.

"저 삼 형제는 마교에서 도망친 녀석들이오. 우리 교 내의 일인데 상관을 하시겠다는 거요? 그 연세까지 아이들 뒤치다꺼리하느라 수고 많으시오."

그러자 종남일기가 참을 수 없다는 듯 쏘아붙였다.

"젊은 놈한테 꽁지처럼 끌려 다니기는 네놈도 마찬가지인데 뭘 그래."

녹진자는 탁치환의 입가가 잠시 고집스럽게 꿈틀거리는 것을 놓치지 않으며 말했다.

"왜 그 젊은 상전을 바깥세상으로 모시고 나왔나? 홍광이 그놈이 우리에게 버림을 받으면서까지 말려 준 싸움을 이제 다시 시작하자고 선전포고할 셈이던가."

탁치환의 표정 없는 얼굴이 무미건조하게 받았다.

"지금 내 옆에 계신 분의 약속은 아니오."

종남일기의 얼굴이 일그러졌다.

"허, 세월이 많이 흘러 세대가 바뀌었다? 마교는 해석도 참 편리하게 해 대는군그래."

격한 감정이 더 커지는 동안 기세도 완전히 원형처럼 둥글게 형성되었다.

탁치환의 입가에 자조적인 미소가 짙어졌다.

"여전하시구려. 마교 내부 문제라고 했소, 분명히. 그런데도 내 주인을 건드리겠다면, 강을 끊는다는 별호가 왜 붙었는지 내 칼이 보여 줄 거요."

그런 말로 가라앉을 성질이 기세가 아니지 않은가. 두 노고수의 분노는 이미 머리끝까지 치밀어 있었다.

"애 납치해다가 망가뜨리기나 하는 주인? 아주 잘나 빠지셨네!"

더는 말도 필요 없었다.

탁치환의 도가 스르릉, 작은 소리를 내며 빠져나왔다. 그러자 옆에 같이 포진해 있던 집법당 고수들의 칼도 일제히 움직였다.

하지만 종남일기와 녹진자의 신형은 여전히 그 자리에서 태산처럼 버티고 섰다. 산을 쪼개려는 탁치환 휘하의 집법당 고수들이 기세를 한꺼번에 내쏘았다.

꽈르르르르르르릉—

"크으흡—!"

쏘아져 들어가던 광겸의 신형이 허공에 뜬 채 그대로 막혔다.

하나하나 다 알고 있었다.

맨 앞에 서 있는 날카로운 인상의 노인은 밤에는 누구도 당할 수 없다는 월광검마 초남도였다.

"어리석은 놈, 백선고에 당했던 몸은 절대 극성의 경지에 도달할 수 없다. 그대로 도망쳤으면 그 목숨이라도 건졌을 것을."

광겸이 칼을 수백 번이나 휘둘러 자신들이 펼친 공세의 벽을 해체하는 동안 내뱉어진 말이었다.

그 후에 광겸은 바닥에 툭 떨어지듯 내려섰다.

대꾸도 없었다.

광겸의 눈은 그저 자신들의 너머, 납치해 온 저 계집아이에게로 고정되어 있을 뿐이라는 것을 월광검마는 깨달았다.

"아, 헉헉, 님이…… 헉, 내, 님아, 봄에 새싹이 돋아, 한여름, 무성해…… 헉헉, 가을에 스러, 스러지기 전에, 다시, 다시 돌아와 주세요……."

거기에 아현의 더더욱 느리고, 더더욱 힘 빠진 목소리가 광겸의 귀를 두들겼다. 가슴을 세게 두들겼다.

"마교의 집법당이 그렇게 분산된 정신을 가지고도 상대할 만한 핫바지로 보이더냐!"

외침이 끝나자마자 강기가 밀려들었다.

그런 절망적인 상황은 멀리서 지켜보며 망설이던 개방의

인물들에게 헛바람을 들이마시게 했다.

월광검서 혼자서 내뿜은 것만 해도 열 몇 가닥은 되었다. 다른 이들의 것까지 합치면 수십 줄기. 이건 강기의 벽이나 다름없었다.

검기로 벽을 치는 것을 검막밀밀이라고 한다. 강기로 저렇게 찌르는 점이 수십 개가 모여 벽을 이루는 사태를 누가 말해 준 적도 없었고, 생각해 본 적도 없었다.

도저히 혼자의 힘으로는 감당할 성질의 것이 아니었다.

그 위력을 말해 주듯 집법당 고수들의 완벽한 호흡으로 아예 천천히 다가드는 것이다.

도현호의 주먹이 부르르 떨렸다.

아직 방주가 도착한 것도 아니고, 마교와의 접전이 본격적으로 논의된 것도 아니었다.

'승산이 없는데 이들을 떼몰살시켜야 하나……'

그러나 이미 답은 나와 있었다.

개방의 규율은 자유롭지만 하나만은 엄하다. 아무리 약자라도 바르게 사는 사람을 보호해야 한다는 정의였다. 이럴 때 참으라고 뒈지게 맞으며 배운 것이 아니었다.

게다가 저쪽에서 어둠을 일렁이는 거대한 공을 이리저리 휘두르는 종남일기는 도현호 자신이 세상으로 끌어냈지 않은가.

"이런 제기! 거지들도 나간다!"

도현호는 고함을 지르며 확 뛰쳐나갔다.

그 뒤로 개방 서안 분타의 개 잡는 몽둥이 수십 개가 쏟아져 나왔다.

"우와아—!"

고함 소리에 마교 집법당 고수들의 신경이 아주 잠깐 쏠렸다. 그 틈에 광겸의 눈이 흘낏 광검에게로 돌아갔다.

광검의 몸은 이미 사람의 형태를 잃은 지 오래였다. 문어 수십 마리가 뭉쳐 꿈틀대는 것 같았다.

마교의 소교주. 절대 잊을 수 없는 그 얼굴이 징그럽게 웃으며 광검에게로 다가서고 있었다. 몸은 광검과 마찬가지였다.

광검의 의지력이 이대로 무너질 것인지, 아현을 앞에 두고도 광겸은 신경을 분신시킬 수밖에 없었다.

밀려드는 강기를 쳐다보며 광겸은 드디어 이를 악물었다.

'어쩔 수 없이 그걸 써야겠군.'

곧이어 고함이 터져 나왔다.

"불지옥을 지키는 개 이빨이 드러난다! 염옥견아(炎獄犬牙)—!"

한마디였다.

그러나 그 말이 가져온 말의 여파는 컸다.

광겸의 두 손이 칼을 거꾸로 빙글 돌렸다. 역수로 쥐어진 칼 두 개에서 진동이 일었다.

물론 진동은 무인이라면 누구나 일으킬 수 있다. 기를 주입하면 그 진동의 강약에 따라 병기가 손상되기도 한다. 그러나 광겸이 일으킨 진동은 그것을 훌쩍 넘어선 것이었다.

찌이잉—

작게 시작된 진동은 곧 손잡이가 떨리는 소리가 들릴 지경이 되었다.

부우우우우우우—

월광검마와 다른 집법당 고수들의 눈이 크게 떠졌다.

"서, 설마!"

광겸의 입술이 말려져 올라갔다. 이빨이 한껏 드러났다.

"염옥견의!"

불지옥. 거기서 타오르는 불은 보이지 않는다. 너무도 뜨거운 초열지옥이기 때문이다. 지옥은 그렇게 빛조차 잡아 녹여 먹는다. 어둡다는 지옥의 비밀은 여기에 있었다.

어느새 진동은 칼날 부분에서 극렬하게 날뛰고 있었다. 그것이 칼의 열을 끌어 올렸다.

"초열 이빨이라니, 네놈은……."

그 순간, 광겸의 칼이 열십자로 휘둘러졌다.

"네놈은 대체 누구냐!"

10.

과거의 재시작 (1)

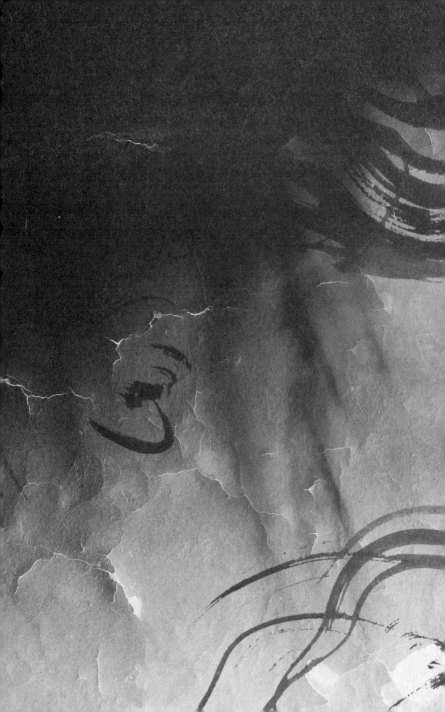

뛰쳐나오던 도현호와 개방의 거지들은 그 자리에 못이 박힌 듯 멈춰 섰다.

'누구냐!' 라는 말이 끝나기 무섭게 강기가 잘라졌다.

강기가 잘리다니!

한두 개가 아니었다. 수십 개로 벽을 치듯 막아 놓은 강기의 벽이 속절없이 잘려 나갔다.

"크……."

월광검마가 피를 토했다.

"허……."

그 뒤의 다른 집법당 고수가 쥔 칼이 잘리며 가슴도 통째로 갈라졌다.

"헉!"

그 옆의 고수는 어깨와 가슴 일부가 잘렸다. 뒤의 고수는 몸 중앙이 직격을 맞아 단번에 조각났다.

쩡!

칼 부러지는 소리가 나중에 들렸다.

무려 마교 집법당 고수 넷이 한 방에 무너졌다.

도현호는 이 믿을 수 없는 현실에 입을 쩍 벌렸다.

"사, 사부님도 안 믿으실 거야, 이건······."

광겸의 몸은 그대로 쏘아졌다.

"아현아!"

아현은 이제 숨을 헐떡이지도 못하고 조용히 누워 있었다.

광겸은 손을 내뻗어 진기를 쌍칼에 집중시키고는, 들끓는 지옥의 열기로 광겸을 막 먹어 치우려는 단천상에게로 내던졌다.

들끓던 열이 가라앉자 광겸은 그제야 아현의 단전에 손을 대고 진기를 흘려 넣어 주었다.

"정신 차려라, 아현아! 삼촌이야!"

그사이, 도현호는 비틀대는 나머지 집법당 세 고수에게 달려들었다.

"끝장을 보자—!"

이내 다른 의미의 싸움이 일어났다.

물론 개방 서안 분타가 보유한 고수들이 죄 죽을 수도 있는 싸움이었다. 그러나 거지들은 악착같이 달려들었다.

단천상은 대경했다.

이제 아주 잠깐이면 광겸이 보유한 백선고의 여왕충을 자신의 것으로 만들 수 있었다. 그러나 뒤통수를 홀랑 벗겨 버릴 듯 강한 열기는 대체 뭔가.

단천상은 얼굴을 다시 드러내며 울부짖었다.

"감히―!"

쳐 내려고 했던 촉수는, 강기마저 상대하던 강하디 강한 촉수는 한 방에 잘렸다.

단천상은 놀라 몸을 굴려야 했다.

퍼퍽!

희안하게 꼬부라진 칼 두 개가 그 자리로 박혔다. 얼마나 뜨거운지 흙을 녹이며 아직도 땅속으로 빠져드는 중이었다.

꽈르르르르릉―

일단 종남일기와 녹진자를 잠깐 물려 놓은 탁치환이 고함을 쳤다.

"피하십시오! 지옥견의 초열아(超熱牙)가 다시 나타났습니다! 교주님의 신물이 아니면 상대하지 못합니다! 어서 피하십시오!"

"초열아라니……."

단천상의 얼굴이 일그러졌다.

다 된 밥이었다. 게다가 마교의 소교주가 어디 등을 내보이고 도망을 친단 말인가.

단천상의 눈이 독하게 광겸을 쳐다보았다.

"네놈은 절대 그냥 두지 못하지! 넌 내 거다, 이미!"

벌려진 입에서 빠르게 촉수 하나가 튀어나왔다.

그 촉수가 쩌억 벌어지면서 날카로운 이빨들이 광겸의 얼굴을 통째로 물어 버렸다. 피가 튀었다.

광겸의 눈이 찢어질 듯 커졌다.

"작은형—!"

광겸이 아현을 안고 도약하려는 순간, 아현의 입에서 숨이 터졌다.

"하아아……."

광겸이 얼른 아현의 떠진 눈을 보았다. 눈물이 떨어지다 말라붙은 자국이 남아 있었다. 힘들어 보였다. 당연한 일이다.

하지만…… 아현은 웃었다.

그리고 그 입은 힘겹지만 노래를 마저 불렀다. 너무도 좋아하던 노래였으니 당연했다.

"겨울이 다시 와…… 얼음이 다시 세상을 덮어도…… 나는 기다려요. 다시 새싹이 파릇하게 겨울을 물들이는 날을…… 내 님아, 다시 봄이 오는 날을 나는 기다려요."

가냘픈 노랫소리는 극심한 고통에 잠깐 정신이 든 광겸의 귀를 파고들었다.

"몇 번이 가도…… 나는 기다려요. 봄이 이렇게 계속 다시 오니…… 당신도 언젠가는 오시겠지요……."

고통을 참는 것은 저마다 다르다. 하지만 맨살이 잘리는 무인도, 제 님을 기다리는 여인도 다 같이 느낀다. 어느 것이 더 큰가의 문제가 아니다. 누가 더 오래 참고 버티는가가 관건이다.

광검의 잃어버린 이성에 문득 떠오른 생각이었다.

그러자 마음이 가라앉으며 싸늘한 기온이 느껴졌다.

자신의 머리를 씹는 감각이 돌아오기 시작했다.

백선고의 여왕충은 발광을 멈췄다. 촉수가 광검의 어깨에 걸린 검 손잡이를 찾고, 그것을 손에 쥐어 주었다.

광검은 뽑는 것과 동시에 휘둘렀다.

"꺼……."

냉기가 어둠을 뚫고 하얗게 빛났다.

"져……."

빛나는 음중극음의 기운이 광검의 얼굴을 감싼 촉수를 덮쳤다.

"버……."

서걱—

냉기 서린 칼날은 단천상의 입에서 나온 촉수를 잘랐다.

"려!"

단천상은 하늘을 향해 울부짖었다.

"이십 년을 넘게 공들인 일이!"

피가 흩뿌려졌다.

단천상은 뒤를 향해 비틀대며 간신히 걸음질 했고, 광검도 충격을 다 해소하지 못해 반대편으로 밀리며 피를 뿌렸다.

그때, 집법당 고수들이 한꺼번에 광수와 녹진자, 종남일기를 향해 육탄으로 달려들었다.

"소교주를 모셔라!"

탁치환은 그 틈에 빠져나와 단천상을 낚아채고 허공으로 비상했다.

콰콰콰콰—아아아아앙—!

무지막지한 폭발음. 그 끝에 단천상의 고함이 하늘 높이 울려 퍼졌다.

"견자단! 이 개새끼들! 가만두지 않을 테다!"

그 순간에 싸움은 끝났다.

종남일기의 반로환동씩이나 했던 점잖은 체면은 온데간데 없이 사라져 봉두난발에 찢어진 옷을 휘날렸고, 녹진자의 '삼대를 이어 수련해야 간신히 이룰 수 있는 내공'의 명성 도 겨울 땅바닥에 뒹굴어 흙투성이였다.

광수의 입에서는 아예 핏물이 흘렀다.

광겸도 말을 잇지 못하고 눈만 번쩍이고 있었다.

게다가 광검은 쓰러져 정신마저 놔 버린 상태였다.

광검의 몸을 허옇게 덮은 만령충의 촉수가 얌전히 기어 들어가 온데간데없는 것이다.

모두들 말이 없었다.

가쁜 숨소리만큼이나 눈알이 핑핑 돌아가는 하루였다.

도현호의 고함이 밤하늘에 울려 퍼졌다.

"시체나 치워라, 거지들아! 빨리빨리하고 가서……."

원래는 자자고 말하려 했다.

하지만 그 말끝을 아현을 안아 든 광겸이 가로챘다.

"개 잡고 술이나 한잔하죠."

한숨을 크게 돌린 광겸의 말에 거지들의 환호성이 올라갔다.

"그래, 오랜만에 나도 선계나 한 번 훔쳐보자."

아예 바닥에 털썩 주저앉은 녹진자가 일어서지도 않은 채 말을 하자 품위를 지키라고 잔소리 하려던 종남일기의 눈살이 찌푸려졌다.

"네가 왜 선(仙)이야? 멀쩡히 산 놈이."

그러자 녹진자의 천연덕스런 대꾸가 흘러나왔다.

"아, 선배. 주선(酒仙)이라잖소. 도 닦아 탈각하기는 애저녁에 틀린 이 몸이니 술로나마 선계를 탐해 봐야지 않소?"

어처구니가 없어진 종남일기는 말문이 막혔다.

그러다가 한 가닥 스며든 겨울바람이 아현의 손가락을 꼬물거려 옷깃을 여미게 만드는 것을 보고서야 한마디 으르렁거렸다.

"네 나이나 좀 생각해라. 쓰러진 애들 살필 생각은 안 하고, 나원."

말은 그렇게 해도 한 가닥 안도의 한숨이 스쳐 지나는 종남일기였다.

단천상과 탁치환이 도망친 자리에는 마교의 집법당 고수 열다섯 명이 한자리에 나뒹굴고 있었다.

광겸이 쓰러뜨린 숫자를 합치면 당금 마교 집법당 고수 절반을 오늘 일어설 수 없게 만들었다고 봐야 했다.

광겸이 다시 깨어난 것은 삼 일이나 지난 뒤였다.

그동안 아무도 입을 열어 질문을 던지는 사람이 없었고, 광겸이 깨어난 지금도 물어보려는 사람이 없었다.

이 삼 형제는 어떻게 마교의 핵심적인 비밀을 알고 있는 것일까?

게다가 단순히 아는 정도에만 그치지 않은 것이 분명했다. 전설이 전하는 마교의 초열아(超熱牙)는 시전자의 몸을 같이 녹여 버리는 악랄한 마공이었다. 한데 그걸 아주 완벽히 구사할 정도로 익힌 모양새가 아닌가.

종남일기는 순간적이지만 아주 똑똑히 기억하고 있었다.

광겸이 던지는 순간, 그 칼은 이미 주입받은 진기가 한계였다. 남은 진기로만 흙을 녹이며 들어가던 광경. 칼의 한 뼘 바깥 주변은 폭죽 터지듯 폭발하며 뜨거운 공기를 내뿜었다.

그리고 서서히 함몰해 들어가는 광겸의 쌍칼은 이십 년 전에도 느끼지 못한 전율을 느끼게 하는 것이었다.

종남일기는 그래서 눈살을 다시 찌푸렸다.

아무것도 모르는 척, 아현과 노닥거리기만 하는 녹진자.

'매사 장난 없으면 세상 뜰 놈이구만, 이런……'

투덜거릴 데도 마땅치 않아 종남일기는 탁명옥이 누워 있는 곳으로 눈길을 돌렸다.

'아무래도 물어봐야 하나……'

강북련주는 이 삼 형제를 어떻게 알고 거둬들였을까?

미루어 짐작해 보면 간단한 일이었다.

하류 잡배나 상대하던 삼 형제를 절정고수를 상대하는 일에 느닷없이 투입하는 모양새가 뭔가 깊이 알고 있지 않으면 가능한 일이 아니었으니, 그리로 먼저 물어봤어야 하는 일이었다.

한 번도 본 적이 없던 사이가 그랬다니, 더 수상하지 않은가.

종남일기는 기억을 더듬었다.

그러나 아무리 생각해 봐도 윤홍광과 강북련주인 엄자령의 사이가 돈독했다는 소문은 없었다.

세상 인연 끊고 살았던 종남일기가 캐낼 재주란 물어보는 것 말고는 없었다. 그나마 녹진자는 술 마시고 노닥거리느라 좀 돌아다녔다. 아는 것이 전무하지는 않을 터였다.

그러나…… 녹진자는 멀리서 종남일기의 눈치만 흘깃, 한 번 쳐다봤을 뿐, 입을 열려는 기미가 없었다.

종남일기는 결국 탁명옥이 누워 있는 방문을 열고 말았다. 시중들던 하인이 막 천을 갈려던 중이었다.

"좀 어떠신가?"

파리한 안색의 탁명옥은 억지로 웃어 보였다.

"뭐, 보시는 대로입니다."

척추뼈만 남고 모든 것이 다 잘렸다가 간신히 살아남은 사람치고는 말에 절망이 깃들지 않아서 종남일기는 적이 안심했다.

"녹진자, 저놈이 그 푸른 가루나 좀 뿌려 치료해 주던가?"

탁명옥은 힘겹게 웃었다.

"후후후, 예. 일단 먼저 사는 게 우선이라고 하시더군요."

"그놈다운 말이군."

잠시 침묵이 흐르자 며칠 새 종남일기의 순진할 정도로 정직한 면을 눈치챈 탁명옥이 먼저 물었다.

"뭐, 하교하실 말씀이라도 있으십니까?"

종남일기가 되레 무안해질 지경이었다. 아픈 사람에게 내 궁금한 거 풀어 달라고 묻기가 참 이기적으로 보이지 않는가. 그런데 탁명옥이 물어보라고 먼저 터놓은 것이다. 종남일기는 쓰게 웃었다.

"고맙네. 이 삼 형제에 대한 질문일세. 뭐, 아는 게 있는가?"

탁명옥의 눈이 반짝이자 종남일기가 내처 덧붙였다.

"자네 상전인 엄 련주에게 어디까지 발설해도 좋다는 허락을 받았나?"

이번에는 탁명옥이 웃었다.

"하하…… 어르신, 참으로 겸손하십니다. 굳이 천하를 위한 일이 아니라도 강북련에 지금 얼마나 큰 힘과 위로가 되었는지 모르시는 것처럼 말씀하시는군요."

"……?"

종남일기가 맹한 표정을 짓자 탁명옥이 서신이 수북이 쌓인 서탁을 가리켰다.

"하인들이 주로 하는 일은 저 서신을 제게 보여 주는 겁니다. 제가 부르는 대로 답장을 쓰고요. 저는 누워서도 지금 천하가 돌아가는 정세를 보고 있는 중입니다."

"아니, 이렇게 중상을 입은 환자도 부려먹나?"

그러자 탁명옥이 쓴웃음을 아주 짙게 내보이며 말을 받았다.

"뭐, 이제 병신이 되었으니 그만두겠습니다, 라고 서신을 전하긴 했습니다. 그랬더니 '네 무공보고 뽑아 쓴 거 아니다, 아랫사람 더 붙여 줄 테니 누워서 일 봐라. 사직서 안 받는다' 라는 답장이 오더군요."

기가 막힌 일이었다.

물론 탁명옥의 사람됨이 보기 드문 것은 확실했다.

여기 서안이 해상무역 때문에 천산 너머의 서역과의 교류가 많이 사라졌다고 해도 아직 중요한 거래품이 많이 남아 있기는 마찬가지였다.

한마디로 서안의 물동량은 엄청났다.

이렇게 큰 규모의 사업에 관여하면서 부패하지 않으려면 자기가 가진 재능을 몽땅 그쪽으로만 갖다 처박아야 할 일임에 틀림없었다. 그러고도 장담을 못하는 일인 것이다. 주변이 온통 다 썩었으니 말이다.

그러니 강북련주 같은 자리에 있는 사람이 놓치지 않으려고 혼신의 힘을 다하는 모양새도 어찌 보면 당연했다.

그러나 대놓고 사직서 못 받는다고 하는 것은, 종남일기의 '나이 먹으면 점잖아야 한다' 는 상식과 많이 다른 것이었다.

그런 생각을 하는 종남일기에게 탁명옥은 말을 전했다.

"며칠 전에 여기 견자단과 어르신들이 해내신 일은 지금 천하 각지로 빠르게 전달되고 있습니다. 어르신들은 '역시' 하는 세상의 무게중심으로, 그리고 견자단 삼 형제는 '어라?' 하는 새로운 별로 떠오르고 있는 중이지요."

"무게중심은 무슨⋯⋯."

종남일기가 새삼스럽냐는 듯 중얼거리자 탁명옥이 슬며시 손을 들어 하인에게 차를 지시했다.

"어쨌든지 간에 강북련에서는 무슨 대가를 지불하고서라도 종남과 화산에 우의를 돈독히 하고자 합니다. 이미 세상 이치를 새로 정립하셔도 되는 두 어른께 무슨 보상을 직접 한다는 시건방진 생각이 감히 온당키나 하겠습니까. 그저 두 분의 사승 관계인 본산에 지원을 하는 것으로 감사함을 전한다는 것이지요."

그제야 종남일기는 입을 벌렸다.

마음 씀씀이도 그렇거니와, 세상을 향한 상인의 홍보 수단은 바로 이런 것임을 그대로 보여 주는 일이었기 때문이다.

감사함을 지극함으로 표하는 강북련에게 호감을 품지 않을 자가 몇이나 되겠는가.

"아, 그 정도 위치에 있으니 질문 정도야 대답을 못해 주겠느냐, 이건가?"

"그렇지요. 무슨 말씀이든 최선을 다해 돕는다는 것이 저희 강북련의 입장입니다."

종남일기는 그제야 자신이 나이에 어울리지 않을 만큼 순진했음을 눈치챘다. 세상에서 벗어나 동굴에 처박혀 도나

닦았으니 세상 모든 사람의 일거수일투족을 따라다니는 상업적 전략에 대해 알 게 뭔가.

결국 종남일기는 입에서 쓴웃음을 지울 도리가 없었다.

"그러면 한 가지 묻지. 자네 주인은 저 삼 형제를 어찌 알았다는지 혹시 언질 없었나?"

탁명옥은 망설임 없이 바로 말해 주었다.

"천하가 다 모르고 있지 않았습니까, 윤흥광 대협의 여식이 시댁에서 쫓겨나 고생한다는 것을요. 물론 제가 이 자리에 부임하기 전입니다만……."

탁명옥도 무인이다. 그러니 윤흥광에 대해 존경심이 있었을 것이고, 그가 그때 이 서안에 있었다면 홍춘은 그렇게까지 고생을 하지 않아도 될 일이었다.

그런 면에서 종남일기는 다시 입맛을 다실 수밖에 없었다. 사람의 운때란 이렇게 맞아야 손발 놀릴 틈을 얻는 점에서 변함없는 모양이었다.

"하여간 그러지 않아도 저희가 손을 쓰려는 찰나에 사람이 나타났더군요. 버림받아 아무도 돌볼 이가 없던 홍춘에게 웬 사내 셋이 접근해 보호하기 시작했다는 얘기가 보고되어졌고, 그게 웬일인지 련주님에게 직통으로 올라갔던 모양입니다."

잠시 침묵이 흘렀다.

종남일기는 고개를 갸웃거렸다.

"그럼 강북련주는 처음부터 이 삼 형제를 주목했단 말이군. 어떻게 알았는지는 자네도 모르고…… 흠."

그러나 어떻게에 대한 단서가 다시 흘러나왔다. 그리고 그 단서는 종남일기의 찻잔을 만지던 손가락에 경련을 일으키게 하는 것이었다.

"련주께서 소림의 '그분' 께 언질을 받았다는 소리를 듣기는 했습니다만."

조용한 방 안이 종남일기의 기세로 물결쳤다.

"소림? 하면……."

소림이라니. 몸에 전율이 일어날 일이었다.

그렇다면 사실은 홍춘의 신상을 온 천하가 주목하고 있었다는 말이 아니던가. 이십 년씩이나!

마교가 그토록 두려웠다면 윤홍광이 혼자서 꼬리 잡느라 고군분투할 동안 숨죽이고 뭘 하고 있었단 말인가.

그리고 종남일기는 그 점에서 대노했다.

"중이, 부처를 섬긴다는 사람들이 이렇게 행동해도 되는 것이었나? 그 양반이 원래 이렇게 무심했어? 당장 가서 따져야겠다!"

그러자 방문 밖에서 소리가 들려왔다. 녹진자였다.

"선배, 그 양반 성질 몰라서 찾아간다는 게요? 그러다 화만 더 돋지. 그냥 현직 장문인이나 만나고 오는 게 나을 거요."

종남일기는 방문을 벌컥 열고 나가 노여움을 토해 냈다.

"시끄러! 네놈도 똑같은 놈이란 소리잖아! 알고 있으면서도 서로 쉬쉬하며 감추는 게 구대문파 전통이야? 그건 뒷골목 건달들이나 하는 짓거리잖아! 대체 마교랑 다른 게 뭐 있냐!"

아현의 눈이 동그래져서 종남일기를 쳐다보았다.

집에서 가장 연로한 양반이 이리 큰 소리를 내니 온 집안 식구들의 동작이 정지했다.

"아, 뭔 일이래, 또? 정말 까칠한 양반이라니까!"

광검이 중얼거렸다.

그런 광검을 한 번 째려본 종남일기는 참을 수 없다는 듯 말했다.

"나, 숭산에 다녀와야겠다!"

광검은 관심 없다는 듯 얼굴을 돌리고 대꾸했다.

"어련하시겠수."

붉으락푸르락해진 얼굴을 돌린 종남일기가 허공으로 몸을 띄웠다.

"성질하고는, 참……."

녹진자가 곤란하다는 듯 고개를 흔들었다.

겨울 햇살이 다시 집 안을 비췄지만 싸늘함은 가시지 않았다.

그렇게 만든 종남일기는 어느새 허공을 밟아 날아가 버리고 말았다.

"크허허헉!"

단천상은 벌떡 일어났다.

부드러운 비단 금침 위였다.

입안에서부터 타는 듯한 통증이 가시지 않았다.

옆 탁자에 놓인 물을 단천상은 거칠게 들이마셨다.

한참을 들이마시고 나서도 타는 듯한 느낌은 가시지 않았다. 그러나 그깟 통증이 문제가 아니었다.

단천상은 침상에 걸터앉았다.

"크으……"

저절로 신음이 나오고 양팔이 머리를 쥐어 감쌌다. 그렇게 고개를 숙이고 한참을 주저앉아 있다가 결국 나온 것은 또다시 신음이었다.

"크으윽, 이십 년 세월을…… 이렇게……"

"이제 정신이 드십니까?"

문밖에서 들려온 소리에 단천상은 흐물거리며 웃었다.

"흐흐흐, 탁 당주…… 천하의 단천상이가 비참한 꼴이 됐구려."

잠시 침묵이 있었지만 탁치환은 곧 대답했다.

"소주, 다시 기회는 있습니다. 그리고 그놈이 초열아를 가지고 있다는 것을 안 이상, 아마 원로원에서도 따로 놀지는 못할 겁니다. 소주의 대업에 동참을 해야 하니, 새로운 힘이 생긴 것이라고 위안 삼으시는 것이 좋을 듯합니다."

"초열아…… 지옥을 지키는 불개의 이빨…… 흐흐흐흐."

단천상은 광기로 눈을 번쩍이며 낮게 웃었다. 그러나 그 웃음은 어느 순간 뚝 그쳤다.

"그 늙은 것들의 손을 빌려야 한단 말인가, 나 단천상이!"

그러자 탁치환의 위로가 계속해서 이어졌다.

"소주, 지금 힘을 얻으시려는 것도 다 교주께 승복하지 않는 무리들을 하나로 통합하기 위함이 아닙니까? 원로원은 교주께 반대할 명분을 잃었습니다. 사라진 초열아가 나타난 이상, 원로원에서 나서서 찾아와야 합니다. 그걸 빌미로 그 세 놈이 원로원의 고수 몇 명을 죽여 준다면 더없이 좋은 일이지요. 힘을 내십시오. 저희는 지금 소주만 바라보고 있습니다. 소주께선 분명히 마도천하를 이룰 것입니다."

그 말에 단천상이 눈을 가늘게 좁히며 말했다.

"원로원으로 가겠소."

그러자 희열에 찬 탁치환의 목소리가 들렸다.

"드디어 극복하고 움직이시는군요. 그러셔야지요. 제가 먼저 기별을 넣겠습니다."

탁치환의 기가 멀어졌다.

주변에 자신을 지켜보는 눈이 없음을 확인한 단천상은 중얼거렸다.

"천하 따위야 누가 가지든 내 알 바 아니지……. 내 관심은 오로지……."

가늘어진 단천상의 눈이 일순 둥글게 휘며 웃음을 보였다. 그 눈꼬리를 타고 마기가 뚝뚝 떨어졌다.

"내가, 이 단천상이 스스로 신이 되느냐 하는 것뿐이야. ㅎㅎㅎㅎㅎ……."

그러기 위해서는 광검이 가진 여왕충이 꼭 필요했다. 둥글게 휘었던 눈이 쫙 펴졌다.

번쩍!

가느다란 눈에서 강렬한 눈빛이 터져 나오고, 그게 다시 커져서 온 방 안을 청색으로 물들였다.

청록광마공. 마교 사상 가장 강한 내공심법이라 평가받는 무공의 극에 달한 경지가 단천상의 눈에서 뿜어진 것이다.

단천상은 천천히 중얼거렸다.

"견자단, 어찌 씹어 먹을지 서서히 보여 주마."

단지 빛뿐이었다.

드드드드드드드드—

그러나 방 안의 사물들이 덜덜덜 떨리기 시작했다.

파삭— 팍, 파삭—

곧 주담자, 찻잔, 화병들이 차례대로 깨져 나갔다.

단천상의 눈길이 닿은 순간에 벌어진 일이었다.

"백선고의 여왕충을 빼앗은 후에는 네놈들의 팔다리를 이렇게 해 주마. 흐흐흐흐흐, 그때가 되면 난 신이 되어 있을 테니까."

단천상은 자리에서 일어섰다.

광검의 백선고 여왕충은 오랫동안 얼어 있었기 때문에 이제 겨우 자의식이 생겼다. 분명 단천상에게 승산이 있는 일이었다.

단천상의 눈에서 다시 불길이 토해지며 천장을 향했다.

"커헉!"

부서진 천장과 함께 배와 가슴이 통째로 없어진 사내가 뚝 떨어졌다.

사내는 말을 잇지 못한 채 단천상을 바라보았다. 표정은 왜냐고 묻고 있었다. 단천상을 그림자처럼 호위하는 자신을 왜……

단천상은 다시 흐흐, 웃고 나직하게 말해 주었다.

"내 네놈의 충성을 모르는 것은 아니나…… 내가 신이 된
다는 것은 교주이신 아버지도 몰라야 하느니라. 흐흐흐흐."

사내의 눈이 암울하게 물들어 갔다. 방 안의 분위기도 암
울해졌다. 단천상의 웃음소리만 남아 오래도록 가루를 흩날
렸다.

이미 단천상은 나가고 난 후였다.

원로원이라는 조직이 따로 있다는 것만 해도 얼마나 크고
세력이 강한지 단적으로 보여 주는 실례라 할 수 있었다.

그 원로원의 규모가 오십여 명을 헤아린다면 강호인들은
그 단체를 딱 한마디로 구분지어 말할 것이다.

마교.

종남일기도 그렇고, 녹진자도 그렇고, 구대문파조차 극한
을 초월한 고수는 백 년이나 혹은 그보다 오랜 시간이 걸려
한두 명씩 배출한다. 그나마도 운이 좋을 때였다.

하니 한 세대 안에 이토록 많은 은거고수를 오십여 명이
나, 그것도 항상 보유한 단체는 마교 말고 아무 데도 없었
다.

그 대단한 원로원은 대정전(大井殿) 뒤쪽, 무려 십 장이
나 치솟은 탑이었다.

그 탑의 문은 항상 닫혀 있어 문이 열리는 날은 마교 내
에 중요한 변화가 생길 때뿐이었다.

그그그그그그그그궁—

마교의 교주조차 뒤편의 작은 문으로 드나드는 원로원. 그 무거운 정문이 지금 단천상을 맞아 천천히 열리고 있었다.

단천상의 얼굴이 점차로 굳어졌다.

'늙은이들……. 초열아가 나왔다고 하니, 놀라도 아주 기절하게 놀란 모양이군.'

그랬다.

초열아가 다시 세상에 나왔다는 것이 고집 센 원로원의 대문을 활짝 열어젖힌 것이다.

단천상은 씨익 웃었다.

"앞으로는 내 말 한마디에 문을 열고 닫게 해 주마. 아니, 이 탑 자체를 내 재채기 한 번으로 천 번, 만 번 부숴 주마. 반드시!'

그럴 자신이 있었다. 이제 얼마 있지 않아 정말 그렇게 될 것이다. 새삼 각오를 다진 단천상은 입을 꾹 다물고 안으로 걸어 들어갔다.

잠시 후, 원로원 전체가 모인 곳에 홀로 서서 버틴 단천상에게 기세가 쏟아졌다. 사실 단천상도 원로원에 들어온 것 자체가 처음이었다. 원로들의 모습을 보는 것도 당연히 처음이었다.

그러나 그 면면의 외모들만으로도 누군지 익히 짐작이 갔다.

등이 거의 구십 도로 휘어 혹까지 달고 있는 노인. 바로 현재 원로원의 주인이었다.

그는 눈자위가 없었다. 눈 전체가 검은색이었다. 마치 무저갱 같은 눈동자로 세상을 암흑 속에 통째로 담궈 버린 것이 벌써 이백 년 전이었다.

묵마(墨魔).

섭혼술 하나로 절정고수의 정신력을 찰나지간에 무너뜨리는 가공할 경지에 오른 대마두였다. 아주 드물게 일류 고수까지 섭혼술로 제압하는 마인들은 있었다. 그러나 절정고수는 어떠한가.

배우지 않은 섭혼술도 그 내공으로 그럭저럭 펼쳐 낸다는 것이 절정고수의 정신력이다. 그런 단단한 정신력마저 지배하는 인간은 묵마가 처음이었고, 그것으로 인해 구대문파는 속수무책으로 당했다.

묵마뿐만이 아니었다.

여기 모인 대부분의 노친네들이 이와 비슷한 전력을 가지고 있는 것이다.

그런 엄청난 노인들이 오십이나 둘러 모였고, 그 엄청난 일신의 기세가 가운데로 뿜어져 압박하니, 그 자리에 단천상이 있었다.

단천상은 숨도 쉬지 않고 버텼다.

약하게 보일 수는 없잖은가.

이십 년 넘게 천만금을 쏟아부은 연구가 바로 만령충의 변태였다.

더구나 사라진 백선고의 여왕충을 회수하지 못하고 돌아온 지금, 잔소리를 얼마나 들을지 감조차 잡히지 않았다.

저렇게 허약한 몸으로 초열아를 가진 강자와 붙을 생각을 하다니, 마교의 대를 끊어 놓을 셈이냐, 소리 정도는 나올 분위기였다.

그러니 단천상으로서는 이를 악물고 버틸 수밖에 없었다. 하지만 기세는 폭풍이 아니라 무슨 산사태같이 쏟아졌다. 산이 한꺼번에 무너지는데 그 흙더미에서 허우적거려 봐야 숨 대신 흙탕물만 들이켠다.

지금 단천상의 느낌이 그랬다.

그런 단천상과는 반대로 놀리는 것이 아니라 진지하게 시험을 던졌던 원로원의 고수들은 무척 놀라는 중이었다. 단천상의 소문은 들었지만 설마 이대로 버틸 줄은 몰랐던 것이다. 그제야 예의를 갖추는 말들이 나왔다.

"참혹하게 당하셨다고 들었습니다. 몸은 괜찮으신 겝니까?"

물론, 그 기세는 풀지 않은 채였다.

"……."

단천상은 하마터면 발작할 뻔했다.

이런 염장질을 인사라고 하는가. 게다가 이 기세를 버티면서 그 와중에 말을 해 보라는 의도가 깔려 있지 않은가.

단천상은 호흡을 아주 길게 들이마시고 천천히 말을 했다.

"아…… 본인은…… 괜, 괜…… 찮소."

하마터면 토할 뻔했다.

이 노친네들의 세상 활동하던 시기, 그 사람 미치게 하는 특유의 살기며 비릿한 혈향의 의지 같은 사념들이 계속해서 쏟아져 들어오니 단천상의 깨끗한 것 좋아하는 성격에 견딜 재간이 없었다.

그러나 여기서 약한 모습 보이면 그대로 밟히고 말 것이다. 끝내 입을 여는 데 성공하자 노인네들은 노골적으로 놀라는 표정을 드러냈다.

네놈 따위가 우리 기세를 버티다니, 라는 속내를 숨기지 않은 것이다.

단천상의 속이 다시 뒤집어진 것은 당연했다.

하지만 지금 손을 내밀어야 하는 것은 단천상이었다.

"흠, 흐으, 음……. 백선고의…… 여왕충…… 에 들어간 노력은, 꼭 본 교의 힘으로…… 다시. 흡수될 거요. 다만……."

"가능하시겠습니까?"

다행히 단천상의 고개가 마침 숙여져 있었기 망정이지, 그 말을 들은 단천상의 눈은 사람 하나 통째로 태워 먹을 만큼 불길이 이글거렸다. 당장 손을 들어 때려죽이고 싶은 마음을 간신히 누른 단천상은 힘들게 미소를 지어 보였다.

얼마나 썩은 미소가 되었는지는 굳이 짐작하지 않아도 되었다.

"아…… 이…… 번…… 실패…… 는, 놈이…… 초열아를…… 손에 넣었다…… 는 것을 몰랐기…… 때문이오."

그리고 눈을 이글거리며 재빨리 덧붙였다.

"초열아…… 는…… 원로원에서…… 관리하던 신물이었

던 것…… 으로 알고 있소만…….”

—다 너희 책임이야!

확실한 반전을 꾀한 단천상이지만 얼굴은 더 일그러졌다.
쏟아지는 힘이 가중되었기 때문이다.

사실 묵마의 심기는 편치 않았다.

“책임 전가를 하는 것은 미래의 마교를 책임질 분으로서
옳지 않습니다. 정확히는, 전대 교주님이 갖고 계신 사이에
피살당했고, 그 와중에 없어진 것이지요.”

“……!”

확실히 이것은 단천상으로서도 처음 듣는 이야기였다.

“전대 교주라니…… 우욱!”

너무 놀라서 무리하게 입을 열었다가 생목이 넘어왔다.
손으로 입을 막는 추태까지는 보이지 않았지만, 단천상의
눈에 다시 한 번 불똥이 튀는 것은 어쩔 수 없었다.

그리고 단천상이 그렇게 한 번 흔들린 모습을 보인 후에
야 기세는 걷혔다.

단천상은 콧대 높은 자존심에도 불구하고 숨을 몰아쉬지
않을 수 없었다. 속으로 웅크린 발톱을 갈고 또 가는 중이
었다.

‘만만찮다, 이거지? 두고 보자, 냄새나는 늙은이들.’

하지만 이번엔 단천상이 움찔할 차례였다.

확실히 마교에서는 반역이 드물지 않았다. 아버지 단예는

반역으로 전대 교주를 몰아내고 교주 자리를 차지한 것이다.

그 와중에 전대 교주는 죽었다.

원영신을 이뤘다는 전대 교주가 어떻게 죽었는지 말을 하지는 않았지만, 그 가족들이 죄다 죽었으니 확실한 얘기였다.

그런데 그 전대 교주가 초열아를 가지고 있었다니.

"그런 사연이 있는 줄은 듣지 못했소만?"

묵마는 불편한 심기를 그대로 드러냈다.

"의심하지 마십시오, 소교주. 우리는 확실하게 현 교주께 머리를 숙였습니다. 그 일이 일어난 날, 우리는 초열아를 회수하기 위해 광명전을 이 잡 듯 뒤졌습니다. 너무 큰 난리였는지 보이지 않더군요. 일단 새로 교주로 오르신 뒤에 그 사실을 통보하긴 했습니다만, 별 반응 없으시더군요."

단천상은 눈살을 찌푸렸다.

초열아는 마교의 삼대신물이었다.

그런데 그 중요한 것에 반응을 안 보이다니?

단천상은 뭔가 다른 고리 하나가 끼어들어 있음을 알아챘다. 아버지 단예의 성격으로 미루어 짐작해 본다면, 원로원에 말 못할 사정이 있었다. 틀림없이.

단천상은 속으로 쾌재를 불렀다.

'이거, 잘하면 아버지의 약점을 잡으려는 못난 놈으로 위장할 수도 있겠군.'

현재 단예의 상황은 그 누구도 몰라야 했다. 그것은 어머니인 제갈청청과 단천상, 둘만의 비밀이었다.

물론, 자신이 죽을 만큼 심각한 사정일 수도 있다.

앞뒤 재지 않고 '어, 그래? 그럼 내가 물어봐 줄게'란 말을 내뱉을 만큼 가벼운 비밀이 아니었다. 대신 독촉할 뿐이었다.

"초열아를 회수하는 것이 원로원의 책임인 것 같소만."

이것은 어쩔 수 없는 일이었다.

묵마는 괴로운 표정을 지었다.

"당연히 그래야지요. 으음, 벌써 세상 떠나 하늘에서 놀고 있을 나이에 직접 강호로 기어 다녀야 하다니……."

단천상은 속으로 데굴데굴 구르며 웃고 싶은 심정이었다.

'원로원이고, 그 개자식들이고, 싸우다 뒈져 버려라!'

속은 속이고, 겉은 멀쩡하게 염려하는 척했다.

"노친네 부려먹는 것은 나도 좋아하지 않지만…… 기댈 곳은 역시 여러 원로 고수분뿐이구려. 양해해 주시오."

말은 정중했다.

물론 다 믿지는 않을 것이다. 그 점이 오히려 더 통쾌한 단천상이었다.

인사는 그렇게 마무리 지어졌다.

단천상이 나가고 육중한 소리를 내며 원로원의 문이 닫혔다.

그그그그그궁— 쿵!

단천상은 교주의 거처, 광명전으로 들어가며 크게 웃었다.

"크하하하하하하핫! 세상이야 누가 가지든 하늘의 신아,

기다려라! 나 단천상이 가는 중이니라! 크하하하하하하하
핫!"

　광소였다.

　겨울에는 산들이 다른 옷을 입는다.

　새하얗게 도배한 산은 거뭇거뭇한 점들에 의해 그 중량감
을 확실히 드러냈다.

　흰 눈에서 솟아오른 거뭇거뭇한 점들은 가만히 보고 있노
라면 마치 오래전에 삭발을 해서 머리카락이 슬금슬금 자란
승려의 머리 같기도 했다.

　이곳이 숭산이기 때문에 그런 느낌이 특별히 더한 것은
아니었다. 그러나 겨울 산행이 좀 난감한 길임에도 끊임없
이 찾아드는 향객과 세상에 부대껴 살며 빛을 발하는 보살
들이 끊이지 않다 보니 숭산의 겨울 풍경은 진짜로 산 전체
를 스님처럼 느끼게 했다.

　하나 이런 감각 자체를 종남일기는 느끼지 못했다. 성질
이 왕창 올라 허공을 내달아 뛰어가는 중인데 이런 심상이
눈에 들어올 턱이 없었다.

　성의 경계가 바짝 붙은 곳이 있기는 해도 섬서의 서안에
서 하남 숭산까지는 한 달이 족히 걸리는 거리였다.

　물론 급한 파발마의 경우 며칠이면 닿기야 하지만, 고수
의 경공이 산을 건너고 물길이 좋게 타는 곳을 골라 와도 며
칠은 걸려야 한다.

　허공을 나는 수준이라 해도 마찬가지였다. 그러나 종남일

기는 밤새 날아 다음 날 아침에 숭산까지 온 것이다.

한달음에 일주일 거리를 뛰어넘을 만큼 노한 그 심성이 빗자루 든 사미승의 감각을 자극했고, 그래서 올려다본 하늘에 웬 은거고인이 하늘을 날아 접근하고 있음을 발견한 사미승이 부리나케 정문 안으로 달려갔다.

사람의 기세가 엄청 강한 뭔가를 팍팍 풍겨 대지 않아도 허공을 뛰는 작자가 매일매일 만날 만큼 흔한 것도 아니니, 누구라도 종남일기의 저 얼굴 표정을 심각하게 받아들이는 것이 당연했다.

그래서 소림의 계율원주인 학현이 당장 뛰쳐나왔다.

당금 소림의 학 자 항렬의 고승들은 손꼽히는 기대주였던 사람들이 많았고, 게다가 그대로 노력을 멈추지 않은 사람들이 대부분이었다.

그래서 학현은 종남일기의 신색이 반로환동한 모습이라는 것을 금방 알아보고는 손을 허공에 대고 합장하고 고개를 숙여 보였다.

"어느 고인이신지 여쭈어도 되겠습니까?"

"나 종남의 백 씨다!"

"헉!"

소림의 계율원주라는 자리가 호락호락한 지위는 아니었지만 그것도 사람 나름이지, '나 백가' 라는 말 한마디를 꺼내는 순간에 이미 지나쳐 안쪽으로 들어가는 사람을 어쩌겠는가. 그것도 날아 들어가는 상태를.

학현은 종남일기가 들어가는 방향이 '그분' 이 계신 곳이라는 것을 당장 눈치챘다. 그래서 부리나케 따라 들어가며 지순한 내공으로 전음을 세게 발했다.

[장문 사형, 종남의 신선이 오셔서 저희 대조종을 찾습니다!]

방장실 문이 우당탕 열렸다.

"뭣이라? 누구?"

소림의 전체를 대표해 맡는 방장. 눈코 뜰 사이 구분 못하게 바쁘지만 보름에 한 번은 꼭 쉬는 것이 방장 주지, 학화의 생활 철학이었다. 그리고 하필 그 귀한 휴식 때 종남일기가 들이닥친 것이다.

학화는 무슨 사단이 벌어질 것인지 대충 짐작이 갔다. 그래서 냉큼 뛰었다. 소림, 구대문파의 태두에서도 살아 있는 전설이라 불리는 자신의 태사조가 있는 곳으로.

체통도 내던지고 부리나케 뛰어간 죽림. 종남일기는 사람 키를 네다섯 배도 더 넘기는 대나무 숲 위에 서 있는 상태였다. 그 상태에서 인사를 건네는 것이었다.

"저 왔습니다!"

그러나 죽림에서는 대답이 없었다.

대신 멀리서 학화가 손을 흔들며 대꾸했다.

"아니, 어르신! 이리도 오랜만에! 오셨으면 방장실로 직접 오시지! 어떻게 차라도 한잔……."

"나 지금 성질났으니까 건들지 마라."

종남일기의 표정 그대로의 감정을 지닌 말이 흘러나왔다.

아무리 현 강호의 모든 배분을 무시해도 좋을 만큼의 배분이라고 해도 '천하공부 출소림'이다. 그 소림의 방장 주지인 것이다.

그런데 말을 저렇게 한다. 옆에 따라오던 학현이 오히려 열 받을 지경이었다. 그러나 학화도 멈추는 기색이 아니었다. 더 빨리 발을 놀렸다. 입도 거기 따라갔다.

"허허, 아니, 부처님 되는 법 연구하시는 분은 왜 건드리십니까? 어차피 시간 거꾸로 드셔서 젊어지셨으니 젊은 저희랑 노셔야죠."

대체 누가 종남일기인가.

말투로만 따지면 구분할 길이 없었다. 소림의 방장, 그리고 학현이 열 살 때부터 오십 년간 알고 있는 대사형이 도저히 아니었다. 그래서 계율원주 학현은 입을 쩍 벌렸다.

"아니, 장문 사형, 어찌 그런 천박한 말투를……."

물론 너무 놀라서 그런 것이지만, 그 실수는 종남일기의 눈에 튀고 있는 불똥에 기름을 부은 격이었다.

당장 불호령이 떨어졌다.

"그래! 나 천박한 놈이다! 그래서 너희 최고 어르신한테 따지러 왔다! 기분 좋으냐!"

학화는 드디어 섭섭한 마음이 들어 버렸다.

실상 장문의 위치로 이런 모양새를 내비친 것만 해도 많이 양보한 것이었다. 그런데 종남일기는 도대체 알아줄 기미가 아니지 않은가.

"도대체 무슨 일로 그러십니까? 그렇지 않아도 이십 년이나 면벽만 하시는 분께 또 무슨 고해를 던지셔야 직성이 풀리시겠단 말입니까!"

언성이 높아지자 종남일기가 마주 언성을 높였다.

"면벽은 무슨 얼어 죽을! 세상 돌아가는 거 뒤로 다 보고 듣는 게 면벽이냐? 그런 면벽이면 나도 천 년은 하겠다!"

그러더니 다시 죽림을 내려다보며 덧붙이듯 말하는 것이었다.

"그렇게 생각 안 하십니까, 진원 선배?"

죽림은 그래도 말이 없었다.

진원.

지금은 아무도 그렇게 부르지 않는다. 거의 백 년 전에 불리던 때가 마지막인, 소림에서 사미승 신분을 벗고 맨 처음 받은 법명. 그러니 무려 백오십 년 전의 이름이었다.

진원 선사. 세상 사람들이 벌써 오래전에 전설로 기억하는 이름이었다.

그리고 학화의 입이 열리기 전, 비로소 대답이 있었다.

[분노가 그 마음에 그득 찼구나.]

혜광심어였다.

통상 알고 있는 혜광심어는 은연중에 사람의 마음에 희망을 준다. 밝은 생각을 갖게 하는 힘이 있는 것이다. 그러나 지금 종남일기의 마음에 울려온 혜광심어는 어둡고 슬픈 감정이 담겨 있었다.

그것만으로도 학현은 침통한 표정으로 고개를 떨구며 합장을 했다. 무려 소림의 방장인 학화도 수련 부족한 꼬마 중마냥 어두운 표정이 되었다.

그러나 종남일기는 아니었다. 오히려 소리가 더 커졌다.

"예, 성질났죠! 참 진! 근원 원! 이 칼바람 가득한 강호에서 애들 가르치셔야 할 가장 큰어른이신 진원 선사께서 알고도 모른 척 시치미를 떼니 열불이 터져서, 그래서 견딜 수가 없어서 버르장머리없이 달려왔습니다!"

진원 선사의, 그 근심으로 어두워진 혜광심어가 다시 들려왔다.

[대체…… 세상 업보를 집어던질 만큼 수련한 네가 그리 화를 감당치 못한단 말이더냐?]

종남일기는 화가 더 치밀었다. 끝내 고함을 지르고 말았다.

"그 세 놈 말입니다!"

"아미타불……."

부지불식간에 불호를 발한 것은 학화였다.

종남일기가 돌아보니 아예 눈까지 감고 입을 조개처럼 다물어 버렸다. 그래서 종남일기의 눈가가 더 사나워졌다.

"너, 학화! 소림 방장도 알고 있었어? 그런 거야? 소림이 다 알고도 악마 새끼 섬기는 미친놈들이 무서워서 입 닥치고 쉬쉬한 거야? 그런 거야? 소림이 그런 데였어? 앙! 이런 제기!"

한 번 성질이 나서 떠드니 점점 상태가 더해갔다.

게다가 학화도 한몫 거들었다.

"알았습니다. 알고말고요. 하지만 저분은 부처가 되느니 세상 중생의 고통을 함께하는 보살이 되겠다는 분입니다.

하도 우셔서 눈두덩이가 썩어 문드러지셨습니다. 그런 분에게 따로 또 염장을 지르시겠다는 말입니까?"

소림의 뒷마당에서 나올 말이 아닌 것들도 마구 튀어나오기 시작한 것이다.

진원, 그가 대체 누구인가. 오랜 세월 지켜본, 그 덕을 높이 존경한, 어려울 때 같이 피 흘리며 싸운 전우로서의 믿음이, 현 강호상 가장 큰어른이라는…… 그 모든 것이 한 방에 다 무너져 버렸다. 그래서 화를 더 감당하기 힘들었다.

그 순간, 종남일기의 맥을 쏙 빼 버리는 심정이 들려왔다.

[미안하구나.]

종남일기는 입을 쩍 벌렸다.

진원 선사는 이런 말을 하는 사람이 아니었다.

사람에게 열의를 가지고 끝까지 설득하는 종류의 사람들은 외려 자신이 먼저 미안하다는 말을 잘한다.

혈선불(血善佛). 피도 선으로 승화시킨다는 진원 선사도 성향이 그러했다. 그러나 그런 설득의 방향에도 미안하다는 말은 나온 적이 없었다. 단 한 번도.

종남일기가 기억하는 백오십 년 동안 단 한 번도 없던 것이다.

종남일기의 말문은 그래서 막혔다. 그리고 그 틈을 타 학화가 재빠른 행동을 보였다. 허공으로 튀어 올라와 종남일기의 소매 춤을 붙잡고 늘어진 것이다.

"아, 저리 가서 차나 좀 드시자니까요. 소림하면 아주 좋은 데로 아는 관광 손님들이 저리 많은데, 우리도 먹고삽시다."

다시 나온 방정맞은 행동. 게다가 관광 손님이라니? 간절한 마음으로 불공을 드리러 온 향화객 아닌가.

이게 어디 능공허도를 하는 사람의 입에서 나올 말인가. 학현은 벌어진 입으로 숨을 크게 들이쉬다가 침을 잘못 삼켜 사레가 들렸다.

"자, 장문 사형! 콜록, 콜록, 콜록, 컥컥컥……."

오죽하면 소림의 계율원주 같은 일대 고수가 사레가 들까.

종남일기는 소림 방장의 손끝을 돌아보았다. 거기, 소림의 안마당이 있었다.

죽림의 대나무들은 꽤 높이 자라 있었다. 그 위에 떠 있으니 전각을 넘어서 올라 있는 것이 당연했다. 수련하던 어린 승려들이 허공에 떠 있는 모습에 합장을 하고 절까지 해대는 놈들이 있었다.

그 너머, 저 멀리 바깥 앞마당 탑 부근에서도 사람들이 모여서 이쪽을 쳐다보며 수군거리고 절을 하는 모양새였다.

소림 깊은 곳에서 고승이 하늘을 날았다는 소문이 또 세상을 빠르게 질타할 것이 틀림없었다. 그리고 그 옆에 낀 종남일기의 모습도 같이 사람들 입에 오르내릴 것이 당연했다.

"에휴……."

어쩔 수 없이 종남일기는 학화에게 붙들려 내려오고 말았다. 종남일기에게 세상의 입방정이란 마교보다 더 무서웠다.

내려와서 종남일기는 다시 죽림을 돌아보았다.

밤새 씩씩거리며 달려왔어도 한편으로는 선배로 믿고 의지할 때도 있던 사람이다.

뭔가 열 받은 말도 이젠 나오지 않았다.

'그래도……'

입을 열려고 했지만 씰룩이기만 할 뿐, 끝내 입은 열리지 않았다. 같이했던 세월이 화를 이긴 것이다.

진원 선사의 미안하다는 한마디 말의 위력은 엄청난 것이었다. 그리고 분풀이는 어린 학화에게로 돌아갔다.

"너, 마음에 안 드는 말 나오면 진짜 체면이고 뭐고 다 집어치우고 패 버릴 거야!"

학현의 입이 옆으로 돌아가기 시작했다는 사실을 아는지 모르는지 학화는 조용히 본연의 침착함으로 돌아왔다. 원래 소림 방장의 모습으로 말이다.

"내가 지옥에 가야죠. 아미타불……."

'차는 절간에서 마셔라' 는 말은 정말 농담이 아니었다.

더구나 세상 부호들이 아낌없이 내놓는 명차의 맛을 소림은 밥 먹고 냉수 마시듯 마실 수 있는 곳이기도 했다.

용 다섯 마리가 찻잔 속에 들었다. 오룡(五龍)은 해남에서 나는 검은 용[烏龍]과는 달랐다. 다섯 가지 맛이 난다는 오미자처럼 다섯 향을 용틀임처럼 섞어 구름을 보여 준다는 차였다.

그런 명차가 사람 손조차 맞이하지 못하고 먼지나 마시고

있었다. 학화는 찻잔과는 비교도 될 수 없을 만큼 용틀임을
보이는 종남일기의 신색이 가라앉기를 기다리고 있었다.

대화의 요령이 원래 그런 거니까.

11.
과거의 재시작 (2)

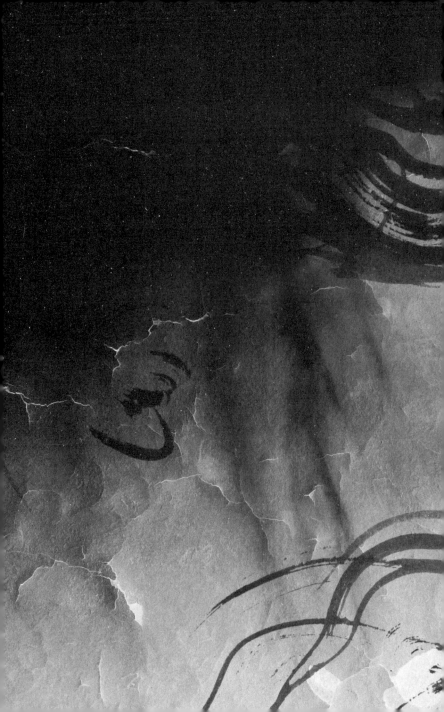

종남일기는 소림 방장에게 뭐라 응대를 하지 않았다. 최소한 열 받은 소리를 또 입에서 튀어나오게 할 수는 없으니 말이다.

그래서 둘은 좋은 차를 마시지도 않고 노려보기만 하는 중이었다.

"휴……."

긴 한숨이 종남일기의 입에서 먼저 터져 나왔다.

뭔가 억눌린 기분이 이제야 풀리기 시작했다는 신호였고, 천하의 소림 방장은 이것을 당연히 알아들었다.

"세상에 다시 나오셨으니 먼저 인사드렸어야 하는데……."

"아, 인사치레는 치우고, 본론 먼저."

종남일기가 말을 끊었다.

하기야 혈선불 진원 선사에게 그런 막말을 할 만큼 화가 머리꼭대기를 뚫고 치민 사람이었으니, 예의 따윈 집어던질 만큼 궁금해 하는 것도 이해가 갈 일이었다. 더구나 성질 더럽기로 유명한 종남의 단 하나뿐인 신선 아닌가.

학화는 빙긋 웃었다.

"어차피 까놓아야 할 거, 좀 옛날 얘긴데 들어 보시렵니까?"

"……."

종남일기는 팔짱을 꼈다.

해 보라는 뜻이었다. 학화는 그제야 식어 빠진 오룡을 들었다.

"그러니까, 지금으로부터 이천 년이 거의 다 되는 얘깁니다. 석가세존이 살아 계실 때니까."

"……?!"

좀이 아니었다. 이천 년이라니.

그러나 소림 방장이 쓸데없는 말을 할 턱이 없지 않은가.

종남일기도 드디어 오룡을 들었다.

후르릅.

찻소리를 내며 마시는 작자가 세상에 있기는 했다. 학현의 앞에서 어린 중이 그랬다면 당장 소림이 뒤집어졌겠지만, 아쉽게도 상대는 세상을 이미 다 살고, 아예 거꾸로 살기 시작한 사람이었다.

그래서 학현은 눈살을 찌푸렸지만, 학화는 빙그레 웃기만 할 뿐이었다.

아직 성이 덜 풀렸다는 표현을 이런 식으로 하는 사람이 종남일기였던 탓이다.

"그날도 우리의 세존께서는 우매한 중생에게 법문을 열어 감로수를 부어 주고 계셨죠. 설법을 하시며 성문을 들어섰는데, 당시 안식국에서 유행했던 배화교의 전도사 하나가 사람들에게 외치는 장면을 보셨죠."

지금 종남일기가 말하는 마교는 황실에 의해 마교라 찍힌 무리가 아니었다. 진짜 아수라를 섬기는 놈들이었다. 그러나 종남일기는 다시 기다렸다.

"그 배화교의 전도사는 우리의 석가세존께 엄청 깨졌습니다. 물론 믿음이 다르다는 이유가 아니었죠."

후르릅.

학현의 귀에는 마치 그 소리가 그 고리타분한 얘기 더 들어야 되냐는 경고로 들렸다. 그래서 흘깃 옆을 보니 장문 사형 학화는 마냥 실실 웃기만 하는 중이었다.

'아미타불, 에휴.'

"뭐, 많은 사람들 앞에서 그렇게 깨진 배화교의 전도사는 상심했습니다. 배화교의 신이 가진 양면성, 악의 신이 마음에 침범해 오도록 낙담했지요."

순간, 종남일기의 손이 멈췄다.

배화교의 광명신, 아즈라 마후다의 양면성에 대해서는 중원의 도교에서도 많은 전설이 있다. 하지만 그게 불교와도 관련이 있었다는 소리는 종남일기로서도 처음 듣는 말이었다.

"……?"

학화는 이때부터 심각하게 얼굴을 굳혔다.

"여기까지가 기록이 전하는 말입니다. 사실 입에서 입으로 전하는 야사에 의하면, 그렇게 마음이 잠식당한 그 배화교 전도사는 사악해져서 부처님의 후예를 호시탐탐 노렸다고 하더군요. 그러다가 몇 백 년 후, 중원에서 세워진 최초의 절, 백마사에서 사람을 파견했고, 그 전도사의 원한이 응어리진 혼백은 그 일행에 묻어 중원으로 들어왔습니다."

"……!"

종남일기의 얼굴이 생뚱맞다는 표정에서 굳어졌지만 학화는 계속 말을 이어 갔다.

"불교에서 말하는 악귀들이 마교에 등장하게 된 것이 바로 그 후부터입니다. 말하자면 중원의 불교는 마교라는 사생아를 낳은 셈이죠. 이것이 소림 밀교라는 기형아를 만들어 유지하면서까지 마교에 신경을 쓰는 소림의 속사정입니다."

"소림 밀교라니, 그 몹쓸 것이 정말로 있단 소리냐?"

학현이 놀라 벌떡 일어났지만, 이미 종남일기의 경악성은 밖으로 멀리 나가 버린 후였다.

"아, 아니, 소리를 그렇게 크게 지르시면 어찌합니까? 그렇지 않아도 큰맘 먹고 말씀드리는 것인데."

학현이 따지고 나니 종남일기의 표정은 볼 만했다.

어린아이가 복수를 하고서 약 오르지 메롱, 하는 듯한 표정인 것이다.

학화가 놀랄 틈 따위는 없었다. 한 번 경험해 봤으니.

종남의 신선이나 해탈했다는 고수나, 종교인이 아니라도 속세에서 생활의 달인인 개방의 고수들도 저런 모습을 보이기는 마찬가지였다.

사실, 좀 어이없다는 점을 빼면 학화도 빨리 일손 놓고 실실 놀러 다니는 사람들 입장이 되고 싶은 심정이었다.

그래서 그냥 입을 열었다.

"소리가 좀 크긴 하셨네요. 소림에서 쉬쉬하면서 마교 내에 첩자나 들이고 있다는 거 황실에서 알아보십시오."

그래서 종남일기가 조금 미안한 표정이 되었다.

"엥? 하필이면 지금 황족 중에 누구 와 있나?"

확실히 큰 사찰에는 황족이 자주, 그리고 정기적으로 출몰한다. 게다가 소림은 황태자의 사부를 둘이나 배출했고, 그중 한 명이 바로 저 뒤쪽 대나무 숲에서 죽치고 있는 그 양반이었다.

"아주 대단한 누구죠. 지금 황제의 사촌 동생 되시는군요. 그분 시종들이 아주 귀가 예민해요. 이 일로 신기한 거 봤다고 저기 남경까지 불려가는 일이나 없었으면 좋겠습니다."

무려 남경이라니.

"뭐, 그렇게 먼 곳에서 왔어? 세상 산이란 산은 죄 절이구만."

종남일기가 미안한 투가 역력한 기색으로 중얼거리자 학화가 이때다 싶어 쐐기를 박았다.

"그러니 제발 큰 소리만 내지 마십시오. 아미타불."

방금 전, 강호상의 가장 큰어른에게 마구 화를 내며 노발대발하던 성깔은 어디로 갔는지 종남일기는 꼬리를 내리며 말했다.

"알았다."

그리고 학화가 말한 첩자에 대한 부분도 당연히 '작게' 물었다.

"한데 밀교라더니, 이단 연구하고 심판하는 거 아니었냐? 부처 섬기는 중이 웬 첩자질이래?"

학화의 표정이 조금 심난하게 변했다.

중. 불자(佛子).

선한 것만 말하고, 자비로만 행하고, 해탈에 대한 고민으로만 꿈꿔야 하는 주제에 어찌 첩자질인가.

학화 자신도 소림의 주지에 오른 직후에나 알게 된 사안이었다.

"밀교가 원래 그런 거 하려고 만들어진 거라니까요. 중원 불교가 들어온 게 한나라 시기인데, 그 직후에 마교가 생성되었으니 소림 밀교도 역사가 천오 백 년은 되는 셈이네요. 아주 지긋지긋합니다, 이젠."

그러자 옆에 있던 학현이 불호를 외웠다.

"아미타불, 아미타불."

종남일기는 맥이 쭉 빠졌다.

"그럼 너네는 대대로 그렇게 계속 마교랑 싸워 온 거야?"

사실 그 질문은 하나마나였다.

학화가 당장 고개를 살래살래 저었다.

"그랬으면 소림이 지금까지 버텼겠습니까? 도고일척이면 마고일장이란 소리가 괜히 나온 게 아닙니다. 산발적인 싸움이라면 자주 있긴 했습니다만. 이십 년 전의 그 싸움도 얼마나 무시무시했습니까? 우리 구대문파야 죽을 똥을 쌌지만……."

똥을 싸다니!

학현이 다시 불호를 외웠다.

"아미타불, 커흠, 장문 사형."

그러나 일단 거친 말에 대한 문이 열린 이상 학화는 거침없었다.

"구대문파는 피똥을 쌌지만, 마교는 준비도 안 하고 그냥 충동적으로 일으킨 정도밖에 안 되는 거였습니다."

"뭐야?"

종남일기가 막 식긴 했지만 그 맛 좋다는 오룡차를 잡아가다가 뚝 멈췄다.

이십 년 전에는 은거고수의 수가 이보다는 좀 더 많았다. 종남만 해도 원래 이선이었다. 이십 년 전, 마교와의 싸움으로 하나가 죽고 하나로 줄어든 것이다.

하지만 마교의 고수들은 어디선지 꾸역꾸역 쏟아져 나왔다. 게다가 만령충의 교감에 의해 적재적소에 배치하는 실력에 얼마나 치를 떨었던가. 두 번 다시 겪고 싶지 않으니 이렇게 빨빨거리고 발품을 파는 것 아니던가.

한데 그게 '그냥 충동적'이었다니.

"뭐, 뭔 말이야, 이게?!"

황당함이란 대체로 종남일기가 남에게 선사했지, 이렇게 남에게 얻어먹는 적이 이십 년 전후로는 없었다. 이게 다 견자단 삼 형제를 만난 직후부터인 것이다. 그리고 마침 학화는 그 점을 물었다.

"서안의 그 세 친구가 아주 마음에 드신 모양입니다. 이렇게 여기까지 한달음에 오시다니…… 아미타불."

"응? 아, 뭐…… 치열하게 사는 놈들이고…… 젊은 애들이 원래 그런 구석이 있어야 하잖아."

종남일기는 어느새 술술 대답했다. 아주, 대단히 마음에 크게 들어왔다는 증거였다.

그래서 학화는 말했다.

"이십 년 전, 마교는 교주가 바뀌었던 모양입니다. 그런데 그게 정사대전 직후가 아닌, 직전이었으니 우리가 심각하게 머리만 굴리고 있는 겁니다."

"……!"

그 말에는 아무리 종남일기라도 정말 입을 쩍 벌릴 수밖에 없었다.

마교의 교주 자리는 물론 힘으로 갈릴 때도 있다. 하지만 한 가지 원칙은 분명하게 지켜졌다. 어떻게 해서든 교주 자리가 공석인 기간이 단 하루도 없게 조정한다는 것이다.

아후라 마즈다의 두 얼굴로 인해 마교의 교주는 밝음과 어두움의 세력을 항상 평행하게 맞추는 역할을 해야 했다.

한쪽이 기울면, 특히 어둠이 득세했을 경우, 마교만이 아니라 세상 자체가 개작살 나는 것이다.

밝음이 득세하면 반대로 세상에 의해 마교가 오그라든다.

배화, 불을 숭배하는 것은 바로 물질을 숭배하는 것이라고 석가모니불께서 경고하신 것처럼 흥청망청하는 분위기가 마교를 썩게 할 수도 있는 것이다.

그래서 마교의 교주 자리는 마교의 생존에 거대한 영향을 미치는 자리였다.

"그래서 소림 밀교의 최종 목표는 항상 마교 교주의 암살입니다."

"쿨럭, 캑캑캑!"

오룡차는 다 식어 빠졌어도 오룡차였다. 이렇게 뱉어 내고 사레들려 기침으로 확인사살할 성질의 것이 아니었다.

그러나 종남일기는 뱉어야 했다.

"신임 교주가 눈을 돌리기 위해 그 전쟁을 충동적으로 일으켰다? 그게 말이 되는 얘기냐?"

그러나 학화는 태연했다.

"말이 되지요. 왜냐하면, 전대 교주의 혈육이 살아 있었기 때문입니다."

"엥? 그런데 원로원의 인정을 어떻게 받아? 뭐 이렇게 복잡해?"

그랬다. 전대 교주의 혈육이 살아 있다는 것은 확실히 전대 교주의 세력이 다 승복하지 않았다는 이야기였고, 그것은 수년 내로 다시 피바람을 부르는 원인이 된다.

그래서 마교의 원로원은 힘으로 교주 자리를 차지하는 경

과거의 재시작 (2) 93

우, 전대 교주의 혈육을 전부 처리하지 않았을 시에는 새로이 교주를 승인하지 않았다.

그러니 종남일기의 의문은 당연한 것이었다.

그리고 학화는 소림 밀교의 위력을 여실히 보여 주었다. 마교 내부의 사정을 훤히는 아니라도 어느 정도 알게는 해 주는 정보력이 바로 그것이었다.

"전대 교주에게는 부인이 셋이 있었습니다."

"밤이나 낮이나 화끈한 놈이었구만."

"아미타…… 부울."

학현이 입을 우물거리며 얼굴을 붉혔다.

종남일기가 아무것도 아니라는 듯 말한 데서 그런 것이다. 아무리 고승이라도 율법에 얽매여야 하는 자리에 있으면 어쩔 수 없는 순진함이었지만, 종남일기는 픽 웃었다.

"너, 그 자리 오르기 전에 세상 구경 한 번은 했을 거 아니냐? 그때 기루 한 번도 안 갔냐?"

"아미타불, 아미타불……."

학현이 고개를 숙이고 다시 염불을 외우자 학화가 손을 내저었다.

"소림의 율법을 지키는 사람입니다. 시험에 들게 해 좋은 거 뭐 있습니까?"

"크흐흐흐, 순진한 중 놀리는 거 재미있잖아."

"복수라면 그렇게 크게 소리친 거로 끝난 거 아니었습니까? 어쨌든, 그 부인 셋에게서 아들 하나씩을 두었죠. 물론 그 아들들은 다 죽었다고 확인이 되긴 했습니다만, 그중 둘째 부인은 신임 교주와 다시 살더군요. 셋째 부인은 감옥에 있고요. 이렇게 되면 그 아들들이 죽었다는 얘기도 애매모호해집니다."

종남일기가 다시 놀란 표정을 지은 것은, 그 부분이 바로 견자단 삼 형제와 직결되는 부분이라고 짐작했기 때문이다. 아니나 다를까, 학화는 바로 털어놓았다.

"초열아, 염옥견의 이빨은 교주만이 가질 수 있는 신물입니다. 아니라고 해도 직계존속이라는 것은 확실하지요. 전대 교주의 세 아들, 배다른 형제 셋은 과연 죽었던 것일까? 이틀 전 보고받은 얘기로는 의심할 수밖에 없는 부분입니다. 물론, 마교 내부에선 그 세 아들이 죽은 것이 확실하다고 철석같이 믿는 모양입니다만, 웬지 제 직감은 그렇지 않다고 말하고 있습니다."

"아미타불."

학현의 불호가 다시 방장실을 맴돌았다.

종남일기는 이마에서 땀이 솟구치는 것을 느꼈다.

"엄청난 이야기군. 마교에…… 다시 피바람이 불 수도 있는…… 그리고 마교에서 눈치채면……."

잠시 침묵이 지나갔다.

이윽고 학화가 입을 열었다.

"제가 종남일기 어르신을 먼저 찾아뵈려고 했단 얘기는 농담이 아닙니다. 그 삼 형제를 주도면밀하게 관찰하고 이끌어 줄 수 있는 분은 바로 어르신이니까요. 만약, 그들이 전대 교주의 아들이 맞다면……."

종남일기도, 학화도 잠시 입을 다물었다.

그리고 학현의 불호가 다시 흘러나왔다.

그것은 비장하고 굳은 결의가 보이는 소리였다.

"나무관세음. 자비가 한 가닥이라도 있기를 빌어야지요."

학화가 천천히 입을 뗐다.

"만약 그 삼 형제가 전대 교주의 아들이 맞다면, 우리 소림은 마교에게서 그 셋을 보호할 작정입니다. 그것만으로도 전면전이나 마찬가지가 될 겁니다. 이미 보셨겠지만, 만령충이 세상 전체의 기운을 빨아 대기 시작해 버리면 저희 태사조님 같은 경지의 분들이 그걸 느낄 정도로 엄청납니다. 마교에서 아수라를 현세에 부르는 걸 진짜로 해낼지도 모릅니다. 그걸 막을 열쇠는 저 삼 형제뿐입니다. 거기에 어르신이 바짝 붙어 있는 거구요."

"아미타불."

학현의 불호가 다시 방 안을 맴돌았다.

종남일기가 분위기를 돌리려고 장난치듯 찔렀다.

"넌 그 대사 말고 할 줄 아는 게 뭐야, 대체?"

그러자 학현은 눈을 빛내며, 게다가 진지하게 대답했다.

"율법은 말로 안 합니다. 행하여 지키는 겁니다. 율법에서의 선은 그겁니다."

"그래, 잘 지켜라."

여기까지가 소림에서의 대화였다.

그리고 단 하룻밤 만에 날아간 길을 삼 일이나 걸려 터덜 터덜 서안에 도착한 종남일기는 삼 형제 말고 녹진자에게 다정하게 이런저런 이야기를 했다.

[너, 이 자식. 빨빨거리고 돌아다니면서 이 얘기 다 알고 있었지? 다는 아니라도 어느 만큼은.]

물론 전음이었다.

확실한 추궁은 아니었다. 그냥 넘겨짚었다. 소림으로 간다고 했을 때 말리던 일이 생각나서 그런 건데, 대답이 참 놀랍다는 투로 나왔다.

[아니, 선배. 요새 세상이 얼마나 각박한데…… 애들끼리 놀라고 냅두고 동굴에 처박힌 사람이 잘못이지.]

간신히 식혀진 열을 다시 오르게 하는 말이 아닐 수 없었다. 종남일기의 눈이 확 째졌다.

[너 잘났다. 그래, 그래서 화산의 장문이고 장로고 하나도 못 믿겠어서 네가 큰일 대신 해결해 준다, 이거냐? 그럼 아예 마교 교주 목이라도 따서 갖다주지그러냐?]

그러거나 말거나 녹진자는 콧구멍을 팠다. 거기서 녹색의 가루가 빛이 나며 나왔다.

훅, 불자 그 가루가 확 날렸다.

그리고 여전히 빛나며 날아가는 그 녹색 가루들이 정원의 한 나뭇가지 위로 내려앉았다.

녹진자의 저 초록 먼지가 가진 위력은 아주 작은 먼지 하나하나가 그만한 크기의 먼지로 분해하기도, 반대로 먼지를 모아 다른 것으로 만들기도 하는 것에 있었다.

이번의 것은 가루로 흩어 놓는 쪽이었다.

파삭—

나뭇가지가 중간에 봄눈이 꺾이며 소리를 냈다. 사물의 근본 알갱이를 해체하는 저 힘을 누가 감당할 수 있을까?

실제로 마교의 집법당 고수들도 강기가 해체당하는 황당함을 겪었다.

별빛 같은 강기가 해체당하다니!

근본적으로 그렇게 위력 시범을 해 놓고, 지금 종남일기에게 화풀이를 당하는 어이없음에 녹진자는 투덜거렸다.

"쳇, 붙어 보라면 진짜 붙어 줄 수도 있지, 뭐."

마교 교주랑? 진짜로?

다른 사람이 그랬다면 손가락을 들어 머리에 대고 빙빙 돌려 주었겠지만, 상대는 녹진자였다.

앞의 것은 전음으로 해놓고 뜬금없이 들릴 말을 쏟아 내자 다른 사람들이 뭔 일인가 싶어 쳐다보았다.

녹진자의 얼굴은 옆으로 홱 돌아가 삐쳤다는 표정이 완연했다. 그러나 종남일기의 평가는 여전히 깎아내리기 일색이었다.

"호, 그러셔? 원로원도 아니고, 겨우 집법당 애들 서넛한테 휘둘려 반 각 이상이나 지체했으면서?"

그제야 녹진자는 심드렁하게 종남일기를 쳐다보았다.

"아니, 선배. 뭐, 나한테 왜 그러는 거요?"

종남일기는 녹진자의 코앞으로 자신의 얼굴을 들이밀며 으르렁거렸다.

"세상 물정 모르는 시골 노친네한테 사정 설명을 똑바로 해야 할 것 아니냐!"

녹진자는 고개를 절레절레 흔들었다.

"아니, 대체 종남산의 호랑이는 다 죽었답디까? 거, 빠릿빠릿한 자기 애들은 다 놔두고 왜 남한테 와서……."

현재 아현의 상태는 많이 좋아졌다. 광검이 아현의 상태를 손 놓고 다닐 만큼은 된 것이다. 그래서 광검은 두 노고수의 툭탁거림에 끼어들어 찬물을 뿌렸다.

"삼 일이나 지났수. 아무래도 다시 쳐들어올 것 같은데, 뭐 좋은 수라도 의논하는 거요?"

하도 지랄 맞은 말버르장머리에 광수가 무안해서 광검의 뒤통수를 뻑! 후려갈기며 핀잔을 했다.

"이놈의 자식 입은 아예 한 번 삶아야 하나. 몇 번을 빨아도 냄새가 안 가시냐, 넌."

대체로 아현이 보고 있는 곳에서는 이게 별로 안 좋은 징조라 광검이 발끈하며 입을 열려던 참이었다.

시이잇—

아주 작은 소리였다.

세상의 모든 공간을 가득 채운 공기는 언제나 소리와 떨리는 파장으로 가득 차 있다. 고수일수록 감각이 더 넓은 영역으로 확대되고, 더 세밀하게 살필 수 있게 된다.

그러나 이 소리는 너무 작았다.

공기를 가르는 것조차 극미했다.

반로환동의 경지에 든 종남일기만이 얼핏 호신강막을 창

졸지간에 끌어 올렸을 뿐이다.

투파파하학—

동시에 광검의 만령충이 얼굴에서, 몸에서, 어깨에서, 몸 전체에서 순간적으로 수십 가닥이 튀어나왔다.

눈에 보이지 않는 속도로 장원의 마당을 가득 덮으며 쏟아지던 침들이 광검의 만령충 촉수에 가로막혔다.

가로막혔다고는 해도 일부는 그대로 쏟아졌고, 아주 극소량은 그대로 관통했다.

그나마 가로막힌 것도 촉수 반대편에서 머리를 내밀고 멈춘 것이 대부분일 정도로 가느다란 침이었다. 바싹 가까이 대고 보지 않으면 잘 보이지조차 않았다.

이 정도로 가느다란 침이 보이지 않을 만큼 먼 곳에서 제대로 날아왔다는 것이 믿어지지 않았다.

광겸의 반응은 광검의 만령충 촉수가 쏟아지는 시간과 거의 비슷했다. 쌍칼이 빠져나오는 순간 반원을 그렸고, 그 양쪽의 반원이 원형으로 이어지며 불타오르는 원형의 강막이 생성되었다.

그리고 놀랍게도 광겸이 숨을 참는 동안 그 강막이 계속 유지되고 있는 것이다.

원형의 강막은 여자들이 서 있던 자리를 보호했다.

그제야 광검의 눈이 촉수에 박힌 침으로 향했다.

촉수 하나가 그대로 내려와 광검의 눈높이에 맞춰졌다.

기가 막히다는 말은 녹진자의 입에서 나왔다.

만령충이 광검의 의지대로 움직이는 것에 그런 것이 아니었다. 그거야 광검이 단천상의 기파를 끊어 내는 순간에 이미 결정된 사실이다. 광검의 만령충은 실상 광검과 합일되는 쪽으로 변하고 있었다. 마교의 소교주, 단천상이 기연을 가져다준 것이다.

"사라졌다?"

놀라운 것은 그게 아니라 광검의 촉수에 박힌 침들이 사라졌다는 것이다. 아니, 사라진 것이 아니고 안개 흩어지듯이 빠져나갔다.

종남일기의 눈이 좁혀 들어갔다.

"강기다, 그건……."

경악이 찾아들었다.

"방금 그 침이?! 침강(針罡)이오?"

어지간해서는 서늘한 눈빛을 바꾸지 않는 광검의 눈이 커졌다.

여러 성질 중 관통력만을 극대화시키려면 가늘게 만드는 것이 원리다.

그것은 강기도 마찬가지였다. 오히려 대장간에서 쇠를 두드리는 것보다 더 가느다란, 아주 차원이 다른, 정말 불가에서 말하는 무량(無量)의 수준으로까지 가느다란 침을 생성시키는 것이 가능하다. 그것을 다시 침 던지는 것처럼 발출할 수 있다는 것이다.

물론 이론이 그렇다는 것이고, 그 누구도 이것을 완성시킨 사람은 없었다.

침강이라고 부를 수밖에 없을 정도로, 이름조차 정해지지 못한 이 수법.

너무도 가느다란 그 강기의 침. 그 절대의 관통력 앞에는 심강(心罡)의 경지에 오른 철벽도 속절없이 뚫릴 수밖에 없다는 얘기였다.

이 이론을 처음 들고 나온 것은 역시나 암기의 제왕, 사천의 당문이었다. 그러나 그 가능성을 실제로 보여 준 곳은……

"마교로군."

침이 쏟아진 하늘로 시선을 주며 종남일기가 말을 내뱉는 순간, 느껴졌다. 그것은 마기가 아니었다.

녹진자는 차라리 어이없다는 표정을 지었다.

"극과 극이 맞닿아 있다더니만……."

아무리 장원이 크지 않다고 하더라도 정문에는 따로 지붕이 있다. 하인들이 생활하는 바깥채가 연결되어 있기 때문이다. 그 정문 지붕에 회색 마의를 걸친 노인이 서 있었다.

녹진자의 신음은 그 노인의 존재 때문에 터져 나온 것이었다.

"과연…… 일수만비(一手萬飛) 혈잠천하(血潛天下). 두고 보자더니, 결국 침강을 해냈군……."

그러자 회의노인이 히죽 웃었다.

입가가 올라가 수염이 흔들렸을 뿐, 허연 수염과 머리칼이 온통 얼굴을 가리고 있어 뭘 식별하기가 어려울 지경이었다. 그러나 노인의 기세가 말해 주었다, 웃는 거라고.

그러나 다른 사람들은 전혀 웃을 수가 없었다.

강기로도 잘 잘라지지 않는, 흠집 내기도 힘든 만령충의 촉수였다.

더구나 백선고의 여왕충이 성장한 것인데, 그게 애가 두부에 손 넣고 장난치듯 관통 당했다. 그러니 호신강기도 저런 운명을 겪게 되리라는 것은 불문가지였다.

회의노인은 자랑스러워하는 기색을 감추지 않았다.

"이거, 이거, 화산의 자존심 영감에게 칭찬을 들을 줄이야. 푸후후후, 오랜만에 나들이한 보람이 있는 걸?"

종남일기가 중얼거렸다.

"아직 안 뒈지다니, 염라대왕이 꽤 오래 쉬는 모양일세."

그러자 회의노인이 다시 푸들푸들 웃었다.

"푸후후후, 우리 귀여운 소교주께서 도와달라고 떼를 쓰시는데 어찌 죽을 손가? 나이야 종남 고집통 자네가 더 많잖아?"

녹진자는 안색이 어두워졌다. 일수만비 혈잠천하. 세상이 핏물 속에 빠지게 만들었던 암기의 신. 그는 항상 '그'와 같이 다녔다.

그래서 종남일기도 녹진자의 염려처럼 다시 슬쩍 물었다.

"설마, 이거…… 자기는 펑펑 놀면서 남 부려 먹기만 하는 그 재수 없는 최면술 영감도 아직 살아 있는 건 아닐 테지?"

회의노인, 그는 초온양이었다.

손 한 번 떨치면 암기 일만 개가 날아오른다.

백 개?

그런 건 웃기지도 않는 수준의 대재앙이 펼쳐진다.

외려 자신의 동료도 심각한 수준으로 만들 우려가 있어 무리에서 떨어져 홀로 다니는 인간이 바로 초온양이었다.

그때도 이러했을진대, 침강이라는 이론을 실제로 완성한 지금은 후에 닥칠 여파가 짐작조차 되지 않았다.

바로 며칠 전, 소림 방장에게 그 얘기를 듣지 않았던가.

도고일척이면 마고일장이라고.

종남일기의 등골이 시린 이유였다. 그런 초온양은 웃으며 설명을 꺼냈다.

"얼마 전에 원로원주 자리에 오르셨네, 그분은. 마도천하를 위해 하늘의 섭리를 좀 더 거꾸로 돌려야 할 필요를 느끼셨던 게지."

대번에 녹진자의 침음성이 튀어나왔다.

"묵마가…… 으으음……."

초온양은 아주 크게 웃었다.

자존심 강하기로 소문난 종남일기와 녹진자, 둘이 근심을 숨기지 못하자 우쭐해진 것이다.

"하하하하하! 사실 둘의 표정이 일그러지는 모습을 보니 기분 좋아졌어! 내 특별히 중대한 사실 하나만 가르쳐 주지!"

그러고는 웃음이 뚝 끊어졌다.

초온양은 손가락을 오므렸다가 하늘을 향해 활짝 폈다.

아무것도 없어 보이는데…… 뭔가가 있었다.

절정을 넘고, 그 초절정을 다시 한 번 넘은 사람들이다.

느낄 수 있었다.

대개 검기는 눈에 보이지 않는다. 그러나 그것은 밀집이 덜했을 뿐이고, 강기로 '화(化)'했을 때와 비슷한 형태를 가진다.

그런데 그 강기가 오히려 눈에 보이지 않게 된다면?

너무 가늘어 부피를 가지지 않을 만큼 줄어든 강기!

그 날카로움을 뭐라 불러야 하는가.

입이 험한 삼 형제도 긴장한 기색이 완연했다.

그나마 가장 점잖던 광수의 입에서 나온 말이 이랬다.

"감당하기 어려우면…… 여자 셋부터 안고 도망친다."

광겸이 이마에서 땀을 흘리며 맞받았다.

"감당하기 어려울 것 같아."

광겸이 이마에 흐르는 땀을 촉수로 닦으며 끼어들었다.

"저 영감, 무지막지한 기센데 그래. 자존심 죽이고 살 궁리를 해야겠어."

확실히 초온양의 기세는 패도를 무시무시하게 내뿜는 흔한 마인들의 것이 아니었다.

그러나 수십 년 고련한 검의 달인도 내뿜지 못하는 예기를 보여 주고 있었다.

당연했다.

무량의 가늘기, 그 절대의 날카로움 앞에 버틸 수 있는 존재는 없었다. 그 예기는 쇠로 만든 칼에 의존하는 사람들이 뿜는 예기와는 완전히 다른 것이었다.

"흐흐흐흐, 사실 강기를 이 정도로 가느다랗게 밀집시키고 나니 던져 발출해도 자연스럽게 그냥 실 형태로 발전되더군. 서너 명 상대할 때는 침 형태로 발출해서 쓸어버리고, 많은 무리한테는 실의 형태로 휘두르는 거지. 마치 검기로 실을 뽑아 쓰는 검사처럼 말이야. 말하자면, 강기의 채찍이랄까, 몸체 없이 날만 있는 검이랄까. 아직 이 무공의 이름조차 짓지 못했어. 좀 지어 줄 텐가, 애송이?"

애송이라는 말은 광겸을 향해 던진 것이었다.

그 순간에 광겸의 쌍칼은 붉게 달아올랐다.

시이잇—

예의 그 작은 소리가 울리고, 광겸의 칼이 찌이잉— 하며 엄청난 고음으로 떨어 댔다.

초열아의 열기로 무량강기는 끊어진 모양이었다.

핏—

하지만 동시에 광겸의 눈 밑에서 피가 터졌다.

"큭!"

"막내 삼촌!"

터져 나온 피를 보고 아현이 놀라 소리를 질렀다.

그러나 광겸은 칼의 손잡이를 놓지 못했다.

일직선으로 스치고 지나간 상처에서 나오는 피의 양이 주륵, 흐를 정도인데도 칼을 거꾸로 잡아 치켜든 손을 움직이지 못하는 것이다.

"나오지 마라, 아현아. 금방 끝날 거야. 걱정하지 마."

순간, 아현의 동작이 뚝 멈췄다.

아이답지 않은 소녀. 그래서인지 눈물이 많은 것 같았다.

다만, 아현의 눈에는 근심이 그득했다.

엄마와, 세 삼촌과 행복하게 살고 싶다는 바람은 언제나 이루어질 건인가.

"허!"

금방 끝난다는 말에 초온양은 기가 찬 모양이었다.

"배짱 두둑해 좋다! 네놈은 대체 초열아를 어떻게 손에 넣었느냐? 그것은 마교의 교주 계승자에게만 물려지는 것이다. 그 두 개의 칼을 토해 내고 그만 죽어 줘야지. 새해 벽두부터 여러 사람 놀라게 했으면 그게 서로 공평한 거래 아니냐?"

말을 마친 후 다시 쳐들어진 손가락 다섯 개에서는 정말 뭐라 표현하기 힘든 예기가 뻗쳐 하늘거렸다.

그러나 광겸은 씨익 웃었다.

원독에 찬 웃음이었다.

"이 세 마리 개들의 가슴에 가득한 한은 어쩌고?"

썰렁한 바람이 마당을 스쳐 갔다.

"개?"

초온양은 의아한 얼굴로 되묻다가 다시 수염을 슥 들어 올리는 웃음을 지었다.

"아, 네놈들…… 견자단이라고 했지. 그 만령충 실험은 소교주께서 혼자 생각하고 진행하신 게지. 우리 늙은이들은 아무 상관도 없다. 우린 그저 마교 교주의 신분을 나타내는 신물, 초열아만 회수하면 그만이야. 네놈들의 한 따위야 내가 먹다 흘린 밥알 개수보다 많은 강호의 희생자들 중 하나

일 뿐이지. 알았으면 이제 그만 죽어라."

시이잇―

말이 끝나는 것과 동시에 예리한 소리가 온 마당, 온 집 안 건물을 덮쳤다. 여자고 나발이고, 무공을 익히고 안 익히고의 구분도 없었다. 사람이고 집이고 무조건 토막 치겠다는 기세였다.

그리고 그러한 손속에 종남일기와 녹진자는 분노했다.

종남일기의 손에서 순간적으로 만들어진 물결이 구체를 이뤘다.

동시에 녹진자가 그 구체에 자신의 진기를 불어넣었다.

광겸은 몸을 날렸다.

처음 초온양이 날린 침강의 채찍은 느렸다. 너무 압축되어 보이지 않을 정도로 가늘어진 그것은 느껴지는 기세마저도 그랬다. 빠르게 움직이니 감각이 따라가는 속도가 느렸던 것이다.

광겸의 이마에 찰나지간 땀이 솟았다.

스가―라라라라랑―

지붕의 중앙을 파고든 침강 채찍이 절반이나 부서져 나가는 먼지의 선을 지붕에 그리고 나서야 감각이 잡혔고, 눈에 그 먼지가 들어왔다.

스가라라라라랑―

계속해서 침강편(針罡鞭)이 지붕을 세로로 쪼개고 사선을 그리며 건물의 왼쪽 바닥을 향해 달려가고 있었다. 연미와 홍춘, 아현이 있는 건물이었다.

도약한 광겸의 몸이 너무 느린 것 같았다.

"안······."

광겸의 쌍칼이 번쩍 빛났다. 그나마 어느 정도 무공을 수련해서 무슨 일인지 그제야 이해한 연미가 아현을 자기 몸으로 덮으려는 순간이었고, 홍춘이 경악한 표정을 감추지 못하는 순간이었다.

"······돼!"

말이 끝나는 순간, 광겸의 칼은 파장이 날뛰며 시뻘게졌다.

파팡!

광겸의 몸이 확 늘어났다가 침강편이 가르는 건물 벽 앞에서 멈췄다.

스가라라라랑—

그 순간, 초온양의 손가락은 광겸을 비웃 듯 하나가 다시 굽혀졌다.

동시에 시뻘겋게 달아오른 광겸의 초열아가 허공을 긁었다.

부웅—

손가락의 교차 때문에 건물을 쪼개던 초온양의 채찍은 멈췄다. 그래서 광겸의 칼이 먼저 지나간 것이다. 그리고 광겸의 동작에 맞춰 내뻗어진 두 번째 채찍이 곧장 직선으로 찔러 들었다.

광겸이 그것을 느낀 것은 이미 늦은 뒤였다.

필사적으로 치켜든 왼손의 초열아가 뚝 멎었다.

파삿—

옆으로부터 휘돌려지며 들어온 광겸의 한 수에 두 번째 채찍이 끊어지기는 했다. 그러나 채찍의 끄트머리가 끊어진 곳으로 바뀌는 순간에 꿈틀거리며 확 튕겨지는 것은 어쩔 수가 없었다.

광겸이 든 칼, 도신과 손잡이를 구분하는 막새가 잘려져 날아갔다.

동시에 피가 튀었다.

연미에게 밀려 문 앞에 고개를 들이민 아현의 눈앞이었다.

툭.

땅바닥에 뭔가가 떨어져 굴렀다.

그것이 끔찍하다고 생각할 겨를은 없었다. 아현은 본능적으로 광겸의 손을 보았고, 그제야 땅바닥에 구른 새끼손가락이 광겸의 것임을 알고 비명을 질렀다.

"아아아악—! 삼촌—!"

순간, 모든 공세가 멈췄다.

마당 안의 사람들이 모두 동작을 멈췄다.

연미와 홍춘의 눈도 아현을 따라 광겸의 손으로 돌아갔다.

"크윽—!"

광겸의 얼굴은 일그러졌다.

칼 쓰는 자의 손이 상했다. 치명타를 맞은 것이다.

뚝뚝 떨어지는 피를 신경조차 쓰지 않은 채 광겸은 초온양을 노려보며 이를 악물었다.

"비겁한 늙은이!"

초온양은 혀를 찼다.

"비겁? 아니, 네놈들 상대할 만한 고수를 기르는 데 돈이 얼마나 드는 줄 아느냐? 그리고 그런 고수를 안 비겁하게 대결시킨다고 날려 버리면 그 손해가 대체 얼마냐? 이렇게 쉬운 방법이 있거늘, 그 비겁하지 않다는 말 한마디 듣자고 본 교에 손해날 일을 하겠느냐? 그게 더 비겁한 게다. 이건 비겁한 게 아니고 당연한 거야."

초온양은 냉정하게 말한 후, 피가 떨어지는 광겸의 손이 아직도 긴장을 늦추지 않은 채 자신의 침강편을 대비하는 것을 보고 만족한 듯 웃었다.

그리고 한마디 덧붙였다.

"충고하자면, 천하의 마교를 상대하면서 저런 계집들을 지킬 여유가 있을 거라 계산하는 게 웃긴 짓이지. 저 계집들은 그냥 버리는 게 네놈들 무병장수에 좋을 게다."

초온양이 거기까지 말한 후에야 건물이 쿠지직, 비명을 질러 댔다.

"나와!"

연미가 서둘러 아현을 데리고 나오려는 순간이었다.

광수와 광겸은 움직일 수가 없었다.

"아주 좋은 순간인데?"

초온양이 웃으며 이 혼란을 틈타 침강편을 휘두를 심정임을 드러냈기 때문이다.

우지지직—

이제 지붕의 중앙이 주저앉기 시작했다.

아현을 일단 먼저 내보낸 연미가 홍춘과 나오려는 찰나, 치마가 막 삐져나온 못에 걸렸다.

툭.

그대로 찢으며 나오면 그만이지만, 그 늦춰진 반 박자는 문제가 심했다.

투두둑, 피잉—

기왓장 조각이 날아다니기 시작했다.

쿠드드드드드드—

홍춘이 아현을 붙들고 정신없이 달렸다.

찌이익—

연미의 옷이 찢어지며 내달렸다.

터터턱— 쿠직— 푸콱!

다행히도 지붕은 그대로 주저앉지 못했다.

광검의 만령충 촉수가 한순간 늘어나며 수십 가닥이 지붕을 받쳐 든 것이다. 광검이 재촉했다.

"제수씨, 빨리!"

연미가 막 빠져나오려는 순간이었다.

시이잇—

초온양의 손가락이 다시 펴졌다. 침강편이 빠르게 휘젓고 지나가며 만령충의 촉수를 끊었다.

우지지지직— 쿠쿠쿵—

이윽고 집이 무너졌다.

연미는 결국 광겸이 끌어냈다. 하지만 초온양을 노리던 자세는 흐트러지고 말았다.

초온양이 하얗게 웃었다.

"좋……."

손가락이 펴지고 침강편이 순간적으로 직진했다.

"구……."

광겸의 몸이 회전하지 못하고 팔만 뒤로 휘저었다. 반원이 그어지며 초열아의 시뻘건 화염이 일었다.

"나."

막힐 듯하던 침강편은 머리를 들었다가 튕기듯 꼬부라졌다. 광겸의 초열강막(焦熱罡莫)을 타고 넘은 것이다.

자세만 바로 했어도 이렇게 간단히 돌파 당하지는 않았을 터였다. 하지만 그러지 않으려면 초온양의 말마따나 세 여자를 버려야 했다. 그것은 한이 아무리 깊어도 생각할 수 없는 문제였다. 광겸은 연미를 밀쳐 냈다.

파콰콱—

광겸의 등에서 피가 튀었다.

"큭!"

"가가!"

연미가 광겸을 부축했다. 초승달 모양의 초열강막은 이미 사라졌다. 그 뒤로 광겸의 깊이 파인 등에서 흐르는 피만 남았다. 광겸이 통증 때문이 아니라 근육이 잘린 양이 많아서 비틀거릴 정도였다.

그러나 광겸을 그렇게 만든 초온양은 만족한 얼굴이 아니었다.

"비겁하게!"

화를 버럭 낸 초온양이 노려본 것은 종남일기였다.

"왜 끼어드는 게야?"

종남일기가 던져 낸 진기의 구체가 초온양의 침강편을 방해한 것이다.

종남일기가 고개를 흔들며 손가락을 세웠다.

"비겁 같은 소리하고 있네. 백 년 전에 네놈이 결혼 같은 거 왜 하느냐는 소리 지껄일 때부터 알아봤다, 너, 사실 여자 혐오증 걸렸지?"

초온양의 얼굴이 일그러졌다.

"도 닦는 종남산에 웬 걸레 주둥이?! 노망들었나?"

종남일기가 성질이 단단히 난 모양이었다. 침을 탁 뱉었다.

"그래, 너 같은 변태 자식이 안 죽고 설쳐 대니 불안해 덩달아 못 죽어 노망났다! 나 좀 제발 죽게 너도 일찍 좀 죽어 다오!"

그와 함께 투명한 구체가 초온양에게 날아들었다.

녹진자의 푸른 먼지가 같이 봉인된 채였다.

둘이 함께하는 절묘한 진기의 결합이 놀랍기는 했지만, 상대 못할 정도는 아니었다. 초온양은 침착하게 침강편을 휘둘렀다.

시이잇—

퍼엉!

구체가 폭발하면서 녹색 가루가 흩어져 온 집 안을 덮었다.

"어?"

연한 녹색의 빛으로 세상이 변한 것 같았다. 녹진자는 눈을 감고 숨을 멈춘 채 계속해서 그 상태를 유지하고 있었고, 초온양은 집 전체를 감쌌지만 결과적으로 너무 넓어져 미약해진 그 영향력에 코웃음을 치며 다시 침강편을 휘둘렀다.

시이잇—

그런데 뭔가가 달라졌다.

파치치치치칫—

침강편이 움직일 때마다 녹색의 불똥을 튕겼다.

"어억!"

초온양이 경악성을 냈다.

아울러 광겸의 눈이 빛났다. 보인다. 침강편이 보이는 것이다.

초열아도 다시 빛을 냈다.

파치치치치칙—

초열아의 진기가 들끓으면서 녹색의 불똥도 같이 춤을 췄다.

"이, 교활한 늙은이들!"

초온양의 고함이 울려 퍼지면서 그 분노도 같이 실려 나왔다. 마침내 열 손가락 모두에서 침강편이 솟구친 것이다.

"모조리 죽여 주마!"

열 줄기의 침강편이 온 집 안을 휩쓸었다. 거기에 대항하는 광겸의 두 가닥 붉은 화염은 너무 보잘것없는 듯했다.

그리고 그 사이로 지금껏 아무 움직임도 없던 광수가 마침내 손을 뻗었다.

슥.

초온양의 눈은 넓게 보고 있었지만, 단지 그것뿐이었다.

게다가 초온양이 서 있던 정문 지붕과 광수가 서 있는 맞은편 안채 외벽까지는 십오 장 거리. 사람의 장공(掌攻)이 이렇게 멀리 뻗어 나가지는 못한다.

수강(手罡)을 일으키고, 그걸 다시 발출하는 이기어강의 수법이면 멀리 보낼 수 있다지만, 장공으로 그런 경지에 도달한 사람의 얘기는 마교와 소림에서만 전해져 왔다.

그리고 광수의 손바닥에서는 그런 비슷한 기미도 보이지 않았다. 그래서 초온양은 먼저 광겸의 몸과 집 안 모든 건물의 허리를 잘라 버리려 침강편을 휘둘러 댔다.

드쿵!

작은 폭발음이 일었다.

그것은 우습게도 초온양의 가슴에서 난 소리였다.

초온양의 침강편이 순식간에 사라졌다.

초온양의 눈이 아래로 내려갔다.

불룩해진 가슴이 확 꺼지듯 움푹해졌다.

푸엑.

이어 초온양의 입에서 피가 내뿜어졌다.

물론 고수가 한 방으로 무너지진 않는다. 초온양의 손이 허우적대며 침강편을 다시 끌어냈다.

그러나 이번엔 광검의 만령충 촉수가 초온양의 단전에 틀어박혔다.

푸콱—

"커헉!"

초온양의 눈이 부릅떠졌다.

그 커다랗게 떠진 눈 한구석에 검은 점 하나가 박혀 있음을 삼 형제와 종남일기, 녹진자가 똑똑히 보았다.

"묵마가 보고 있었구나!"

그랬다. 공간을 넘은 교감을 가능하게 하는 것은 만령충만이 아니었다. 묵마의 최면도 그랬던 것이다.

단지 한 번에 한 사람만 가능하다는 것이 흠이었지만, 이번엔 그것으로도 충분했다. 광수, 광검, 광겸의 한계와 가능성을 마교 원로원에서 모조리 파악한 것이나 다름없었다.

광검의 만령충 촉수가 꿀럭꿀럭, 초온양의 진기를 빨아들였다. 그러자 초온양은 비틀거리면서도 촉수를 움켜잡았다.

"내가, 이백 세수를 이렇게 허무하게 마칠 줄이야……."

종남일기는 진기를 거두며 마지막으로 말을 던졌다.

"말 그대로 풍진강호야. 칼밥 먹는 작자의 끝이 다 그렇지 뭘."

쑤우욱—

이윽고 만령충 촉수가 빠져나왔다.

새파랗게 질린 초온양의 신형이 그 힘에 따라 기울어지며 그대로 낙하했다.

털썩.

그제야 단 한 번에 진기를 확 몰아넣은 광수의 입에서 피가 토해졌고, 광겸도 바닥에 엎드려 고통에 굴복했다.

여인네들의 울음소리가 뒤를 이었다.

묵마가 본 광경은 거기까지였다.

묵마는 한숨을 내쉬었다.

경지를 초월한 고수임에도 이백이 훨씬 넘어가는 나이를 피하기는 힘든 것인지, 넘어진 몸을 일으키는 것이 너무 힘들었다.

천하의 묵마가 넘어졌다.

최면이 강제로 끊어지면서 발생한 현상이었다.

"끄응……."

원로원의 거탑에는 하나같이 백오십 넘은 노고수만 있다. 그래서 시녀들이 언제나 대기하고 있었다.

시녀가 부축하려 하자 묵마는 손을 내저었다.

"아니, 아니…… 참, 이런 꼴도 대체 몇 년 만인가……."

목소리에 힘이 하나도 없었다.

마치 무공을 익히지 않은 사람인 것처럼 무기력감이 가득했다.

초온양이 죽다니. 위험한 일이기는 했다. 세월을 거부하고 어려지는 종남의 호랑이와 천지 만물 소생의 비밀을 엿보기 시작했다는 녹진자가 호락호락한 이름은 아니었으니까.

하지만 그 둘은 어디까지나 도를 닦던 샌님들이고, 살상을 위한 파괴력에서는 초온양에게 미치지 못하는 것이 사실이었다.

게다가 초온양은 전혀 염두에 두고 있지 않던 견자단 삼 형제에게 죽었다.

물론 다른 원로들은 보지 못했지만, 묵마의 이런 무기력 감이 어디서 나오는 것인지 이미 알아챘다. 그를 가만히 내 버려 두고 있는 것이 그 증거였다.

묵마는 억지로 일어서자 원로들의 눈초리가 일제히 쏠렸 다. 묵마는 한참 동안 침음을 거듭하다가 결국 발표하고 말 았다.

"우리 마교의 침강으로 당문의 만천화우를 비웃던 초 원 로가……."

뒷말을 듣지 않아도 원로들의 눈은 벌써부터 커졌다.

묵마는 다음 말을 간신히 이었다.

"우리 그리운 불길의 품에 장렬히 산화했소……."

경악이 일대 거마 오십여 사이를 물결쳤다.

초온양, 그가 누구이던가.

성질 급한 원로가 먼저 물어 왔다.

"종남의 백가가 성질 급하다고는 해도 녹진자와 어울려 초온양을 해할 정도는 아니었을 텐데……. 그 견자단 녀석 들이 설마 초열아를 대성하기라도 했단 말이오?"

묵마는 고개를 저었다.

"그건, 마교의 고귀한 피를 물려받은 직계가 아니면 불가 능하다는 것을 알고 계시지 않소? 내가 본 형태로도 그 아 이는 무리한 경지로 넘어가는 것이 틀림없어 보입디다. 초 원로의 침강편을 끊을 만큼 가공할 열기를 보였으니 아마 지금쯤 쓰러져 사경을 헤매고 있을 게요. 내가 마지막 본 것도 그 아이가 쓰러지는 것이었소."

"그나마 다행이오. 원주, 그러면 대체 누가 초 원로 같은 고수를 쓰러뜨릴 수 있다는 말이오? 그는 우리들 중에서도 막내들은 둘이나 셋이 합공을 해야 할 만큼 강한 고수였소."

묵마는 다시 입을 다물었다.

초온양의 눈을 통해 묵마에게 똑같은 각도로 보여진 그 광경. 광수의 그 두 손.

묵마는 눈을 감았다.

"그것은…… 그것은……."

그것도 마교의 전설이었다.

지옥의 무저갱을 지키는 염옥견의 발톱은, 그 형체가 없었다.

손오공의 여의봉처럼 끝없는 길이로 늘어났다가, 길이도 넓이도 전혀 없는 한 점처럼 어떤 방어벽이든 투과해 찍는 효용을 가지고 있는 것이었다. 그 손의 자세가 그 전설을 기억나게 하는 것이다.

전해지기는 하지만 그 실체를 보여 영광을 드러낸 기억은 벌써 천 년도 전에 잊어버린, 그야말로 애들 동화에나 등장하는 교주의 또 다른 신물.

묵마의 입에서 신음이 다시 토해졌다.

"암벽흔(唵劈炘)……."

다시 거대한 경악의 물결이 원로원 전체를 휩쓸고 지나갔
다.

"아, 암벽흔이라니!"

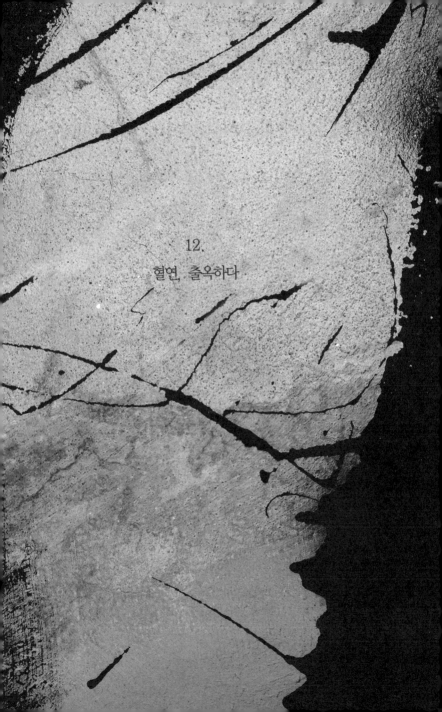

12.

혈연, 출옥하다

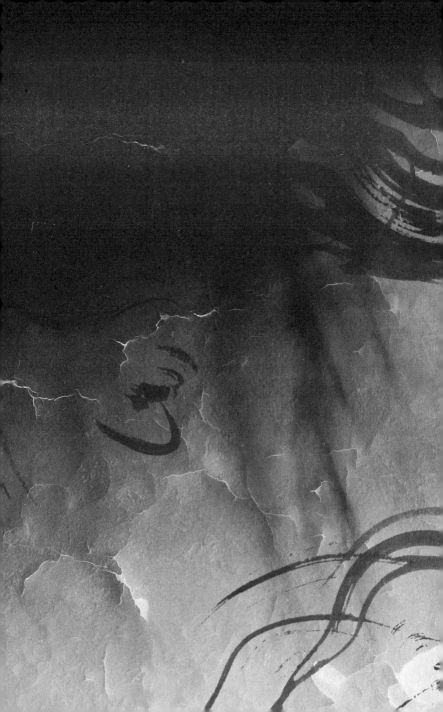

원로원은 벌집을 건드린 것처럼 소란스러워졌다.

"이게 어찌 된 일이오! 그게 사실이란 말이오?!"

천 년도 전에 입으로만 전해지는 형태를 어떻게 단숨에 알아보느냐는 문제가 아니었다. 묵마는 당금 마교 원로원의 원주인 것이다.

묵마의 입이 다시 열렸다.

"그 이름 자체가 무공을 뜻하오. 암벽흔은…… 암(唵) 자 자체가 범어의 진언, 옴을 뜻하는 게요. 옴을 길게 발성할 때의 특징을 다들 아실 게요."

옴.

한 호흡 들이마시고 조금씩 내뱉으며 길게 발성하는 소리는 목의 떨림을 허파로 느끼게 해 준다. 온몸의 진동으로 느끼게 해 주는 것이다.

그 진동이 바로 온 세상의 기파가 가지는 모든 진동을 알아볼 수 있도록 하는 출발점이다.

암벽흔, 정확히 옴벽흔은 그런 무공이었다.

광수의 손에서 일순 보이는 듯했다가 사라진 직후, 초온양의 가슴 안에서 나타난 형체의 떨림은 그것과 같았다.

진기를 모으겠다고 수십 년, 일백 년을 넘도록 고련했는데 발성에서 오는 몸의 떨림을 모를 까닭이 없었다.

광수의 일격이 초온양의 가슴에, 동시에 묵마의 가슴에 전해 준 떨림은 바로 그것, 암(옴)이었던 것이다.

그리고 그것이 가져다준 새로운 문젯거리를 누군가 지적했다.

"대체…… 그 아이들이 어떻게 본 교의 신물을 둘이나 가질 수 있단 말이오?!"

일순간 소란이 가라앉았다.

중요한 문제가 새로 떠오른 것이다.

묵마가 한숨을 내쉬며 고개를 흔들었다.

"우리…… 원로원이 전대 교주님이 돌아가신 사건을 다시 조사해 볼 필요가 생겼다는 걸 뜻하는구려. 그 혈육이 정말 죽은 것이 맞는지…… 윤홍광이 빼내 간 세 아이는 당연히 윤홍광에게 모든 것을 배웠을 터. 도대체 윤홍광이란 아이는 또 누구인지…… 흐음, 쉽지 않은 일이오."

당연히 어려웠다. 그것은 현 교주를 의심하는 일이나 마찬가지였다. 하지만 교주의 신물이 흘러나간 것은 원로원이 목숨을 걸고 회수해야 하는 것이고, 이 골 때리는 법규가 왜 만들어졌는지 이제야 원로원 고수들도 실감한 것이다.

교주의 죽음은 반역이라 해도 용서는 되지만, 철저히 밝혀지고 마교의 안정적인 번영에 해가 되지 말아야 했다. 그래서 원로원에 따로 칼을 쥐어 준 것이다.

오랜 세월이 만들어 낸 지혜였다.

"현 교주님의 시선을 피해 이 일을 조사할 수 있단 말인가요?"

하지만 그때, 유일한 여자 원로 색희가 물었다. 단천상을 편들고 있는 원로였다.

이 문제에 부딪치면 고양미 목에 방울 달기 아닌가.

다시 침묵이 원로원의 원형 회의실을 내리눌렀다.

그 침묵이 다 사그라지기 전, 그 무거움을 묵마가 깨부쉈다.

"감추며 쉬쉬할 필요 없소."

원로들의 고개가 번쩍 들려졌다.

묵마는 흘흘 웃고 있었다.

"우리 원로원의 책임은 회수요. 없어진 책임은 지지 않소. 저 두 아이가 어떻게 교주의 신물을 손에 넣었는지 그냥 드러내 놓고 조사할 것이오. 밝히면 교주의 권위를 의심하는 것이 아니오."

결론은 났다. 그렇게 원로원은 내놓고 밀어붙이기로 결정이 지어졌다. 묵마의 뜻은 곧 원로원의 뜻이었다.

그러나 염려는 항상 그것이었다.

"소교주는……."

묵마도 흠, 한숨을 깊게 오래 쉬었다.

단천상. 생각만 하면 골치부터 아픈 존재였다.

설마 만령충을 제 몸에 집어넣을 생각을 하다니, 눈에 뵈는 것이 없는 젊은이였다.

그는 과연 가만히 있을 것인가.

천하 없는 묵마의 머리도 지끈거리지 않을 수 없었다.

"초 원로의 죽음을 헛되이 하지 않기를 바라오. 우선, 이십 년 전 갇힌 그녀를 만나 보도록 합시다."

그녀.

뚝, 소란이 다시 가라앉았다.

바로 이십 년 전에 죽었어야 할 인물을 가리킨 것이다.

묵마는 주름진 이맛살을 더 깊게 만들었다.

이백 년의 세월을 보여 주는 주름살이 오늘 한순간 두 배는 더 깊어진 듯했다.

초온양의 죽음. 그것에 이어진 교주의 또 다른 신물. 그리고…… 뇌옥 속의 그녀.

무려 전대 교주의 삼부인이라는 신분을 가지고도 당당히 죽는 길을 택하지 못하고 뇌옥 속에 갇혀야 했던 그녀의 기억이 사람들에게 다시 떠오른 순간, 모든 고민은 아무것도 아니었다.

그녀를 과연 사람의 얼굴을 하고 만날 수 있을 것인가.

묵마의 한숨만이 아니고, 원로원 여기저기서 한숨이 터져 나왔다.

전대 교주의 부인 중 일부인은 그 자리에서 죽었다.

그리고 이부인은 현 교주의 부인이 되었다.

하지만 삼부인은 뇌옥에 갇혀 있는 것이다.

배화의 권세 아래 모두가 우러러보는 자리에서 모든 것을 잃고 치욕 속에 사는 여인.

"지금까지 살아 있기나 할꼬?"

누군가 장탄식을 뱉어 냈다.

묵마는 고개를 끄덕였다.

"살아 계실 게요, 아마……."

"복잡하군……."

누군가 투덜거렸다. 그러나 그도 어쩔 수 없는 일이었다.

묵마는 습관처럼 입에 박한 말을 중얼거렸다.

"우리 그리운 불의 영광에 모든 것을 사를지어다."

그의 눈은 벌써 저 밑, 수백 년간 햇볕 한 점만이 드는 지하 뇌옥으로 향해 있었다.

어둡고 또 어두운 것은 이미 익숙했다. 그러나 견딜 수 없는 것은 저 한 점의 햇빛이었다.

어둠 속에서 달랑 비춰지는 단 한 점의 햇살.

그것만 바라보면 과거의 기억이 떠올랐다.

온화하면서도 교 내의 악한 세력에 용맹했던 남편. 그 남편을 하늘처럼 받들던 충직한 신하들. 과거 자신같이 아름다웠던 다른 두 동서.

그리고…… 젖먹이 아들.

"으으으으으……."

여인은 하얀 손을 들어 머리를 움켜쥐었다.

어둠 속, 바위틈으로 내리쬐는 저 하얀 햇살만 보면 괴로운 회상이 펼쳐진다.

그이의 웃는 얼굴, 넓은 가슴, 옛 평화, 내 아이……

고통스러워 이젠 지우고 싶었다. 십 년을 넘어서부터는 헤아릴 수가 없었다. 너무 고통스러워서.

하지만 저 햇살, 가느다란 저 한 줄기 햇살만 보면 떠올라 버린다. 그녀는 머리를 움켜쥐고 울었다.

"크으어으어어어—!"

머리칼을 움켜쥔 손이 부들부들 떨렸다. 그러다가 확 고개를 들고 쳐다보는 눈빛은 원독에 가득 차 살기가 줄기줄기 뻗쳤다.

그게 이십 년간 햇살을 바라보는 여인의 눈이었다. 그녀는 언제부턴가 햇살을 미워했다.

손이 휘저어졌다.

고통스러운 것은 어둠이 아닌, 저 한 점 햇살이었다.

손은 햇살을 휘젓고 지나갔다.

그러나 햇살은 끊어지지 않았다.

과거의 고통은 그렇게 그녀를 끊임없이 괴롭혔다.

왜 살아남았을까?

가장 똑똑했던 그녀, 둘째 부인 제갈청청. 그녀처럼 남편을 배반하지도 않을 거면서 이 고통 속에서 왜 여태 살아남았을까?

"ㅇㅇㅇㅇㅇ— 으어어!"

손을 다시 휘저어 햇살을 부드럽게 만지려 했다.

그녀의 하얀 손 위에 내려앉은 햇살이 다시 누군가의 얼굴을 떠올리게 만들었다.

그녀의 손바닥, 한 점 햇살 속에서 아이는 웃고 있었다.

젖을 갓 떼었을까, 이제 젖살이 빠지고 아비의 얼굴 윤곽을 조금씩 드러내던 자신의 아들이 까르르 웃고 있었다.

그토록 고통스러워도, 그토록 저주하고 이를 갈다 못해 다 부스러질 정도로 미워해도 이 햇살을 차마 버릴 수 없는 이유가 바로 그것이었다.

까르르 웃는 자신의 젖먹이 아들.

그녀의 눈에서 그제야 눈물이 흘러내렸다.

그리고 그 눈물에 젖은 입술이 열리며 거친 숨소리로 그르렁거렸다.

"아들아……. 광겸아……."

그 한마디를 끝으로 그녀는 다시 혼절하고 말았다.

얼마 후, 문이 열렸다.

끼이이이이이익—

얼마나 오래됐는지 문의 경첩이 움직이는 게 아니라 부스러질 정도였다.

인상 흉악한 사내가 들어와 그녀를 떠안았다. 그냥 어깨에 걸머진 것이다.

그 우악스러움에 뒤에서 혀를 차는 소리가 들렸다.

"그분이 뉘신지 알기나 하는가?"

그러자 뇌옥을 지키던 흉악 면상의 사내는 퉁명스럽게 말했다.

"알 필요 있습니까?"

어차피 죄인이다. 누군지 그걸 신경 써야 하는가. 그렇게 중요한 대접을 받아야 하는 여인이라면 왜 감옥에 가두는가.

중요한 건 지금 이 뇌옥의 죄인은 다 자기 거라는 사실이었다. 거기에 관리가 소홀하다고 잔소리를 하다니.

그러나 발작할 수 없는 것은 그도 잔소리한 사람의 이름을 어릴 때 전설로 들었기 때문이다.

마교의 원로원은 부원주가 둘이다.

한 명은 원로원 자체의 인맥을 관리하고, 또 한 명은 원로원 직속 집법당과 삭풍당(朔風堂)을 관리한다. 단천상이 원로원에 부탁해 빌려간 집법당 무인들과 원로들이 돌아오지 못했다. 집법당의 인원을 다시 충원해야 했고, 당주조차 단천상의 집무실에 들어 코빼기도 보이지 않는 상황이었다.

두 명의 당주를 직접 부리는 부원주, 명월.

그래서 명월은 삭풍당만을 이끌고 세상으로 나서게 되었다.

백 년 전, 마도인들에게 그의 칼은 조각도라 불렸다.

정도인들에겐 어찌 되었든 똑같이 살인마일 뿐이지만, 그의 칼은 깎아 내는 데 최고였다.

뼈와 살을 한순간에 깎아 내는 솜씨 말이다. 그의 칼끝에서 저미는 검기는 호신강기도 깎아 먹으며 파 들어갔다.

그걸 상대방은 끝까지 지켜봐야 했다. 자기의 얼굴을 깎아 대는 것까지.

명월. 한겨울 밝은 달.

그의 칼끝에 부는 바람은 가을에 마른풀 자락을 마저 꺾어 날리는 모습과 같다는 의미의 삭풍이었다.

기실 원로원 소속의 삭풍당도 그 혼자서 만들고 유지하는 것과 같았다. 이름 자체가 그렇지 않은가. 마교 원로원의 역대 어느 고수도 이런 사람은 없었다.

그런 명월의 눈은 이 뇌옥의 어둠 속에서 드문드문 한 점씩 스며드는 햇빛, 유일한 뇌옥의 희망쯤은 그냥 사그라들게 만들 듯 냉정했다.

뇌옥의 가장 근간인, 희망을 간단히 짓밟는 냉정함. 그런 눈을 앞에 두고 아무리 싸가지 없는 간수장이라도 아무렇게나 씨부렁거리진 못했다.

"여기 시녀들은 없는가?"

그러자 간수장은 자조적인 미소를 흘렸다.

"크크크, 이렇게 암울한 곳에 여자요? 밖에서 따로 들여오시지 그랬습니까. 오랜만에 구경 좀 해 보게요."

명월은 아무런 말도 하지 않았다. 대신 겨울 삭풍이 마른풀을 깎 듯 간수장의 신형에 살기를 날려 보냈다.

"……!"

간수장의 입이 다물어졌다.

명월은 최소한의 농담도 허락하지 않은 상대인 것이다. 그에게 따라붙는 전설이 말하듯이.

어둠을 얼마나 지났을까, 그렇게 말없이 걷던 둘이 드디어 뇌옥 입구의 넓은 공지에 도착했다.

거기에 이르러서야 비로소 시녀가 서 있었다.

비록 입구지만 시녀가 들어온 것이다, 뇌옥 안으로.

간수장의 눈이 순간적으로 번쩍 빛났다.

하지만 명월 때문에 어쩔 수 있는 상황도 아니었고, 게다가 자신이 메고 온 이 중년 여인을 곧바로 데리고 갈 것인데 뭘 하겠는가.

여인을 넘겨주고 시녀의 허리 매듭이 그 바람에 팽팽해지면서 굴곡이 드러나는 것을 간수장은 놓치지 않았다.

시녀는 그 시선에 대해 아무런 말도 하지 않았다.

대신 명월이 한마디 할 뿐이었다.

"집요하군, 자네."

간수장은 다시 괴소를 흘렸다.

"크크크, 이곳이 원래 그런 곳이죠. 사람이 이십 년이나 갇혀 있었으니 정신 상태가 어찌 되었을지, 절 보면 아실 테지요. 크크크크……."

그그그그그궁—

뇌옥의 정문이 다시 열렸다.

바깥에는 작은 마차가 대기하고 있었고, 거기로 혼절한 전대 교주의 삼부인, 모용석화가 이십 년 만에 정상적인 햇살을 받으며 마차로 옮겨졌다.

광기마저 번들거리는 간수장의 눈을 보며 명월은 묵마의

말대로 '안에서는 제대로 조사할 수 없다' 는 사실을 새삼 깨달았다.

소교주 단천상의 눈빛도 때때로 저런 눈빛을 보이곤 했던 것이다.

저 간수장.

전대 교주의 삼부인이었다는 소리를 듣고서도 여태 여자인 줄 몰랐다는 말만 덜렁 내놓는 것이 아닌가.

알았다면 어쩌겠다는 말인지, 어이가 없는 발언이었다.

감히 원로원에서도 아직 예를 표하는 전대 교주의 부인을 능욕이라도 하겠다는 말 아닌가.

그래서 명월은 간수장에게 가타부타 설명 없이 한마디만 했다.

"죽여 줄까?"

간수장은 침묵했다.

대신 얼굴도 같이 굳어졌다. 손과 다리도.

명월은 말의 높고 낮음이 아예 없다.

그런 명월의 진심은 오로지 눈에 살기가 도느냐 안 도느냐로 알아본다. 무슨 기세를 남이 느끼게 한 적도 없고, 살기 발출도 없었다. 명월은 그 엄청난 무위에도 불구하고 서쪽 하늘을 붉게 물들이며 거대한 아수라 형상의 강기를 뿌리는 류의 허풍 섞인 위세를 싫어했다.

그의 살기는 오로지 노란 번들거림이 눈에 나타나는 것뿐이었다. 그게 지금 간수장을 향해진 눈동자 안의 살기였다.

명월, 밝은 달의 노란색은 밤하늘 아래 모든 것들을 온통 노란색으로 물들인다. 그래서 명월인 것이다.

간수장의 이마에 식은땀이 흐르는 것은 자연스러웠다.

전대 교주의 부인임을 알고도 어찌해 볼 거라는 미친놈도 알아보는 명월의 눈동자, 그 샛노란 살기.

간수장은 그대로 비칠거리며 뒷걸음질 쳤다.

그그그그그극—

뇌옥의 문이 다시 열렸다.

간수장은 여전히 뒷걸음질로 뇌옥 안의 어둠으로 들어갔다. 마치 악한 요괴가 지옥 왕에게 눌려 사라지는 것 같았다.

그제야 명월의 노란 살기는 가라앉았다. 그러나 걱정은 가라앉지 않았다.

[교주께 말씀드려야 하지 않겠습니까?]

명월의 말에 묵마는 고개를 저었다.

[초화부인이 항상 귀를 열고 있네. 공연히 교 내에 분란을 일으키고 싶은가. 소림이 항상 본 교를 주시하는 것을 아랑곳하지 않고 문제를, 그것도 크게 일으킬 여인이지. 그냥 데리고 나가게.]

초화부인, 제갈청청.

현 소교주 단천상의 생모인 여자였다.

전대 교주의 이부인이었지만 현 교주에게 다시 재가했다. 전 남편과의 의리를 생각하면 있을 수 없는 행동이지만, 초화부인 제갈청청은 타고난 야심가였다.

세상을 손에 넣고 싶은 야심이라면 그런 의리를 지키는 것이 오히려 이상했다.

명월의 이맛살이 그제야 약간 꿈틀거렸다.

제갈청청은 무슨 수를 써서든 모용석화를 뇌옥으로 도로 처넣을 것이 틀림없었다.

아예 죽이고 싶겠지만, 교주는 그걸 원천 봉쇄했다. 그것도 수수께끼였다.

'하기야 그 속을 알면 마교주가 아니지……'

어쨌든 교 내에서는 철저한 조사가 불가능했다.

그래서 명월은 관도를 타라는 지시를 내렸다. 대놓고 세상으로 나가는 것이었다.

"어디로 가옵니까?"

명월은 잠시 침묵하다가 꿈속에서 부들거리며 경련을 일으키는 모용석화를 보고 결심을 굳혔다.

"삭풍당에 전갈을 넣어라. 서안으로 집결한다. 서안에서 삼부인을 견자단과 만나게 할 것이다. 삭풍당의 포위망 안에서 이루어져야 할 터."

그러자 시녀가 그 고운 입으로 대답한 말은 참으로 시원했다.

"부원주께서 한 번에 쳐서 다 죽이시면 간단할 것 같사옵니다만……"

명월은 웃지 않았다. 그는 웃음을 모르는 사나이였다.

"그렇게 간단하지 않다. 교주의 신물은…… 우리 불길을 더 활활 타오르게도, 거꾸로 꺼뜨릴 수도 있는 것들이니…… 죽이기는 할 것이되 무조건은 아니니, 회수가 먼저니라."

"이제야 단호한 의지 헤아리옵나이다."

시녀도 비슷한 부류가 되어 가는 모양이었다. 웃음도, 무안함도, 송구함도 없었다.

그러고는 다른 질문 없이 그대로 마차를 출발시켰다.

따각따각, 따각따각.

마차는 서안으로 출발했다.

광명전, 현 교주의 거처.

"뭐?!"

단천상은 길길이 날뛰지 않았다.

말을 듣자마자 얼굴이 확 달아오르며 눈이 찢어지는데, 만령충 촉수가 눈꼬리에서 튀어 나올 정도였다.

지금, 상상도 못하게 열 받은 것이 틀림없었다.

그런데도 가만히 참는 것이다.

소식을 전한 시녀가 뭔가 불안을 느껴 살금, 옆으로 한걸음 떼어 놨을 때였다.

푸솨솨솨솨아—

상의만 걸친 단천상의 옷을 그나마 갈가리 찢으며 촉수들이 폭발하듯 튀어나왔다.

퍼버버버버벅—

"커커헉—!"

시녀의 몸에 급작스럽게 박힌 수십 가닥의 흰 구렁이들이 꿈틀거렸다.

너무 끔찍한 고통에 시녀는 만령충 촉수의 움직임에 따라 얼굴만 이리저리 일그러뜨릴 뿐이었다.

비명은커녕 숨도 제대로 들이마시지 못했다.

"허, 허, 학, 학!"

시녀가 몸속을 가득 채우는 팽만감을 느끼며 눈을 부릅떴다. 고통에 눈꼬리가 찢어지며 눈동자가 쏟아질 것 같았다.

뻥—

결국 한쪽 안구가 튀어나왔다.

그 구멍으로 흰 뱀 같은 촉수가 튀어나와 흔들거렸다. 그게 시작이었다. 시녀의 몸속에 박힌 만령충 촉수들은 그 상태로 늘어나 관통했다.

푸아악— 찌익— 쩍— 우직—

살아 있는 채로 갈가리 찢어진 채 방바닥에 나뒹구는 시녀는 마지막으로 꿈틀거렸다.

"까아아아아아악—!"

단천상과 같이 침대에서 뒹굴던 시녀 하나가 견디지 못하고 도망쳤다. 시집도 안 간 처녀가 벌거벗은 채 그러는 것은 너무 겁에 질린 탓이었다.

단천상은 촉수들이 흐물거리는 그대로 침상에서 일어나 마구 방 안을 돌아다녔다.

그러다 문득 걸음을 멈췄다.

자신과 같이 정사를 치르던 시녀는 둘이었다. 방금 하나는 소식을 전하러 들어왔다가 죽었고, 하나는 옷도 입지 않고 도망치려다가…….

"너, 뭐 하냐?"

그 시녀는 놀랍게도 죽은 동료의 처참한 시신을 주섬주섬 챙기는 중이었다. 물론 눈물이 그렁그렁하긴 했다. 그러나 그걸 용케 떨어뜨리고 있지는 않은 상태였다.

그냥 고기 조각이 된, 방금 그녀가 단천상에게 이끌려 침대로 넘어지기 직전까지 같이 있던 동료의 몸을 하나하나 주워 들어 한군데로 모으고 있는 중이었다.

옷도 안 입고.

단천상의 눈이 도로 확 째졌다.

물론 보통 여자는 마교 내에 없다. 그러나 그렇다 해도 이건 너무한 것 아닌가. 눈앞에서 폭발하듯 터져 죽은 제 동료의 살점을 태연히 청소하는 시녀라니.

"너, 원로원 밥 먹고 있나? 나한테 몸 주면서까지 붙어서 감시하라고 하든?"

하얀 구렁이들이 그녀의 몸을 찌를 듯이 세워져 피부에 닿았다. 목젖, 가슴, 눈동자까지. 단천상의 눈은 가릴 것도 없고 막을 것도 없이 그대로 증오의 기세만을 내뿜었다.

바닥은 지금 피의 호수였다.

피투성이의 살점에 그걸 정리하느라 같이 피로 물든 손이 멈췄다. 그리고 시녀가 말했다. 목소리는 조금 떨리고 있었다.

"두렵습니다, 저도……. 하지만 여긴 광명전입니다. 어찌할 줄은 모르겠고…… 하지만 교주님과…… 초화부인께서 계시고…… 우리의 화도(火道)가 있는 곳입니다. 광명전은…… 언제든…… 깨끗해야 한다고…… 그렇게 교육받았습니다. 또 그렇게 믿고 있습니다. 이 일로 교주님과 불의 길을 욕되게 할까 두렵습니다……. 이미 이곳에서 몸이 더럽혀졌으니 죽이신다고 해도 원망은 하지 않겠습니다. 하지만…… 광명전을 사람의 눈에도 우리 배화신도들의 눈에도 정갈하게 하셔야 함은 소교주께서도 유념해 주소서."

단천상의 눈이 좁혀들며 빙글빙글 웃었다. 살기 어린 웃음.

만령충 촉수가 힘을 가해 왔다.

툭—

주르륵—

피가 터져 흘렀다. 여인의 소중한 젖가슴이 힘을 받다가 만령충 촉수의 힘을 이기지 못하고 살갗이 터진 것이다.

시녀는 체념하고 눈을 감았다. 그제야 고통을 솔직하게 표현했다. 얼굴이 일그러졌다.

그러나 더 이상의 진행은 없었다. 시녀가 다시 눈을 뜨자 단천상은 살기가 없어진, 정말 웃음을 짓고 있었다.

'……?'

단천상은 만령충 촉수를 거둬들였다. 그러고는 시녀를 끌어당겨 피가 흐르는 젖가슴을 핥았다.

"정말이로군, 네년은……."

흐르는 피를 한참이나 핥아 대던 단천상은 다시 말을 이었다.

"네가 원로원의 개라고 해도 마교 안의 허무한 계집들 같지 않게 자존심 하나는 꼿꼿하구나. 마음에 든다. 크흐흐, 오늘부터 허드렛일따윈 당장 그만둬라."

그리고 그 시녀를 잡아당겨 안았다. 젖가슴에서 흐르는 피를 아랫도리 부근까지 문질러 놓고는 흥분한 눈을 하는 것이다.

그 눈에 대고 감히 싫어요, 라는 말을 할 수 있을까?

한데 시녀는 했다.

"저…… 소교주님……. 저기…… 애향이의 시신을 수습할 수 있게…… 허락해 주소서……."

단천상은 문득 욕정에서 깨어났다.

"크크크, 점점 더 마음에 든다. 너, 의리도 강하구나. 죽은 친구 챙기기가 남자도 쉽지 않은 일인데. 크크크, 죽은 년 이름이 애향이었느냐?"

시녀는 아직도 떨리는 목소리로 간단하게 대답했다.

"예."

"그럼 네 이름은 뭐냐?"

단천상은 그제야 시녀의 이름을 물었다.

"천한 것의 이름은…… 초희라 하옵니다."

단천상은 괴소를 흘리며 침대로 쓰러졌다.

"흐흐흐흐, 그래. 챙겨라, 챙겨. 어쩌면 네년이 나 단천상에게 건방진 충고를 할 수 있는 유일한 년이 될지도 모르겠구나. 흐흐흐흐……."

그제야 시녀, 초희는 한숨을 쉴 수 있었다.

그나마 단천상 때문에 억지로 참아 가늘게 내쉬어야 했다.

녹진자의 기술은 탁월했다.

좀 과장해서 거의 잘려질 뻔했던 광겸의 허리는 이틀 만에 새살이 돋기 시작했다. 푸른 가루가 상처로 스며들어 갔다가 다시 살 속으로 사라진 직후부터 일어난 변화였다. 그동안 연미는 잠도 못 자고 광겸을 수발했다.

광겸이 외려 걱정할 정도였다.

"잠 좀 자요. 그 예쁜 얼굴 다 망가지네."

연미는 광겸의 말마따나 얼굴이 초췌했다. 그런 얼굴을 하고서도 고개를 흔들며 말했다.

"그럴게요. 하지만…… 여자란 이럴 때 꼭 자기가 다친 것보다 더 안쓰러워서 안절부절못해요. 저도 이제 가가를 모시는데…… 이렇게 힘들 땐 정말 저도 남자이고 싶어요. 그러면서도 여자란 어쩔 수 없나 봐요."

가끔 남자들도 느끼는 문제지만, 여자들의 가슴에 동정심이 가득해 남자들보다 더 인간적인 것을 보일 때가 있다.

그리고 그게 연미의 행동뿐 아니라 아현이 입으로 다시 한 번 확인되었다.

"근데, 삼촌이랑 숙모는 식 안 올릴 거야? 삼촌은 만날 장가가고 싶다고 노래 불러 대고 그랬으면서, 여자를 절대 안 기다리게 한다면서."

지금 이곳은 마당이었다.

마당엔 초온양이 휩쓸고 간 대재앙의 흔적이 고스란히 남아 있었다. 그래서 목수를 불렀고, 지금 일꾼들이 한창 분주하게 일하는 중이었다.

며칠 전, 건물이 완전 부서진 것도 아니고, 반쪽만 서 있는 모습에 불려온 목수들은 입을 쩍 벌렸었다.

—아, 저기…… 저건…… 수리가 아니고…… 다시 지어야 하겠는뎁쇼. 제가 부친께 물려받은 기술은…… 저런 일을 당하리라고 전혀 상상도 못한 상황에서였기 때문에…… 대체 어떻게 건물을 저리 깔끔하게 반쪽을 낼 수 있습니까? 전에 화약으로 폭발한 집을 보긴 했지만 이건…… 무슨 하늘의 신선이 큰 칼로 내려친 것 같으니…….—

완전 부서진 건물은 한 채였다.

하지만 초온양의 침강편이 열 가닥이나 한꺼번에 이리저리 휘저으며 온 집 안을 휩쓸었는데 달랑 한 채로 끝날 수는 없었다.

다행히 사람이 없는 창고였으니 망정이지, 중앙의 기둥이 서 있는 곳을 기점으로 반이 쩌억 갈라지다가 폭삭 주저앉는 데 깔렸으면 대형 사고였다.

종남일기가 '다 허물고 새로 짓는' 데 불만을 표하긴 했지만, 그는 기술자가 아니었다. 집은 이백 년 수련한 고수가 아니라 목수가 짓는 것이니 말이다.

벽을 세우는 미장이도, 터를 잡는 토장공도 다 목수의 지휘하에 들어간다. 설계라면 몰라도 막상 건축 현장에 대한 일은 목수가 안 된다면 세상없어도 안 되는 것이다.

어쩔 도리가 없이 집은 왕창 허물고 다시 짓는 중이었다. 때문에 여지저기 일하는 사람이 많았고, 아현은 아직 기생 수업을 받던 그때의 영향을 아직 가지고 있어 말을 조심조심 숨겨 하는 것을 습관으로 삼지 못했다.

그러니 이 많은 아랫것들도 다 들어 버렸다.

나이 든 하인 당평이 헛기침을 하며 고개를 돌렸고, 나이 적은 시녀들이 킥, 하고 웃었다.

만약 어른의 입에서 나왔다면 너네 둘이 식도 안 올리고 한집에 사는 꼬라지가 참 꼴 보기 싫다는 말이 된다.

그러나 아현은 이제 십삼 세, 새해 설날을 지난달에 넘겼으니 올해로 열네 살이 되었다.

그러니 자기 딴에는 하인들을 부려야 하는 연미가 식도 못 올리고 정식 부인도 되지 못한 채 하인들 틈에 섞여 이리저리 일하는 모습이 안되어 보여 이야기한 것이었다.

사실 거기까지만 해도 애치고는 대견한 셈이니 뭐라고 핀잔을 줄 수도 없잖은가.

연미는 금세 얼굴이 달아올랐다.

지금 상황이 이렇게 수줍은 모양새를 보일 때가 아니라는 게 문제였지만, 확실히 요새 밤에는 한숨을 쉬고 잠 못 이루는 날이 많아졌으니, 결혼하기도 전에 과부의 심정을 겪는 셈이었다.

확실히 연미의 얼굴은 많이 상한 것이 어떤 건지 보여 주는 예로 들 만했다.

말은 못하고 은근히 광겸의 입만 열리기를 귀 기울이는데, 결혼 이야기를 꺼낸 것은 홍춘이었다.

"아현이, 우리 딸. 그러고 보니 다 컸다. 그래, 이참에 식 올리자. 동서, 그렇게 해."

이젠 아주 거침없이, 자연스럽게 동서라고 나오는 말을 연미도 아무렇지 않게 소화해 내는 중이었다.

"……."

새색시가 어찌 감히 대꾸를 할 텐가.

광겸은 그저 싱글싱글 웃기만 하다가 녹진자가 쿡 찌른 후에야 대답할 머리 회전을 했다.

"이놈아, 네가 대답을 해야 네 여자가 뭐라고 대답을 할 거 아니냐."

그러자 광겸은 머리를 긁적였다.

"어, 아니, 난 뭐, 저 좀 시끌벅적했으면 좋겠는데. 그런데 우리가 뭐 초대할 사람도 없고…… 그리고 지금 당장은 좀 그렇지 않아요? 공사 중이라 난장판인데……."

그러자 세상 경험 많은 목수가 왜 건축 일을 지휘하는지 그 이유가 나왔다. 적당한 때에 적절히 농담도 잘 던지던 사람이었으니 끼어드는 것도 자연스러웠다.

"하하하, 여기 일꾼들이 하객이 되면 되잖습니까? 어차피 내일모레면 기왓장 얹는 것 다 끝나고 상량식도 해야 하는데, 사실 술판 아닙니까, 그게. 약간 더 쓰세요. 토지 신에게 지붕 오래가게 해 달라고 비는데…… 아, 도관에서 도사분들도 불러오셔서 그때 식도 올리고 하면 되잖습니까.

아니 참, 화산이랑 종남의 도사분도 여기 계시는군요."

원래 가난한 사람들은 약식 결혼을 하는 것이 대부분이었다. 가난하지 않아도 귀족들처럼 정식 인사치레가 힘든 사람들은 물 한 그릇 떠놓고 서로 맞절 한 번으로 끝내기도 했다.

그래서 목수의 얘기는 정말로 진지하게 받아들여졌다.

아현도 손뼉을 치며 좋아라 했다.

"만월루 언니들도 부르자! 앵앵 언니하고, 초초 언니는 만사 젖히고 달려올걸."

기녀까지 온다면 강북련의 체면을 지켜야 하는 탁명옥으로서는 약간 곤란한 일이기는 했지만, 사실 화려하게 겉치장하는 것보다 겸사겸사로 다 같이 즐거울 수 있는 것이 더 실속적이라, 굳이 예절에 대한 잔소리를 꺼내지 않았다. 게다가 만월루는 기녀들의 몸을 전문적으로 팔게 하는 기루도 아니었으니까.

그래서 대화는 일사천리로 진행되었다.

연미는 얼굴이 아예 모닥불처럼 붉어져 안으로 들어가 버렸…… 아니, 들어가려고 할 때였다.

호위무사 하나가 정문에서 뛰어 들어왔다. 얼굴이 시뻘개진 것이, 보통 일이 아니지 싶었는데, 그 입에서 나온 말은 역시 보통 일이 아니었다.

"탁 대인, 지금 련주께서 오셨습니다!"

모두의 입이 다 벌어졌다.

"강북련주?"

강북련주가 오호맹의 암살 위협에 얼마나 시달리는지 너무 잘 아는 탁명옥은 어처구니와 근엄한 예절이 저쪽 천산 너머로 날아간 심정으로 외쳤다.

　"아니, 이 양반이 밑에 사람들 다 말려 죽이려고?!"

　종남일기와 녹진자는 눈을 꿈뻑였다.

　'대체 어찌 돌아가는 일이냐, 이게?'

　세상 절반을 책임지고 돌리는 사람이 직접 행차한다는 것은 황제의 용태를 뵙는 것만큼이나 어려운 일인데…….

　"또 소림이야?"

　종남일기가 멍청하게 묻자 녹진자가 이를 갈았다.

　"내, 그냥 화산으로 돌아갈까 보다!"

　홍춘은 안절부절못했다.

　"어쩌지? 모실 곳이 없어. 달랑 하나 있는 건물이 여자들 쓰는 방인데……."

　그러나 들려온 것은 아주 깔끔한 아녀자의 목소리였다.

　"괜찮습니다. 저도 여자니까."

　놀라지 않은 것은 강북련 소속 사람들뿐이었다.

　강북련주가 여자, 그것도 갓 약관의 젊은 미녀였다니.

　검은 옷을 입은 호위무사들 사이로 등장한 꽃. 그것이 강북련주에게 받는 첫인상이었다.

　그리고 그 대단한 위치에서 남에게 머리를 수그리지 말아야 할 이유가 거느린 사람들이 너무 많기 때문임에도 불구하고 거침없이 허리를 숙여 녹진자와 종남일기에게 인사를 하는, 그야말로 강북련의 자존심은 인간성을 지키는 것이라는 사실을 그대로 보여 주는 것이 두 번째 느낌이었다.

"안녕하십니까. 강북 상인들의 어려움을 위해 일하는 엄자령이라고 합니다. 이렇게 함부로 찾아와 인사드리는 후배를 헤아려 주시기를 간청합니다."

종남일기가 뭐라 하겠는가, 녹진자가 뭐라 하겠는가.

간단히 말해 호쾌한 미인이었다. 그게 얼마나 호쾌한지, 녹진자와 종남일기가 고개를 끄덕이고 이해한다는 표시를 하자마자 강북련주는 일꾼들에게 차려 준 밥상 앞에 거침없이 털썩 주저앉아 버렸다.

그야말로 거침없었다.

땅바닥의 먼지도 그 순간 강북련주의 장식품이 된 듯 했다.

견자단 삼 형제와 홍춘, 연미가 다시 넘어간 이유였다.

특히 셋 중 가장 막나간다는 광검의 눈은 그야말로 동족을 만난 떠돌이처럼 반짝이고 있지 않은가.

그러나 광겸은 이내 고개를 흔들었다.

'같은 부류끼리…… 남자와 남자, 여자와 여자는 통해도 남녀는 부딪쳐 깨지지…….'

한순간에 광겸과 같은 취급을 받았다는 사실을 아는지 모르는지 엄자령은 태연했다. 그에 탁명옥이 얼빠진 목소리로 인사를 했다. 허리를 못 쓰니 고개만 까딱이고는 바로 따졌다.

"련주, 어찌 직접 이곳에 오셨습니까?"

그러자 엄자령은 싱긋 웃었다.

그 바람에 그녀에게서 눈을 떼지 못하던 광검은 강한 충격을 받았다.

자신 있는 미소, 그러나 부드러움. 여인 특유의 아랫사람을 압박하지 않는 자유스러움이 그 미소 한 번에 딱 부러져라 확실하게 보였기 때문이다.

코가 약간 뾰족하긴 했지만, 그래도 그게 더 매력적으로 보였다.

광검은 아주 넋을 놓는 정도가 아니라 일부러 저만치 팽개치고 끌려 들어가기 시작했다. 강북련주에게.

"아, 말이 길어질 것 같으니…… 일단 목이나 좀 축이죠."

쾌활한 목소리.

광검의 눈은 번뜩번뜩, 그리고 그녀의 말소리에 살갗이 빠지직거리는 충동을 받았다.

목이나 축이자는 말에 연미는 차를 가져다주려는 순진함을 보였다. 그러나 탁명옥의 으르렁거리는 소리가 산통을 깼다.

"대낮부터 술 드신다고요?"

강북련주 엄자령.

광검의 눈길을 온통 사로잡은 그 여자는 정말 광검처럼 씨익— 멋쩍게 웃어 보였다.

"인생 뭐 있어요? 남에게 시키기 어려운 말 꺼내려면 역시 술이죠."

실상 어려운 일 시킨다는 말은 녹진자가 가장 싫어하지

만, 술이 등장한다면 얘기는 전혀 달라진다.

종남일기는 이제나저제나 눈만 껌뻑였다.

낮술 한다는 여자, 강북련주 엄자령은 마침 광검을 바라보며 웃었다.

"왜 그렇게 보세요? 낮술 한 번도 안 해 보셨나요?"

광검은 그제야 화들짝 놀라 멀리 팽개친 넋을 찾아 더듬더듬 말했다.

"에? 아, 뭐, 내가 술 거부하는 날은 그게…….."

"작은형이 낮이라고 술 안 마시면 그게 온 세상 술이 다 떨어진 날이지."

광겸이 기가 차다는 듯이 쏘아붙였다.

저렇게 넋까지 빼놓을 것은 또 뭔가.

그러나 광겸 자신은 또 연미를 본 첫 대면 때 어찌했는지 전혀 반성하지 않는 행태이기도 했다.

사람 모가지를 싹뚝 썰어 놓고 그 와중에 실실 웃으며 청혼하지 않았던가.

어쨌든, 공사는 당연히 쉬었다.

강북련주 같은 재신이 왔으니 일꾼들은 한 시진도 채 일하지 않고 은화 한 냥씩을 받아 입이 벌어져서 퇴근했다. 점심밥도 아니고, 오전 참을 먹을 시간이 아직 한 시진이나 남은 때였다.

마당에 술판이 벌어졌다.

종남일기와 녹진자가 당연히 상석.

그 옆에 강북련주 엄자령과 탁명옥이, 맞은편에 삼 형제가 나란히 앉았다.

"먼저 술 한 잔 올려도 될까요, 어르신?"

엄자령이 살살 눈웃음을 치며 묻자 종남일기는 픽, 코웃음을 치며 마주 웃었다.

"어려운 일 시킨다더니, 한잔 술로 때우는구나. 다른 건 몰라도 넌 장사 하나는 타고났나 보다."

그러자 엄자령이 넙죽 웃으며 말을 받았다.

"감사합니다."

쪼로로로록—

가지런히 받쳐 든 손은 고왔다. 그러나 주담자를 쥔 손은 엄자령의 미모에 의거할 때 너무 안타깝게도 손가락의 균형이 안 맞았다. 왼손은 손가락이 세 개뿐이었다.

"너 손가락이 왜 그러냐?"

솔직히 여자라도 어색하지 않을 때가 있으니 묻는 것이었다. 그리고 엄자령은 과연 웃으며 대꾸했다.

"아, 어릴 적, 선친께서 강북련을 이끄실 적에 절 납치한 분들이 아버지께 전 그대로 두고 새끼손가락 하나만 먼저 보내더군요. 아버지도 하나 가지고는 대답을 안 하겠다 하셔서 또 약지 하나를 더 보내더라고요. 그래서 그냥 오늘까지 이렇게 사네요. 호호호."

혹독한 고통과 생으로 손가락을 잘라 내는 충격은 말로 못할 것이지만 엄자령은 웃으며 이야기했다.

과연 강북련주는 아무나 하는 자리가 아닌 것이다.

"역시 거침없군, 거침없어."

녹진자의 감탄이 이어졌고, 광검의 눈이 다시 몰아지경으로 빠져들어 빛나기 시작했다. 이건 세상에 보기 드문, 아주 희귀한 여자 아닌가. 광검의 눈살이 그래서 찌푸려졌다.

'침 흐르겠네, 이거.'

"한데 그 일이란 것은……."

광수가 거두절미하고 물어 왔다.

인사도 생략하고 던진 질문에 엄자령은 역시 인사를 생략하고 종남일기와 녹진자의 술잔을 마저 채우는 상태로 대답했다.

"소림에…… 악마를 추종하는 무리들을 감시하는 눈이 있지요. 그 눈에서 연락이 왔습니다."

순간, 분위기가 싸늘하게 가라앉았다.

마교!

반응은 두 가지였다.

종남일기는 술잔을 탁, 소리 나게 내려놔 버렸다.

녹진자는 그대로 홀짝, 마셔 버렸다.

종남일기가 괜한 짜증을 내며 녹진자를 건드렸다.

"술이 목으로 넘어가냐?"

녹진자는 심드렁하게 대답했다.

"선배, 사는 게 뜻대로 되는 사람이 어디 있소? 우리 같은 사람들이야 어디로 움직여도 피 흙탕인걸, 애초 무공을 익힌 게 잘못이지. 그러니 뭐, 술이나 마셔야지."

"어째 세상 비꼬듯이 얘기하냐? 그 피 좀 가라앉히자고 무공 익히는 게 아니었냐?"

"선배, 강호요, 강호. 우매한 중생이 칼 휘두를 만큼 큰 탐욕으로 고통 받는 강호를 구원하자고? 가능한 얘길 하쇼."

종남일기는 얼굴을 일그러뜨렸다.

"뭐야? 종교인이 불가능하다고 포기해 버리면 세상 희망은 뭐가 되는 게냐? 너 백오십 년 간 도를 닦고도 그 결론이냐?"

녹진자는 워낙 높은 배분의 어른들이 싸우니 주춤거리는 엄자령의 주담자를 손가락으로 까딱거리며 불렀다.

하지만 엄자령은 그 손을 움직이지 않았다. 그냥 주담자가 엄자령의 손에서 벗어나 허공을 떠 둥실 기울어진 것이다.

쪼로로로록—

그런 상태에서 입까지 열어 대꾸를 하는 녹진자였다.

"솔직히, 구원해 주겠다고 나서면 강호인들이 그걸 구원이라고 생각이나 해 줄지 문제니 비아냥대는 거 아니오."

"화산에 요즘 허무주의가 창궐한다더니, 네놈이 일으킨 바람이로구나."

"그건 내 책임 아니오, 도가나 불가나 끝에 가서 암것도 없더라 하고 죽는 분들 얼마나 많수."

종남일기가 버럭 소리를 질렀다.

"아, 도 닦다 집착의 허무를 얘기하는 거랑 세상사는 데 끝까지 최선을 다하는 거랑 전혀 다른 얘기잖아! 그게 왜 여기 껴들어?!"

"재미없어요, 선배. 뭘 해도 재미가 없다니까."

"아니, 뭘 안다는 놈이 왜 이래?

종남일기가 끝내 얼굴을 일그러뜨리며 술상을 잡았다.

"확 엎어 버릴까 보다!"

녹진자의 얼굴이 그제야 풀렸다.

"어어어? 어른이 이런 일로 삐치시오, 선배? 이거 엎으면 남은 술은 어쩌라고."

종남일기가 삐쳤다는 표현에 어이가 없어 일침을 가했다.

"그 기막힌 내공으로 도로 주워 담으면 고만이잖냐!"

"종남의 신선이 못 먹게 방해하면 그걸 무슨 수로 먹으라고."

녹진자가 그렇게 항의하자 종남일기가 코웃음을 쳤다.

"세상 중생 고통보다 네놈 술 한 잔이 더 소중하다, 이거지? 도 닦는다고 세상 버린 놈들 다 이기적이라더니, 조상들 말 틀린 게 하나 없구나!"

"아, 그럼 명색이 마교라는데 이기적이 안 되면 그게 이상한 거 아니오."

"이놈이?"

그제야 종남일기가 뭔가 이상함을 눈치채고 동작을 멈췄다.

마교 교주의 목이라도 따다 본산에 갖다줄 수도 있다는 녹진자가 아니던가.

그제야 엄자령이 웃으며 끼어들었다.

"흥정하시려는군요."

어차피 광검이야 넋이 나가 입이 벌어져 있었고, 광수는 간신히 고개를 끄덕였다. 그리고 광검은 또 돈이냐는 표정을 지었다. 종남일기도 광검의 반응과 크게 다르지 않았다.

입이 이따만큼 벌어져 멍청하게 묻는 것이다.

"흥정?"

엄자령은 교묘하게 웃었다.

수줍은 것도 아니고 어색한 것도 아닌, 정말 묘한 웃음이었다. 광검이 간신히 주워들었던 넋을 도로 흘리게 만들기에 충분한 기묘함이었다.

"당연히 흥정이지요. 강북련의 새 처녀 련주가 어떻게 그 아비를 잃었는지는 세상이 다 아는 사실입니다."

그리고 탁명옥의 얼굴도 종남일기처럼 일그러지는 이유는 단순했다.

"련주, 사사로운 원한에 눈이 먼 것은 아니지요?"

엄자령은 다시 웃었다.

"물론 제가 미친 건 아니죠."

그러나 광검은 그 웃는 눈에서 불길을 보았다.

손가락 두 개를 잃고도 남들 앞에 웃으며 털어놓는 그 심정이 어디서 나왔는지 확연히 보여 주는 불길이었다.

"원한이……."

광검 스스로도 모르게 흘려버린 말에 모두의 시선이 광검에게로 쏠렸다.

광검은 순간적으로 움찔했다.

알아도 입을 다물어야 한다는 책망의 눈길 같은 것이 엄자령의 시선에서 느껴졌기 때문이다.

그러나 광검이 누구던가.

즉각 수습에 나섰다.

"원한이 있든 없든 오호맹이 마교의 돈줄 중 하나라는 건 부정할 수 없는 사실 아니오! 아마 소저…… 아니, 련주…… 의 아버님은, 그러니까……."

광겸이 혀를 차려다가 참고 말을 고쳐 주었다.

"전대 련주."

"그, 그렇지. 전대 련주께서도 오호맹에 당하신 것 같으니 당연히 마교의 돈줄을 끊는 것이 강북의 평화도 찾고, 강남에서 피해를 보는 상인들도 좋고, 철천지원수도 갚고, 일석삼조라는 말 아니오?"

광수가 눈을 꿈뻑이며 핵심을 찔러 왔다.

"그런데 네가 웬일로 그렇게 긍정적인 발언을 다 하냐?"

웬일이냐는 말에 광검은 슬쩍 안면 근육이 조여들었지만, '나 반했어' 라는 말을 어떻게 입 밖에 내겠는가.

광검이 우물대는 사이, 광겸이 끝내 혀를 차고는 대신 답했다.

"흥정이래잖아."

종남일기가 참지 못하고 물었다.

"아니, 악마를 따르는 무리들을 쳐 없애는 일에 네가 보상을 하겠다는 말이냐? 흥정이 대체 누구를 향해 하는 말인 게냐?"

엄자령은 광검을 향해 그 서늘한 눈빛을 다시 던지더니

대답했다.

"지금 황궁에서 권력을 잡고 있는 내시가 화산을 걸고 넘어졌습니다. 세상없어도 돈이 필요한 시기지요, 작금의 화산은."

"아니, 도 닦는 말코에게 돈 내놓으라는 게 제정신이야? 그 고자 놈 목을 확 따 주지그랬나!"

종남일기가 말하자 녹진자가 쓴웃음을 지었다.

"고자는 고잔데…… 옥새를 쥐고 있는 고자니 어쩌겠소?"

"뭐?"

종남일기의 말문이 막힌 것을 보고 엄자령이 거들었다.

"세상 알 만한 사람은 다 아는 일입니다. 그 배경에 오호맹이 있구요."

종남일기는 입을 쩍 벌리고 멍청하게 녹진자를 바라보았다.

"말이 되는 얘기야?"

대꾸는 당장 나왔다.

"황제의 영생을 위한 환단을 내놓으라는 겁니다."

"그건 소림에서 찾아야지, 왜 화산을 걸고 넘어져?"

그러자 엄자령이 대답해 주었다.

"자치통감 같은 중요 황궁 기록에 화산의 이름이 환단 제조에 대해 나옵니다. 그 기록도 후한 직전 신나라까지 올라갑니다. 그러니 영약은 원래 화산이 원조 격입니다. 절묘하게 돈 뜯어낼 구석을 잘 찾아내지 않습니까? 당장 내놓지

않으면 황상에 대한 충성을 보이지 않는 것으로 간주하겠다
니 말입니다."

무려 몇백 년 전의 일이었다, 자치통감에 화산이라는 이
름이 나온 것이.

종남일기의 벌어진 입이 일그러졌다. 어떻게 그런 기록을
찾아낼 수가 있단 말인가.

"아니, 환관이 별무소용이라는 걸 어제오늘 안 일이 아니
지만, 아무리 그래도 이건 너무한 거 아니냐? 황상을 보필
하는 일이 꽤 복잡하고 지난한 일인데, 그만한 교육을 받은
자들이 이렇게까지 무식하게 굴 수가 있……."

말이 흥분한 녹진자에게 잘렸다.

"그래서 선배한테 짜증이 나는 거요, 세상 물정 모르는
순진한 점이. 내가 이놈들에게 괜히 왔겠소? 뭔가 강북련에
서 돈을 대 주고 있다는 감이 온 순간에 코를 꿴 듯이 끌려
오지 않을 수 없었소. 화산의 다섯 봉우리를 통째로 비우니
마니 해 대는데."

종남일기의 입이 더 벌어졌다. 일전에 녹진자가 마교 교
주라도 한판 붙어 주겠다고 한 말이 정말 다급해서 똥줄 타
는 심정으로 한 말이었음을 이제야 안 것이다.

"환관, 진짜 아무나 하는 거 아닌갑다……. 돈 냄새를 아
예 만들어 갖다 붙이는구나."

녹진자는 그제야 쓸쓸히 웃으며 술잔을 다시 입에 털어
넣었다.

엄자령은 그 웃음에 뭔가를 채워 넣어 주겠다고 했다.

"실상 바닷길에 의해 서역과의 거래를 하는 통에 지금은 잊혀진 물건이 많습니다. 오호맹도 귀한 물건을 많이 헌납하긴 했습니다만, 지금의 오호맹은 구경도 하지 못할 물건이 최근 입수되었습니다. 옛 육로에서 나온 물건이니까요."

그런 후 나온 것이 하나의 상자였다.

상자는 두께가 한 자 될까 말까 했다. 양쪽으로 사람 반 크기만 한 상자를 여는 순간, 쳐다보는 사람들의 입에서 비명이 일었다.

"억! 저, 저……!"

"저렇게 큰 것이 존재할 수가 있다니!"

"허헉!"

비명이 터지도록 만든 것, 백 년이 넘도록 살았다는 종남일기와 녹진자의 입에서도 예외는 없었다.

그것은 옥이었다.

일반 옥처럼 그냥 푸른색이 아닌, 거의 반투명한 노란빛을 띤 희귀한 옥. 두께는 반 자에, 가로세로 석 자 반에 이르는 거대한 크기를 드러내고 있는 것이었다.

춘추전국시대의 전설에 화씨의 벽이 나온다. 화씨의 벽을 일개 성과 바꾸겠다고 했다. 그것도 땅만이 아닌 사람들도 같이 가리켰다.

얼마나 귀히 여겼는지 알 수 있는 대목이다.

한데 그 화씨의 벽과도 비교가 안 되는 크기였다.

거기 새겨진 승천하는 용은 생동감이 넘쳤다.

"최고의 장인이십니다. 사천의 탁친동 옹께서 이 년여를

소비하셔서서 완성한 황룡이지요. 구름을 타는 황룡, 아마 이 물건이면 틀림없이 그 내시의 권력욕을 크게 부추길 것이고, 그는 무리하다가 스스로 스러져 갈 시기를 앞당길 겁니다."

말마따나 황색은 황제를 상징했다.

황금빛의 옥. 이건 벽(璧)이 그냥 벽(壁)이었다.

방에 갖다 세워 놓으면 그대로 병풍이 되어도 될 만한 크기인 것이다. 눈으로 실제 보아도 현실로 믿기지 않는 크기. 그 황금의 용이 꿈틀대며 눈을 유혹하고 있었다. 어서 권좌를 잡으라는 듯이.

13.
어머니는 눈물이다 (1)

"있는 그대로도 요물이로다……."

종남일기가 탄식을 했다.

지금 초야의 인물들에게도 이 정도의 감각을 전하는 물건
이었다. 아마 저것이 중앙의 권세가들에게 들어가면, 필히
황상의 자리마저도 탐하게 만드는 귀물이 될 것이 틀림없었
다.

그리고 이만한 물건을 선뜻 내놓겠다는 것은, 구대문파와
강북련이 한 몸이나 마찬가지이기도 했고, 오호맹을 황실에
서 약화시켜야 하는 필사의 목적이 있기도 했기 때문일 것
이다.

"이번에 전해 들은 소식은 최악의 것입니다. 마교 원로원
인물이 얼마 전 여러분을 습격한 사실을 저도 들었습니다만,

설마 부원주가 직접 움직일 줄은 몰랐습니다."

여기서 이게 얼마나 어마어마한 발언인지 모르는 사람은 아현뿐이었다.

홍춘조차도 무가에서 시집살이를 했기 때문에 마교 원로원을 알고 있었다.

그 면면은 모르지만, 그 원로원의 부원주라면 보통 사람이 보기에 마교 교주나 다름이 없는 일이었다.

"아무리 소림 밀교라 해도 한계가 있을 텐데, 그걸 어떻게……."

광검이 의아하다는 듯 물었다.

그러자 엄자령이 심각하게 얼굴을 굳혔고, 그 진지한 얼굴에 광검의 눈은 다시 게슴츠레해졌다.

그제야 광수도 광검의 변화를 눈치챈 것이다.

광겸의 얼굴은 찌그러질 대로 찌그러져 아예 멋대로 주먹질해 놓은 찰흙 같았다.

어쨌거나 엄자령은 말을 이었다.

"사실은 며칠 전에 이 근처 산등성이에서 산적 떼가 몰살당한 사건이 일어났습니다. 왜 그런 단서를 남겼는지는 몰라도, 산적들의 사인이 검기보다 한 수 아래인 검풍에 의한 것이더군요. 한데 문제는, 한꺼번에 수십, 수백의 검풍을 맞았다는 겁니다. 산적들의 수는 거의 백 명에 달했고, 그 머릿수가 다 똑같이 그런 흔적이 남았습니다. 마치……."

엄자령이 숨을 쉬기 위해 일단 말을 끊었으나, 종남일기가 경악하며 그 말을 이었다.

"마치, 마치 온 세상의 가득한 공기가 죄다 바람의 칼날이 된 것 같은…… 검풍의 벽[劍風壁]이 몰아친 듯한 현상을 봤다는 게냐?"

엄자령은 고개를 끄덕였다.

"예, 맞습니다. 처음 등장한 지 삼백여 년이 다 되어 가는 전설이지요. 풍밀인(風密刃)입니다."

녹진자의 눈이 감겨졌다.

"정말 맞군……. 그것이다. 밤하늘을 온통 노랗게 물들이는 밝은 달……. 사람이 호흡하는 세상의 공기를 한순간 칼날로 바꿔 버린다는 풍밀인이야……."

엄자령의 덧붙인 말이 술맛까지 싹 빼앗아 가 버렸다.

"정확하진 않지만 삭풍당도 함께하는 것 같습니다."

언덕 넘어 동산, 동산 넘어 태산이라. 이제는 아예 침음성조차 나오지 않았다.

"그런데 대체 어떻게, 왜 그런 흔적을 남긴 거지요?"

광겸이 질문하자 엄자령이 약간 머뭇거렸다.

그와 같이 호탕한 여인이 말을 쉽사리 잇지 못할 일도 있던가.

잠시 후, 엄자령의 입이 열렸다.

"사실은……."

며칠 전.

사실 모용석화의 정신은 오래전에 돌아와 있었다.

마차의 흔들거리는 느낌이 들 때도 모용석화는 악몽을 꾸고 있었다.

여느 때와 같이 그녀는 꽃밭에 앉아 있었다.

다만, 다른 점은 그녀가 그렇게도 바라던 이층 정원이었
다는 것이다.

말이 이층이지, 저 서역의 공중정원과 별다를 게 없는,
어려운 사람이 가득한 지금 이 세상에서 감히 바라지도 말
아야 할 초극의 사치라는 것을 알고 있었다.

그러나 모용석화는 생각했다.

'어차피 꿈인데 뭐…….'

스스로도 꿈이라는 것을 의식하면서 모용석화는 그렇게
도덕적이지 못한 사치를 마음껏 즐겼다.

아들이 곁에 있었기 때문이다.

꿈속의 이십 년간 걸음마하는 시절에서 한 번도 자란 적
이 없던 아들 광겸. 아들이 이제 걷기 시작했다.

기우뚱, 허우적, 세 발째를 딛고서야 허공에 손을 내뻗으
며 어디 잡을 곳을 찾는 광겸(光兼)의 눈은 크게 뜨여져 있
었다.

모용석화가 곧 잡아 줄 것이라고 기대하는 눈이었다. 자
신이 스스로 걷는 것이 기쁘고 신기한 감정을 숨기지 못하
는 눈이었다.

그 눈에…… 뭔가가 비쳤다.

모용석화는 대경해서 돌아보았다.

몸 둘레가 사람만 했다. 길이는 절반이 일어선 것이 이층
정원을 훌쩍 넘어서 모용석화를 아래로 내려다볼 만큼 엄청

나게 큰 이무기였다.

그 이무기의 입이 자신을 향해 내리꽂히고 있었다.

그때 바로 남편이 달려왔다.

"이놈!"

남편은 원영체를 이루기 직전이었다.

겨우 이무기 따위에게 당하지는 않을 사람이었다.

남편의 칼이 막 휘둘러지기 직전, 정원의 무성한 꽃 사이에서 검은 선 하나가 순간적으로 그어졌다.

쉬잇!

모용석화는 본능적으로 비명을 질렀다. 그 검은 선은 독사였다.

독사의 입은 이미 남편의 목을 단단히 틀어 물고 조이는 상태였다.

그런 상태에서도 남편은 칼을 뽑으려고 애를 썼다.

독사의 독이 남편의 온몸에 퍼지는 것을 모용석화는 그저 바라만 보았다.

이윽고 독사의 이빨이 빠져나왔다. 그리고 곧 독사가 두루뭉술하게 변하기 시작했다. 변한 얼굴은 바로 제갈청청, 초화부인이었다. 모용석화는 소리를 질렀다.

"당신이! 우리와 같이 그이에게 매일 밤 안겨서 사랑을 속삭이던 당신이 어떻게!"

제갈청청은 같은 여자가 보아도 감탄할 만큼 예뻤다. 그러나 지금 이 순간, 그 미모는 소름이 끼칠 정도의 광기로 보였다.

"깔깔깔깔깔! 내 목표가 그저 천하를 얻는 것에 그칠 줄 알았더냐! 나는 저 하늘의 신이 될 것이다!"

그리고 이무기가 덮쳤다.

"아아아아아악—!"

모용석화는 이무기의 몸통에 맞아 아래로 떨어졌다.

바로 아래 일층 지상은 온데간데없고, 시커먼 구덩이가 입을 쩍 벌리고 있었다. 아들 광겸의 모습을 눈에 가득 담은 채, 모용석화는 그렇게 한없이 추락해 갔다.

덜컹!

모용석화는 눈을 번쩍 떴다.

마차가 멈춰 섰다.

바퀴 한쪽이 빠져 있었다. 마차 전체가 기우뚱한 것이다. 그 짧은 순간의 느낌 때문에 추락하는 꿈을 꾼 모양이었다. 옆에서 인기척이 느껴졌다.

제갈청청의 그 옛날 첫인상처럼 단정하고 침착한 아가씨가 자신을 보고 있었다.

"정신이 드십니까?"

모용석화는 문득 자신이 뇌옥을 벗어나 있다는 것을 깨달았다. 여기저기 통증을 호소하는 몸이 얼굴을 찌푸리게 했지만, 그걸 표시할 틈이 없다는 것을 누구보다 잘 알고 있었다.

마교.

불의 길에 대한 조화를 잃어버린 교단을 세상은 그렇게

불렀다. 전대 교주의 가족은 악마를 추종하는 세력의 손톱에 갈가리 찢겨질 수도, 혹은 세상의 눈가림으로 이용당할 수도 있다. 보지 않아도, 듣지 않아도 지금의 상황은 불의도를 잃어버린 미친 피만이 부글부글 끓는 시기라는 것을 모용석화는 짐작하고 있었다.

그래서 여기가 어딘지 묻지 않았다.

모용석화는 눈앞의 아가씨, 이제 사 년째 명월을 섬기는 당령에게 물었다.

"그 뇌옥에서…… 날 누가 빼 왔지요?"

당령의 침착함도 이럴 때는 흔들릴 수밖에 없었다. 과연 교주 부인이 아닌가. 뇌옥의 생활은 몸부터 갉아먹는다.

무인이 아닌 보통 사람이라면 어느 누구라도 일 년을 채 버티지 못하는 것이다, 몸이 아니라 마음이.

삼사 년을 버티더라도 그것은 정신을 오락가락하게 할 만큼 혹독한 고통이었다.

그걸 이십 년이나 버티다 이제 갓 벗어난 사람이 이렇게 말할 수 있다는 것 자체가 당령에게는 경이로움이었다.

누가 여자더러 약하다 했는가.

잠시 늘어졌던 시간이 당령의 대답으로 다시 흘렀다.

"원로원입니다. 지금 부원주 명월 님이 함께 계신 상태고요."

그때, 마차 문 너머에서 소리가 들렸다.

"정신이 드십니까? 오랜만에 인사드리는군요. 명월입니다. 잠시 지체하겠군요."

덜컹.

당령이 모용석화에게 고개를 숙여 예를 표하고 문을 열었다.

모용석화는 잠시 눈을 깜빡였다.

이렇게 환한 세상, 이렇게 환하게 쏟아져 들어오는 햇빛을 다시 보리라고 생각도 해 본 적이 없었다.

그녀는 곧 당령의 부축을 받아 마차 문을 나섰다.

산길이었다.

이십 년 만에 보는 바깥 풍경.

썩은 냄새가 익숙해지지 않아 이십 년간 계속 두통을 앓게 하고, 햇빛은 겨우 손가락 반 굵기만 한 것이 한 줄뿐이던 뇌옥. 견딜 수 없는 악몽을 꾸던 그 뇌옥을 벗어난 것이다.

물론, 옆에서 인사하는 명월은 자신에게 자유를 선사하고자 하는 의도가 아닐 것이다.

모용석화는 입가에 쓴웃음을 떠올려야 했다.

이십 년이나 지나서 자신을 굳이 꺼내 온 것은 아주 가느다란 한 줄기 희망이 이루어졌다는 것을 의미했다.

교단에 정말 곤란한 일 중 뇌옥의 죄수를 도로 꺼내는 일. 그것도 전대 교주의 부인을 꺼내 오는 일은…… 역시 그 식구들에 대한 일이었다.

그래서 모용석화는 하늘에, 그리고 불의 길을 걷는 교도들에게 감사했다. 그리고 이십 년간 지켜 주지 못했음에도 살아 있는 것이 확실한 아들에게도 감사했다.

'겸아…… 네가 살아 있는 것이 확실하구나…….'

광겸은 살아 있고, 그게 교단에 알려진 것이 틀림없었다.

모용석화는 오랜 짐을 덜어 버린 느낌이었다.

서 있기만 해도, 앉아 있어도, 누워도, 온몸이 두들겨 맞은 사람처럼 아팠다. 이십 년간 그렇게 시달리며 살았다.

하지만 그 긴 시간을 참을 수 있던 것은 더더욱 큰 고통이 모용석화를 괴롭혔기 때문이다.

물론 살아 있을 가능성은 희박했지만, 실낱같은 정말 솜털같이 가느다란 한 가닥 희망이 그녀를 계속 꿈꾸게 했던 것이다.

아들 광겸이 혹시 살아 있다면.

살아 있다면…… 살아 있다면, 살아 있다면!

죽었을까?

그럴 때마다 모용석화는 가슴을 생으로 쥐어뜯어야 했다.

그 고통은 뇌옥 생활로 망가진 몸의 고통에 비할 것이 아니었다. 그녀는 주화입마에 걸려 근육이 뼈를 부수며 조여드는 사람처럼 부들부들 떨어 대며 게거품을 흘려야 했었다.

이제 갓 아장아장 걷던 젖먹이 아들, 광겸은 그런 고통이었다. 그래도 포기하지 않고 살아 버틴 것이고, 이제 그 결과가 모용석화를 기다리고 있는 것이다.

자신이 지금 이럴 때가 아님을 알아도 마음이 탁 트이는 것만은 어쩔 수 없었다.

모용석화는 깊게 숨을 쉬었다. 그리고 나니 정신이 좀 더 맑아지고 주변 사물이 눈에 들어왔다. 마차는 기울어져 있었다.

구덩이에 빠진 거야 일 장에 언덕 하나를 박살 내는 고수가 득시글거리는데 전혀 문제될 것은 없었다. 문제는 구덩이가 일부러 파 놓은 것이라는 점이었다.

명월이 어색하게 웃었다.

너무 어색한 웃음이었다. .

하지만 명월이 어떤 사람이라는 것을 세상 사람들은 안다. 그는 절대로 웃는 사람이 아니었다.

그렇게나마 모용석화에게 예의를 갖추려 하는 것이다.

"흠, 흠, 철부지 같은 녀석들이 장난을 쳤군요. 흠흠, 될 수 있으면 조용히 갔다 오려 합니다만."

명월이 말하는 조용히라는 뜻을 모용석화가 모를 리 없었다. 그래서 그녀도 고개를 끄덕이며 동의를 표했다.

"그렇지요, 조용히."

양쪽 둔덕의 산적들이 어리벙벙하게 숨어 있는 것을 모를 리가 없었다. 사실 정말 조용히, 달라는 대로 돈이라도 주고 넘길 참이었다.

그렇게 신경 쓰는 사이에 마차가 구덩이에 빠진 사태가 일어나니 모용석화가 직접 마차에서 나오는 일까지 벌어졌다.

명월의 전설에 흠집이 생겨도 아주 크게 생기는 일이었다.

'꿀꺽.'

대체로 목표물을 정할 때는 인원수를 보고 결정한다.

그래서 고개 초입에 들 때부터 감시하는 놈이 득달같이 산채로 달려와 알리고, 서너 번 목표물과 왔다 갔다 살핀 후에 작전을 세운다.

호걸채의 채주 장도리는 침을 삼켰다.

감각은 도대체 뭔지 모르겠다고 경고하고 있었다.

그건 건드리지 말아야 할 목표라는 얘기였다.

'무림인이다!'

그러나 눈에 보이는 인원은 분명히 늙은 놈 하나, 그리고 수척하지만 눈부시도록 아름다운 중년 부인 하나, 시녀와 마부가 다였다.

거기다가 장도리에게는 해동각궁이 있었다. 석궁 따위는 오십 보 안쪽에서나 맞을까 말까 하고, 무림인에게 있으나 마나 한 거리였다. 그러나 해동각궁은 차원이 달랐다.

백 보 바깥이 기본인 물건이다.

게다가 눈 깜짝할 사이에 열여섯 발을 연사할 수 있다. 그리고 장도리의 산채 수하들은 백오십 보에서도 그럭저럭 안정된 명중률을 보이는 중이었다. 그 머릿수가 무려 백여 명.

이것이 서안이라는 대도시에 바짝 붙어 있으면서도 여태 토벌당하지 않고 버티는 이유였다.

물론 평범한 군대와 무림 고수는 차원이 다른 얘기지만, 하필이면 자신이 맞닥뜨린 무림인이 세상에 다시없을 극악의 절대고수라는 확률은 생각할 수 없지 않은가.

그래서 막 쳐라, 라고 소리 지르려던 찰나였다. 그런데 백오십 보 밖에서 담담하게 말하는 노친네의 말소리가 천둥처럼 귀에 들려온 것이다.

[흠흠, 철부지 같은 녀석들이 장난을 쳤군요. 흠흠, 될 수 있으면 조용히 갔다 오려 합니다만.]

콰콰콰쾅—!

머릿속에서 천둥이 쳤다.

휘청!

장도리는 귀가 멍멍하고 머리가 아팠다.

다른 수하들은 멀쩡했다. 전음이란 수법을 듣기는 했어도 이토록 멀리, 그것도 소리로만 사람을 공격하는 내공에 대해서는 자신이 듣고 보던 경지하고는 너무 멀었다.

장도리는 즉각 철수 명령을 내리려 했다.

"저, 저 여자다!"

그런데 그때, 계곡 초입에서 잠시 마차 휘장이 흔들린 사이 보였던 모용석화의 얼굴을 기억하는 연락꾼 놈이 소리친 것이다.

잠깐 뒷등을 보인 것하고 얼굴을 확실히 본 것하고는 전혀 다른 문제였다.

정파가 알아보는 것이 문제가 아니라, 교 내로 일이 들어가 초화부인의 귀에 들어가는 사태가 껄끄러운 것이다.

명월의 눈썹이 꿈틀거리며 올라갔다.

당령이 아차, 하는 표정을 짓고 넙죽 엎드렸다.

"죽여 주십시오. 계곡에서 휘장을 가리는 일이 소홀한 틈에 한 놈이 봤던 모양입니다."

명월은 계획을 전면 수정하지 않을 수 없었다.

벌써 대살상극이 일어날 것을 예상하고 안타까운 표정을 짓는 모용석화에게 정중히 양해를 구했다.

"짐작하셨겠지만…… 초화부인 몰래 모셨습니다."

모용석화는 눈을 감았다. 허약해진 몸이 그걸 허락하지 않아 몸이 휘청였다. 무슨 말인지 한마디로 알아들은 것이다.

당령이 재빨리 부축하며 마차 안으로 그녀를 끌었다.

모용석화가 마차 안으로 들어가자 명월은 노란 살기를 눈동자에 띠었다.

밝은 달 같은 노란 눈동자가 장도리에게 꽂혔다.

그게 시작이었다.

처음 바람은 산들거리는 수준이었다.

그런데 바람이 이상해졌다. 산들거리는 바람이 줄기로 뭉쳐진 것이다.

그리고 그것은 더 농축되며 얇아졌다.

사악—

옷자락이 베어져 나갔다.

"……?!"

장도리의 몸에 소름이 돋았다. 나름대로 호흡법을 익힌 장도리는 최대한 빨리 도망치기 위해 숨을 크게 들이마셨다.

그 순간, 들이마시던 숨도 바람으로 변하며 흐름이 빨라졌다. 들이마시기 위해 코로 마신 공기는 바로 칼날로 변했다.

퍼억!

장도리의 코가 세로로 길게 쪼개졌다.

"으, 으아아아아—!!"

비명도 거기까지였다. 온통 허공을 채운 바람의 칼날은 장도리의 입을 통해 숨구멍으로도 들어오며 그대로 갈라 버린 것이다. 기도를 통해 허파도 마침내 쩌억 갈라졌다.

퍼억—!

뒤이어 사각거리는 소리가 온 계곡을 가득 채웠다.

바람 소리는 그렇게 칼로 깎는 소리로 변해 계곡 전체를 휩쓸었다.

산들바람이 삼십 장 좀 넘는 계곡을 조금 빠르게 지나간 시간, 그 짧은 시간이 지나자 계곡 안에 서 있는 사람은 없었다.

당령은 마차 휘장을 내리며 침을 꼴깍 삼켰다.

명월의 이 수법은 그래서 숨도 쉬지 못하게 만드는 것이었다. 흡사 독을 다루는 사람이 허공에 독을 풀어놓은 것같이 숨도 참아야 하는, 그래서 이것을 허독(虛毒)이라고도 불렀다.

이십 년 만에 다시 세상으로 나온 수법이었다.

마차 바퀴는 간단하게 꺼내졌다.

끄드드드드등— 통.

그리고 그제야 산적들의 피가 마차 쪽으로 흐르기 시작했다.

마차는 움직였다.

피의 강을 거슬러, 견자단 삼 형제에게로 그렇게 다가갔다.

"그 산적들의 시신이 발견된 것이 삼 일 전입니다. 그날 늦은 밤에 급히 저에게 전갈이 도착했고, 마침 소림에서 연락이 있었습니다. 원로원 부원주가 뇌옥을 들렀다가 밖으로 나갔다더군요. 그 일이 벌어지기 사 일 전이었답니다."

으음, 하는 침음성이 있었다.

녹진자는 얼굴을 찌푸렸다.

"거리를 따지면 시기상으로는 맞는군."

그리고 종남일기는 다른 것을 주목했다.

"그런데 뇌옥?"

명월이 밖으로 나오기 전에 누군가를 만났다는 이야기였다.

종남일기의 의문이 그랬다.

"이 세 놈이 가진 마교의 신물을 거둬들이는 일에 쓸데없는 사람을 만날 리는 없잖아. 누굴까? 거기까진 연락이 없었겠지?"

엄자령은 고개를 저었다.

"지금 알아본 소식만 해도……."

말꼬리가 흐려진 것은 소림 밀교에서 희생이 있었다는 소리였다.

첩자, 그것도 마교라 일컬어지는 곳에서의 첩자 생활이 어떨 것인지는 상상하기도 싫을 정도일 것이다.

분위기를 바꾸기 위해 다른 말을 내놓기도 좀 그랬다.

시간상으로 따진다면 이미 서안에 들어왔다는 이야기였으니 저쪽의 반응을 기다릴 수밖에 없었다.

이건 죄다 암울한 이야기들뿐이지 않은가.

"제게 소식을 알려 준 곳이 개방입니다. 그 산에 살던 놈들은 가끔 서안 바깥의 시전을 털곤 했기 때문에 개방에서도 눈길을 돌려 뒀지요. 아마 지난번 털이 때 사람이 꽤 죽고 다쳤기 때문에 단단히 혼을 내주려고 갔던 모양입니다."

"그랬다가 시체만 봤다는 이야기로군. 도현호, 그놈 간이 콩알만 해졌겠구만."

종남일기가 혀를 찼다.

개방 서안 분타주 도현호.

오랜만에 떠올리는 이름이었다.

종남일기를 혼탁한 세상으로 도로 끌어낸 장본인은 지금 입을 쩍 벌리고 눈을 이리저리 굴리는 중이었다.

서안의 북쪽에는 마교 원로원의 부원주, 그것도 두 명의 현역 당주를 아직도 손발처럼 부리는 명월이 들어앉아 있을 확률이 높았다.

처음부터 도현호는 마차만 찾아다녔다.

며칠 전 일이었다.

먼저 산에 올라가 그 참혹한 고깃덩이들이 까마귀 떼와 들짐승들의 잔칫상이 된 광경을 보았다.

밥 먹을 때 건드린다고 대들기까지 하는 짐승들을 이리저리 두들겨 패서 쫓아 보내고 나니 시체는 이미 걸레였다.

그게 무려 백 명이었다.

"다행히…… 죽인 수법이 아직 남아 있는 시신이 대단히 많군요."

부분타주 막걸개의 말에 도현호는 눈살을 찌푸렸다.

"이게 다행으로 뵈냐?"

어지간한 더러움은 다 겪어 봤다는 매듭 세 개짜리 거지들도 토악질을 해 대는 판국이었다.

사실 막걸개 자신도 울렁거리는 속을 억지로 달래는 중이었으니 무사히 넘어갈 수가 없었다.

"쿨럭."

삼결개와 같은 증상을 보이는 큰 규모의 서안 분타 부분타주. 그에 대해 도현호도 잔소리를 꿀꺽 삼켰다.

사람이 이렇게 백여 명 넘게 죽어 나뒹구는 현장에 있으면 손발부터 힘이 하나도 없다. 일면식도 없는, 게다가 강도짓을 일삼은 놈들이었다 해도 일단 눈물부터 줄줄 흐르고 아무 생각도 나지 않게 되는 것이다.

이런 현장에 있으면 살기 싫어지는 사람도 있다. 사람이 죽었다는 것, 이렇게 많이 죽어 있는 것을 뒷수습하는 일은 정말 보통 사람이 할 수 있는 일은 아니었다.

도현호는 시신으로 다가가 쭈그려 앉았다.

그리고 견자단을 만나 만령충을 처음 겪었을 때부터 보통 사람이 아니었음을 다시 증명했다.

막대기로 그 시신들을 이리저리 뒤집은 것이다.

"이 자식들, 얼마 지나지 않았는데 짐승들이 이렇게 할퀸 자국이 많은…… 많은…… 어?"

그러고는 상처를 양손으로 잡고 확 벌리기까지 했다.

"야, 막내야."

"예!"

저쪽에서 구역질을 하던 새끼 거지가 대답만큼은 우렁차게 했다. 그러자 도현호는 피식 웃더니 고개를 저었다.

"아니, 너 말고."

그러자 막걸개가 인상을 쓰며 그제야 대답했다.

"아니, 언제까지 막내라고 부를 참입니까? 것도 애들 이렇게 많은 데서."

"아, 거, 장로 직에 오르셔 가지고도 막내 소리 듣는 분들이 계신데 뭘 그러냐."

막걸개의 인상이 일그러졌지만, 이어진 도현호의 다음 말에 계속 그럴 수가 없었다.

"개방에서 흔치 않은 검객 나으리, 이거 무슨 상처인지 한 번 제대로 봐."

막걸개는 살펴보면서 고개를 갸웃거려야 했다.

"실제로 존재하는 칼날로 입은 상처가 아닌데……."

실제 칼날과 검기는 그 상처가 아예 다르다.

검기의 종류에 따라서는 상처가 전혀 없을 수도 있는 것이다. 실검과 거의 비슷해 상당한 검의 고수가 아니면 알아보기 힘든 것이 바로 검풍에 당한 상처였다.

"사형, 이건 검풍이 상당한 밀도를 가진 거예요. 한

데……."

도현호가 중간에 말을 받았다.

"같은 상처를 일렬로 여러 줄기 입었는데, 각도가 미묘한 차이도 안 나지? 여러 사람이 합공한 것이 아니고, 한사람이 여러 줄기를 발출해 난도질한 것처럼 말이야."

막걸개도 동의를 표했다.

"괴상하네요."

그래 놓고도 손을 입으로 가져가는 막걸개였다.

"쿨럭."

쓰러진 각을 보니 누굴 포위했던 형국도 아니었다.

쓰러질 때는 멋대로 쓰러진다 해도 결국 입은 상처의 각과 깊이를 비교해 포위했던 면면을 찾아낼 수는 있다. 하지만 그런 것도 없었다.

둘은 덕택에 아주 세세히 시체들을 다 살펴봐야 했고, 얻은 결론은 한 가지였다.

"접전이 있던 게 아냐. 여기서 뛰쳐나갈 때를 기다리다가 당했다. 아마 저기를 노리고 있었겠지."

도현호가 가리킨 곳은 저 아래, 여기 물 흐르는 계곡보다 이십여 장이나 떨어진 길목이었다. 그래서 막걸개는 소스라치게 놀랐다.

"거, 검기도 그 거리까지 가면 흩어져요! 강기도 밀도가 떨어지는 판에 검풍이 무슨 수로 이 거리까지 밀도가 유지된다는 말씀입니까?"

게다가 이놈들이 쓰러진, 그러니까 죽기 직전에 배치되어서 있었을 거리만 해도 이십여 장이 넘었다. 길부터의 거리를 따지면 무려 사십 장이 넘는 것이다.

"초고수의 강기 같은 밀도조차 도달할 수 없는 거리라 구요! 이게 만약 다른 고수 합공 없이 혼자 한 거라면, 그건 인간이 아닙니다!"

"인간이 아닌 이라……. 이 우매한 사형은 벌써 한 사람을 떠올려 버렸다."

도현호의 대답에 막걸개는 기가 막힌 듯 되물었다.

"예? 이런 말도 안 되는 인물이 정말 있단 말입니까?"

도현호는 굳어 버린 얼굴로 고개를 끄덕였다.

"그가…… 직접 세상으로 도로 기어 나왔으리라고 믿기가 힘들지만……."

"도대체 누굽니까?"

도현호의 몸까지 굳어 버린 분위기에 같이 으스스함을 느낀 막걸개가 조심스럽게 물었다.

도현호의 눈이 가늘게 좁혀졌다.

"달."

"예?"

"밤하늘의 달 말이야. 그것도 아주 밝은…… 아주 무서운 달이지."

사부 황안걸개와 오랜 시간 같이했던 도현호 말고는 이십년 전 마교와의 비화를 제대로 아는 사람조차 드물었다. 그러니 백 년 전 이야기를 쉽게 떠올릴 제자들이 있을 턱이 없었다.

도현호는 제가 말하고도 몸서리를 쳤다.

'정말일까? 나도 추리해 놓고 믿어지지 않는데…….'

그때, 새끼 거지 하나가 소리를 쳤다.

"아까 봤던 마차용 함정 말인데요! 바람에 쓸리긴 했지만, 마차 한 대가 빠졌던 흔적이 있습니다!"

도현호의 몸에 돋은 소름이 떨림으로 완성되는 순간이었다.

"이런 제길! 정말 세상으로 다시 나왔어! 어디로 갔냐! 그 흔적 어디로 이어졌냐!"

들려온 대답 소리는 도현호의 경악만큼이나 빨랐다.

"서안입니다!"

"빨리 방주님께 서신 전하고 소림에 기별을 넣어라! 아마 마교에서 누군가 떠났다는 소식을 받았을 테니, 가면 그가 맞는지 확실히 알 수 있을 게다! 서둘러!"

그리고 도현호 자신은 서안으로 부리나케 들어와 마차를 찾기 시작했다.

고갯길을 넘어서 며칠 전에 들어왔던 마차를 대충 유추한 결과는 지나친 것이 다섯 대였고, 머물고 있는 것이 두 대였다.

견자단 삼 형제에게 알려야 하나 여부를 놓고 도현호는 고민하지 않을 수 없었다.

하지만 아직 명월을 찾지 못했다.

"여차하면 견자단에게 알릴 준비를 해라. 너무 무리하지 말고, 그놈이다 싶으면 바로 튀어 오는 거다. 알았나?"

그렇게 삼 일이 지났다.

그중 북쪽의 객점이 몰려 있는 곳에 투숙한 인물들에게로 집중이 되었다.

처음엔 너무 단출해서 후보에서 빼 버리려던 마차 쪽이었다. 그런데 결정이 내려지기 직전에 보고가 들어온 것이다.

"마부에게 웬 인물이 접촉을 하더군요. 마부에게 그렇게 공손한 건 처음 봤습니다. 그 마부를 부리는 노인은 그냥 평범한 인상이었는데……."

막걸개가 즉각 확인했다.

"그 노인 말고 다른 사람들은 '평범하지 않았다', 이 말이지?"

"예? 아, 그러고 보니 평범한 사람이 또 있었습니다. 중년 부인인데……."

"중년 부인?"

옆의 도현호가 혀를 찼다.

"이건 또 무슨 사연이야? 직접 알아볼 수도 없고, 이거 참……."

알아볼 수가 없었다.

객점에, 그것도 여자가 기거하는 방에 접근 가능한 하녀를 정보통으로 넣고 있는 경우라면 모를까.

그것도 개방 거지가 접촉을 해 대는 하녀를 누가 모르겠는가. 냄새 풀풀 나는 거지랑 자주 만나는 하녀가 정상이라고 본다면 그게 이상한 놈이니, 개방으로서는 객점 하녀를 정보원으로 넣는 것이 하늘의 별 따기였다.

물론 개방에 여제자가 없는 것은 아니다. 하지만 여제자의 경우는 불행하게도 지금 당장 서안에 없었다.

객점 주인을 구슬려도 상대가 노련한 인물이라면 눈치를 챈다.

그러다가 떠올린 인물이 어이없게도 바로 아현이었다. 아현은 원래부터 만월루 기녀들에게 귀여움을 받았고, 서안 북쪽의 객점에 불려 다니는 홍등가 기녀들도 알고 있었다.

아현의 부탁이라면 객점의 하녀들도 들어줄 것이다.

"견자단에게 가긴 가야 하는군……."

눈알만 굴리던 도현호는 이윽고 결론을 내렸다.

거기 종남일기가 있고, 그 어른을 세상으로 불러낸 것이 자신이었다.

사실 홍춘이 빚은 술맛이 기가 막힌 것은 알지만, 어찌 감히 얼굴을 들이밀 염치를 보이겠는가.

그래서 여태 출입을 삼갔던 것인데, 이제는 어쩔 수 없었다.

'서안 분타에 왜 여제자가 하나도 없나?'

도현호는 머리를 긁었다.

"에휴, 내 팔자야."

그래서 도현호는 딸랑딸랑, 견자단의 집에 왔다.

그리고 경악하는 중이었다.

"엄…… 강북련주? 아니, 기별도 없이?"

그 말에 종남일기가 낄낄 웃었다.

"오호맹 자객 수천이 노리는데, 개방 하나 못 속이면 어찌 산보라도 하겠나."

엄자령이 화사하게 웃으며 인사를 했다.

"고생 많으시지요? 이번 소식은 저도 깜짝 놀랐답니다. 제가 그 산채에서 고생하신 것을 덜어 드릴 겸 술 한 잔 올리지요."

도현호는 머뭇머뭇 종남일기의 눈치를 살폈다.

"앉아, 이놈아. 성질 얌전한 척하는 건 뭐냐?"

'끄응.'

도현호는 그렇게 술상에 합류했다.

"뭐? 아현을?"

모두의 눈이 동그래졌다.

홍춘은 일단 딱 부러지게 못부터 박았다.

"절대 안 돼. 차라리 내가……."

"그건 또 절대 안 되오. 거의 기백 명이 둘러싸 감시하는 걸로 보이는데, 그럼 아이 말고는 제지를 당하지 않고 들어갈 만한 사람이 없어요."

도현호가 그렇게 말하자 광겸이 픽 웃었다.

"그냥 쳐들어가지."

광검도 그에 동의했다.

"뭐 그렇게 복잡해? 가서 댁들 마교요, 라고 물어보면 저쪽에서 칼질을 하든 아니라고 하든 알아서 할 텐데."

그러나 광수의 얼굴은 그렇게 밝지를 못했다.

뇌옥. 그리고 중년 부인.

자꾸 걸리는 게 있었다. 이십여 년 전 그날, 광수의 나이는 아홉이었다. 광겸은 젖먹이였고, 광검은 네 살이었다. 온전한 기억을 가진 것은 자신뿐인 것이다.

혼미한 기억 속에서 똑똑히 본 것은 압박 끝에 자결하는 어머니, 적들의 편에 냉큼 돌아선 둘째 어머니, 그리고 셋째 어머니는 광겸 때문에 거의 미치기 일보 직전이었다. 그때, 광수의 귓등으로 들려온 마지막 말은 아직도 가슴을 묵직하게 누르고 있었다.

"저년을 죽여요! 왜 안 죽인다는 거예요!"

그리고 이어진 중후한 목소리. 광수로서는 잊을 수 없는 목소리였다.

—아이들을 죽이는 것으로 족하오. 원로원의 동의만 있으면 되니, 일단 뇌옥에 가두겠소. 다시는 나올 수 없을 거요.—

—아니야! 저년은 끈질겨! 죽여야 해요!—

둘째 어머니 제갈청청의 눈에 켜진 살기의 불은, 그 친자식인 광검의 눈에서도 공포의 눈물이 흐르게 할 정도였다.

그때, 단예의 목소리가 다시금 들려왔다.

"교주의 마지막 신물이 발견되지 않았소. 아마 모용석화가 가지고 있을 가능성이 가장 높으니, 시간을 두고 캐묻기로 합시다."

마지막으로 어디론가 들려지는 젖먹이 광겸을 보며 광수도 정신을 잃었다.

처참한 기억을 새긴 광수는 이가 부러져라 꽉 다물고 있다가 물었다.

"그 중년 부인…… 혹시 수십 년 앓은 사람처럼 수척하지 않습디까?"

도현호가 흠칫했다.

"어, 뭐 아는 게 있는 겁니까? 그런 보고가 있기는 했습니다. 햇빛을 오래 못 본 사람처럼 눈을 찡그렸다더군요. 그게 다입니다만, 혹시 뭐 짚이는 것이라도…….."

글자 하나하나가 광수의 가슴을 덜컥거리게 하는 것들 뿐이었다. 손끝이 덜렸다.

만약, 만약 그분이라면…….

저도 모르게 입이 벌어졌다.

"독한 놈들!"

생각만이었는데 그게 말로 나왔다.

"어? 형, 정말 아는 거야? 그 여자가 누군데 독하대? 마교 독한 게 하루이틀이야?"

광겸의 질문에 광수는 얼른 술을 마셨다.

그러고는 애잔한 표정으로 광겸을 바라보았다.

"……."

영문을 모르는 광겸은 뚱한 눈빛을 돌려줄 뿐이었다.

광수의 입이 두어 번 씰룩이다가 다시 열렸다. 그것은 모두를 충격으로 몰아넣는 발언이었다.

"아현아, 네가 그 부인을 만나 봐야겠다. 직접."

당장 홍춘이 펄쩍 뛰었다.

"미쳤어? 절대 안 돼! 악마를 숭배하는 놈들 중에서도 우두머리를 애더러 만나라는 거야?"

광겸도 무슨 말을 하려다가 문득 멈췄다.

아현을 끔찍이 아끼는 그는 광수 역시 그렇다는 것을 잘 알고 있었다. 아끼지 않으면 모르는 것이다. 그래서 광겸은 이상하다고 생각할 수밖에 없었고, 그 중년 부인에 대해 물어보기로 했다.

왠지 광수 혼자만이 무언가를 알고 있는 것 같지 않은가. 셋이 사부에게 구원을 받기 전, 실험실에 있을 때도 이런 경우는 없었다. 광수 혼자 안다는 것은 있을 수가 없었다.

셋이 함께 갇혀 있는 방으로 혼자만 실험을 받고 돌아왔을 때도 말 못하는 광겸에게까지 웃으며 떠들던 성격인 것이다.

실험을 했던 장한의 얼굴은 어떻고, 그가 찬 칼은 어떤 것이더라는 시시콜콜한 것까지 죄다 말했으니 그렇게 혼자만 알고 있는 것은 있을 수가 없는 일이었다.

그러다가 문득, 한 가지 생각이 떠올라 버렸다.

'우리 둘은 모르고 큰형 혼자 알고 있는 것……'

광검은 기억해 냈다.

사부에게 구함을 받던 날, 그 지옥 같은 실험실에서 처음 바깥세상의 빛을 본 날, 마침 막내 광겸에게 광수가 눈물을 흘리며 이야기해 준 것은……

바로 어머니였다.

광검의 손가락이 움찔, 굳었다.

'설마……'

어느새 광검의 몸도 으슬으슬 떨려 오기 시작했다.

그럴 수밖에 없었다.

원래 어린 자식이 부모의 죄를 어떻게 생각할까 하는 것은 반론의 여지가 없다.

광검과 광겸이 처음 그 이야기를 듣던 날, 광검은 떼를 썼다. 자신의 어머니가 그럴 리가 없다고, 박박 우기면서 대들기까지 했다.

그러나 광수는 현실이 뭔지 몸으로 보여 주었다.

광검이 우악스럽게 잡아 패는 손길을 피하지 않고 그냥 다 맞아 준 것이다. 눈길은 똑바로 광검에게 향한 채로.

그것은 현실을 도피하고 어쩌고의 문제가 아니었다. 광수가 거짓을 말하는 것도 아니었다. 그것이 광검을 더 광분하는 행동으로 몰아가게 만들었다.

그런 광검이 뚝 행동을 멈춘 것은 광겸 때문이었다. 자신의 위치를 자각하게 만든 것은 어린 광겸의 반응이었다.

─큰형…… 그럼…… 우리 엄마는? 죽었어?─

광검을 말리며 그 옷자락에 매달리고도 질문은 그것이었
다.

퍽!

광겸의 무게는 사십 근 정도 나갔다. 그걸 매달고도 광검
은 광수에게 한 번 더 발길질을 해 댔다.

─거짓말이야, 썅!─

광수는 아직도 맞고 있는 와중에 광겸에게 대답해 주었
다.

─돌아가셨을 거다. 교 내의 뇌옥은…… 무공을 익혀 강
인한 사람이라도 몇 년 버티지 못해. 무공도 모르시고, 원
래 너밖에 모르던 분이셨으니 아마…….─

그러나 광겸은 울지 않았다.

그냥 고개를 으응, 하더니 끄덕일 뿐이었다. 자신의 문제
말고 다른 것으로 슬픔을 느끼기에는 너무 어린 나이였다.
하지만 광검에게는 그게 또 이해가 되지 않았다.

성질난 김에 버럭 소리를 지르고 말았다.

─뭐? 어머니 돌아가셨다는데, 겨우 응? 어머니가 그렇

게 억울하게 돌아가셨다는데, 응? 그게 다냐? 너도 사람 새
끼냐!—

그렇게 고함을 지르다가 광겸이 한마디 거슬러 찌르는 말
을 맞았다.

—형네 엄마가 그렇게 만들었다는데…….—

광겸은 그 한마디에 무너졌다.

광겸은 어린 나이 때문에 편을 갈라 말하는 적이 없었다.
어머니면 똑같이 어머니지, 지금처럼 형네 엄마라고 구분
짓는 법이 없었다.

형네 엄마.

형네.

너네 엄마.

너.

너!

우리랑 다른, 배신한 엄마를 둔 너!

우리 셋이 아닌, 우리 둘과 너!

광겸은 마치 그런 말을 들은 것 같았다.

그제야 두려움이 밀려들었다.

셋은 오로지 천하에 셋뿐이었다. 이 악랄하고 두려운 세
상에서 오로지 셋뿐인 것이다.

여기서 따로 떨어진다는 것은 상상도 할 수 없었다.

광검은 그제야 어머니의 악행 때문에 자신이 홀로 될까봐 두려워서 그랬다는 것을 깨달았다.

이 셋에게서 떨어져 나가면, 자기 혼자만 남으면…… 실험실의 그 악독한 사내들로 가득한 세상에 정말로 혼자 버려지는 것이다.

그 사실이 광검의 눈에 눈물이 고이게 만들었다.

광검은 아무 말도 할 수 없었다. 그때부터 말을 잃은 것이다.

만령충을 떼어 내는 시술은 고통스러웠다. 그중에 유일하게 비명이 없던 것은 광검이었다. 두려움과, 그리고 두려움을 가지도록 만든 생모 제갈청청에 대한 분노가 비명을 삭였다.

꼭 만나 보고 싶었다.

어째서, 정말 뭘 원했기에 그토록 악독한 짓을 했는지 한번 물어나 보고 싶었다.

그러기 위해 꼭 살아남아야 했다.

그래서 광검은 떼어 낼 수 없는 백선고의 여왕충을 잠재우기 위해 여자들만 익힐 수 있을 지경의 최고 강도의 빙공을 익혔다. 그것도 고통이었다.

그러나 그런 고통은 참아야 했다. 어머니를 만나기 위해, 그래서 한마디를 하기 위해.

왜 그랬어요?

이십 년의 고통을 그 한마디를 하기 위해 버틴 것이다.

왜 그랬어요?

광검은 주먹을 꽉 쥐었다.

파삭―

"어머! 이걸 어째! 삼촌!"

방에서 지켜보던 아현의 고함에 광검은 문득 정신을 차렸다.

모두의 눈길이 자신에게, 특히 손에 쏠려 있었다.

종남일기가 혀를 찼다.

"낮술에 취했냐? 초절정고수를 한 번에 두셋 상대하는 녀석이 술잔 깼다고 피를 질질 흘려? 아주 골고루 한다."

엄자령이 작고 하얀 천을 꺼내 들었다.

광검은 반한 기색도 잊어버리고, 본연의 까칠한 자세로 돌아왔다.

"됐어요, 그런 건."

엄자령의 손길이 움찔한 것은 광검의 말투가 도로 차가워져서였을까, 아니면 광검의 상처에서 하얀 지렁이가 꿈틀대며 기어 나오는 것 때문이었을까?

지렁이들, 만령충의 촉수는 꿈틀대며 술잔의 파편을 살속에서 밀어내고 메웠다.

쉬리릿후르릅, 쩝쩝쩝쩝―

기괴한 소리를 내는 지렁이들을 보며 엄자령은…… 웃었다. 조롱하는 웃음이 엄자령 같은 여인에게서 나오면 그것도 섬뜩하기 짝이 없었다. 하지만 조롱이 아닌 자조적인 웃음이라는 듯 엄자령이 말을 이었다.

"후후후, 저처럼 몸에 천형을 지고 사시네요."

그 말에 나직하게 탁명옥이 만류했다.

"련주!"

덕분에 엄자령의 다음 말은 꿀꺽 삼켜졌다. 그러나 그 모습으로 인해 엄자령에게 광검이 깊게 각인된 것은 사실이었다.

광검은 그렇게 상처를 치료하고는 떨리던 마음을 감추기 위해 떠들었다.

"우리랑 같이 가지, 뭐. 어차피 개방의 눈을 피해 들락거릴 수 있을 정도의 인원 백 명이면 아현이라고 얼굴을 모를 것 같지는 않은데. 며칠 전에 들어왔다면 그렇게 생각하는 게 당연한 거 아냐?"

그러나 아주 미세하게 목소리가 떨리고 있다는 것을 두 명은 알아챘다. 광수, 그리고 바로 옆에 있던 엄자령이었다.

광겸만이 아무것도 모른 채 짜증을 냈다.

"무슨 소리 하는 거야! 가서 치받으면 간단한 일을 뭐 그리 복잡하게 꼬냐고, 꼬길! 왜 애까지 수렁에 박아? 마교 원로원 부원주 자리가 명예 같은 거 생각하게 만드남? 애라고 안 죽인다는 보장 있어? 저번에도 그 망할 놈이 납치해 갔는데, 뭐, 그걸 다 까먹었냐구우우!"

그러나 광검은 간단히 말했다.

"안 죽일 거다, 명월은. 형하고 네가 가진 교주 신물 때문에 왔을 테니. 그는 어둠과 밝음, 그 어느 편도 아닌 중립이지만, 만령충도 잘 알지. 백선고 여왕충을 지닌 자가 자기 생을 포기하고 몸을 갈가리 찢어 그 촉수를 폭발시켜 버리면 자기 수하 백 명은 그 시간부로 끝이라는 걸 너무 잘 알지."

"삼촌, 무슨 말을 그렇게 해? 끔찍해."

아현이 핀잔을 주자 광수는 충격을 받았다.

'알았구나, 저놈!'

죽음의 획수 변 자 하나도 쓰기 싫어하던 광검이었다. 어머니를 만나기 전까지는 무슨 수를 써서든 살아 있어야 한다고 잠결에도 중얼거리던 놈이니 모를래야 모를 수가 없었다.

그런 광검이 늘 마음에 두는 것은 자신의 생모가 저지른 죄의 대가였다.

광검에게, 그리고 광수에게 지고 있는 마음의 짐이 바로 그것이었다. 이제 광검의 모친이 살아 있다는 심증이 굳혀졌다면, 그리고 그걸 확인하는 순간, 광검은 목숨을 버려서라도 셋째 어머니를 구하려 들 것이 빤했다.

광수는 눈앞이 흐려지는 것을 억지로 눈을 감빡이며 참았다. 그러고는 엄하게 말했다.

"그런 식으로 너 죽고 나 죽자로 너 혼자 먼저 저세상 갈 생각이면 여기서 기다리는 게 나을 거다."

"알아! 알아! 뭔 말인지 나도 안다고! 떼어 놓지 마! 조금이라도 보상을 해 줄……."

광검의 말에 광수는 참지 못하고 버럭 소리를 질렀다.

"알면 가만있어! 형제간에 무슨 보상이냐! 옛날의 그 피눈물을 다시 흐르게 할 셈이냐!"

광수의 말은 분명히 모두에게 의심을 갖게 하는 말이었다. 광겸의 얼굴이 와락 일그러졌다.

"대체…… 나만 빼놓고 무슨 말들을 하는 거야, 지금? 무슨 소리야, 이게?"

대답은 없었다.

광겸의 툴툴거리는 웃음만 흘러나왔다.

"피눈물? 난 그친 적 없어. 지금도 흐르잖아, 이렇게."

궁금하기는 다른 사람들도 마찬가지였다.

광수와 광겸의 마음만 격해진 가운데 엄자령은 세상 경험이 가장 많은 종남일기와 녹진자가 침묵하고 있다는 사실에 주목했다.

그래서 엄자령도 깨달았다.

물어서도, 알아서도 안 되는 때였다. 곧 밝혀질 일이라는 것도.

연미와 홍춘도 광겸의 자폭하겠다는 발언에 기가 눌려 찍소리도 못했다.

결국 일행은 서안 북쪽 황하가 멀리서 바라보이는 객점촌으로 향했다. 도현호는 귀신에 홀린 듯한 표정으로 따라갈 수밖에 없었다.

'뭔가…… 내가 결정적인 정보 제공을 한 것 같은데…… 뭐지? 죄다 어머니 만난 얼굴들을 하고 있으니 나참…….'

"이리 온다고?"

삭풍당주의 의외라는 목소리가 울려 퍼졌다.

명월은 눈을 깜빡였다.

전혀 예상에 없던 일이기는 했지만, 듣던 바대로 '단순무식 견자단' 의 행실이 틀림없었다.

"어찌할까요?"

명월은 질문에 간단히 대답했다.

"교주님의 신물도 아직 완성을 본 건 아닐 테니, 우리가 상대할 수 있어. 백선고 여왕충은 좀 뼈아프지만…… 복수를 원한다면 쉽게 죽으려 들지는 않을 테니 그럴 리도 없고…… 좀 더 지켜보지."

삭풍당주는 오랜 섬김에도 불구하고 위험을 다시 경고하려 했다. 견자단이 지닌 위력은 그것 뿐만은 아니기 때문이었다.

"호위를 더 긴장시키긴 했습니다만, 속셈이 뭔지 잘 모르겠습니다. 개방 거지 하나하고 아이를 데리고 오더군요."

"아이? 개방의 새끼 거지 말인가?"

그러나 수하의 대답은 어지간히 침착한 삭풍당주라도 황당하게 만드는 것이었다.

"아닙니다. 아현이라고, 견자단이 돌보고 있는 윤홍광의 손녀입니다."

명월은 갑자기 씨익 웃었다.

역시 어색했다. 그러나 참을 수 없었다.

며칠이나 소비하면서 그냥 머무른 까닭은 소문이 나길 바란 것이다. 그래서 교단 내의 소림 밀교 첩자도 이용하고, 개방의 감시도 이용한 것이다.

뇌옥을 거쳤다는 것, 그리고 중년 부인.

견자단 셋이 전대 교주의 자식이 맞다면, 이 소문에 대단히 민감하게 반응할 것이 틀림없었다.

"반은 맞았군."

명월의 중얼거림에 삭풍당주가 물었다.

"예?"

그러나 명월은 혼자만 웃었다. 견자단이 원래 뜬금없이 행동하는 녀석들이라는 확률, 그것만 확인하면 되는 것이다. 그리고 초화부인에 대한 견제가 상당히 유리해진 셈이었다.

전대 교주의 자식들이 죽었다면 모를까, 살았다면 그게 갈 사람에게 제대로 전달되어진 것 아닌가.

물론 지금 교주인 단예에게 그 권위가 넘어간 것을 인정한 상태이니 다 승인할 수는 없었다. 하지만 단예는 거짓을 말한 셈이 되는 것이다.

그 사실은 교단에 대단히 큰 혼란을 불러일으킬 것이 틀림없고, 그것은 초화부인의 본모습을 드러내게 할 수도 있었다.

그리하여 불의 도를 쫓는 자와 초화부인에게 넘어가 악마를 쫓는 자의 구분이 명확하게 드러날 것이다.

원로원의 원주, 묵마와 오랜 시간 상의한 결론이 바로 이것이었던 것이다.

어느새 명월의 손길도 가늘게 떨렸다. 이십 년간 숨죽이며 교주를 능가하는 초화부인의 행태를 지켜보던 원로원의 고민이 해결될지, 교단의 독버섯이 제거될지 그 여부가 판가름 날 것이다. 그 판가름의 시작은 견자단이 모용석화를 만나는 것이었다.

'어서 오시게. 세상의 풍요로운 먹거리, 풍요로운 문화가 다 불에서 시작되었지……. 넘치치 않게, 꺼지지 않게 지키는 불의 도는 지금 자네들을 원하고 있다네……. 견자단 삼형제, 자네들을.'

그게 죽음일지, 혹은 다른 무엇일지는 명월 자신도 알 수 없었다.

14.

어머니는 눈물이다 (2)

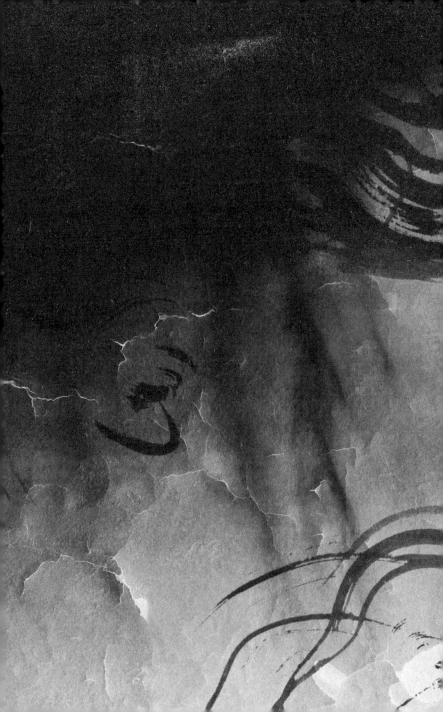

어쨌거나 시작은 모용석화를 견자단 삼 형제가 만나야 한다는 것이었다.

"근접했습니다."

명월의 눈이 감겨졌다.

어떻게 할 것인가. 들어오게 내버려 둘 것인가, 아예 나갈 것인가.

개방의 연락이 아무리 빠른들, 소림 밀교가 아무리 철저한들, 이틀의 여유는 더 있다. 그리고 명월을 건드린다는 것 자체가 전면전을 선포하는 것이나 마찬가지였다.

그러니 함부로 손을 뻗을 수도 없는 입장이었다.

"정문 앞입니다."

이윽고 명월은 눈을 떴다.

막 입을 열어 말을 하려던 순간이었다. 머뭇거리는 보고가 들어왔다.

"……아이만 들어옵니다."

잠시 의아했던 기분은 곧 확신으로 바뀌었다.

'감히…… 한 번에 얼굴을 쳐다보기도 힘들다는 것이로군. 하긴 힘든 세월이었겠지……. 이십 년. 서로 죽은 줄 알았을 테니…….'

명월의 눈.

평소 아무것도 보여 주지 않다가 결정적인 순간에 사람을 질식시키는 노란 살기의 눈이 처음으로 감정에 흔들렸다.

갓 걸음마를 시작할 때 헤어진 아들과 어머니는 수없이 많다. 그걸 일일이 가슴에 담아 두고 헤아릴 수 있는 사람은 없다. 하물며 명월이야.

그러나 교단에 관한 일, 그것도 역성혁명에 의해 갈려진 전대 교주의 친혈육이라면 이야기가 달라졌다.

명월은 지금 도박을 하는 기분이었다.

거대한 판돈, 교단의 안정인가.

두근거리는 가슴, 아무것도 못하고 초화부인의 입에 불의도 전체를 밀어 넣는 행동인가.

사실 천 년이 넘는 교단의 오랜 전통을 생각할 때, 이런 무리한 도박은 감히 상상도 할 수 없었다.

그러나 교주가 거의 이십 년간 폐관에 들어 나오지 않은 경우는?

역시 천오백 년 전통에 비할 때 단 한 번도 없던 사건이었다. 이것은 초화부인의 손에 교주가 암습을 당했다는 생각까지도 하게 만드는 형태였다.

근 이십 년간 교주는 새해 인사를 한 적이 없었다. 교단 내의 최고 축제인 초열 태양제에도, 가장 성스러운 제사인 이난나(理暖儺) 여신의 주신 합일제에도 모습을 드러내지 못했다.

모든 공식 행사에 이십 년간이나 모습을 드러내지 않고도 교단을 술렁이지 않게 관리할 수 있었다는 것이 초화부인의 힘을 짐작할 수 있게 하는 부분이었다.

그랬다.

교단은 이미 초화부인이 손에 넣은 것이나 마찬가지였고, 원로원은 그중 일부만 차지하고 있는 것에 지나지 않았다. 묵마와 명월의 판단은 그랬다.

원로원 내에도 초화부인의 입김이 작용하니까 여태 내버려 둔 것이라고 계산해야 했다.

그러나 누군지를 모르는 것이다.

그게 이제 곧 드러날 것이다.

교단 전체가 들썩이고, 교주도 나올 수밖에 없을 것이다. 아니면 생사 확인이라도 할 수 있을 것이다.

그때가 되면 초화부인과 본격적인 힘겨루기를 해야 할 것이다.

'정말 도박이군. 밀어붙이느냐, 저쪽의 판돈 공세에 그냥 죽을 것인가.'

"훗."

갑자기 웃음이 나왔다.

자신이 두려워하는 것을 느꼈기 때문이다.

초화부인이 두렵다…….

명월은 고개를 흔들었다.

'나도…… 이제 늙었군.'

창 너머 객점의 마당을 바라보는 명월의 눈은 놀랍게도 핏발이 서 있었다.

백 년이 넘는 세월 동안 수많은 사람을 죽이면서도 냉정을 유지했던 명월의 눈은 지금 시뻘겋게 달아올라 있었다.

일은 어찌 흘러갈 것인가.

아현은 약간 긴장한 모습이었다.

그러나 아이들만 가진, 정말 아이다운 깜찍한 연기력은 오히려 이럴 때 빛을 발하는 법이다.

알아서 잘하겠지만 그런 것은 오히려 광검의 가슴을 더 고동치게 만들었다.

흘깃 광수를 쳐다보았다.

광수의 얼굴에도 긴장한 기색이 역력했다.

무표정을 유지하려 애쓰는 모습이 광검의 손을 더 떨리게 만들었다.

그냥 냉큼 뛰쳐 들어가 명월을 껴안으며 자폭하고 싶었다. 아무리 못해도 그 정도는 가능할 것이다. 광수의 말대로라면 명월은 아마 자신이 기른 삭풍당을 끌고 왔을 것이다. 삭풍당이 아무리 강하다 해도 광수와 광검이라면 충분히 상대할 수 있었다.

게다가 녹진자와 종남일기라면 수세에서 싸우지는 않을 것이다. 명월만 없으면 셋째 어머니를 안전하게 구해 낼 수도 있는 것이다.

유혹은 너무나도 컸다.

무려 이십 년간 시달려 온 죄책감을 벗을 수 있는 것이다.

광검은 일부러 손을 검 손잡이에 올려놓았다.

바르르 떨렸다.

광수의 엄한 눈은 그런 광검의 충동을 억누르고 있었다. 광검의 의지를 읽은 만령충이 속에서 꿈틀거릴 정도였다.

그러나 가장 어렸던 광겸이 실험실 감옥에서 매일 밤 엄마를 찾으며 울던 기억이 광수의 눈빛에 얽혀 꼼짝을 할 수가 없었다.

그렇게 망설이다가 아현이 문 안으로 사라졌다.

"후우우우우……."

심호흡을 했다.

들어갔다.

'어차피 일은 시작된 거야.'

서두르지 않아도 일은 진행된다. 광검은 조용히 한 번 더 심호흡을 했다.

객점 점소이와 인사를 한 아현은 곧장 주담자를 들고는 망설이지도 않은 채 한 번에 객점으로 갔다.

아현의 등장이 뜻밖이어야 할 텐데, 방문을 지키던 무사는 전혀 놀란다거나 그런 거 시킨 적 없다는 말도 꺼내지 않았다.

그냥 방문을 조용히 두드리고 말할 뿐이었다.

"부인, 한 아이가 찾아왔습니다. 만나면 아마 놀라실 겁니다."

모용석화는 잠깐 이맛살을 찌푸렸다.

무슨 일일까?

갑자기 등장한 아이는 누구일까? 물론, 자신의 아들과 관련이 있는 것은 분명했다. 혹은 손녀일 수도 있었다.

터무니없는 바람에 모용석화는 스스로도 쓰게 웃었다.

그러나 아무것도 해 주지 못한 채 갓 걸을 때 헤어진 아들의 근황을 알게 해 줄 아이일 것이다.

모용석화의 얼굴에 비장한 결심이 넘쳤다.

'드디어……'

모용석화는 길게 숨을 고르며 천천히 말했다.

"들여보내세요."

"예. 들어가거라."

호위무사의 목소리가 들리고, 이어 방문이 열렸다.

그리고 열서너 살로 보이는 어린 소녀가 사뿐사뿐 들어왔다.

"안녕하세요, 전 아현이라고 해요."

모용석화는 한순간 숨을 크게 내뱉었다.

아들의 나이를 고려한다면 자신의 손녀는 아니었다.

열두어 살에 아이를 낳았다면 모를까.

모용석화는 약간 실망한 느낌을 애써 감추며 미소를 지었다.

"그래, 아현이로구나. 날 알고 찾아왔니? 난…… 아무래도 기억에 없는데. 혹시 네 성은 뭐니?"

아현은 이 부드러운 질문이 정말 마음에 들었다.

아니, 모용석화에게 한눈에 반했다.

창에서 쏟아지는 아침 햇살이 이 중년 부인의 기품을 더없이 화려하게 장식해 주고 있었다.

얼굴에 병색이 완연한데도 미모는 젊은 여성의 강인함을 보여 주고 있었고, 말투는 사려 깊은 세월의 연륜을 보여 주고 있었다.

기방의 노련함과는 또 다른 중후함이었고, 그게 어린 아현의 마음을 사로잡은 것이다. 그게 가식 없이 말로 나왔다.

"와! 저도 아주머니처럼 되고 싶어요. 정말로요."

모용석화는 그저 웃어야 했다.

자신의 세월?

이 아이는 고통을 모른다.

자신은 그저 뇌옥에서 썩었을 뿐이다.

그러자 다시 아들 생각에 문득 눈이 흐려졌다.

아이는 고통을 몰라야 한다. 인내심을 교육시키고 길러 줘야 하는 점 때문에 받는 고통이라면 모를까, 다른 이유로 받는 고통은 있어서는 안 된다.

그러나 아들 광겸은…….

차마 상상도 해 볼 수가 없었다. 손가락이 저절로 경련을 일으키고 심장이 바르르 떨려 몸에서 삐져나올 것 같았다.

얼른 눈을 깜빡인 모용석화는 웃었다.

"아현아, 겉모습에 혹하면 안 된단다. 하여간 예쁘다는 말이겠지? 고맙구나."

아현도 혀를 잠깐 내밀고 마주 웃었다.

"아, 죄송해요. 제 성은…… 그러니까…… 제겐 아빠가 둘이 있어요."

아이 입에서 아무렇지도 않게 아빠가 둘이라는 말이 흘러나오는 것은 이 아이도 꽤나 험난한 세월을 보냈다는 것을 뜻했다.

사람을 함부로 얕잡아보다니, 모용석화는 다시 쓴웃음을 배어 물었다.

아현은 잠시 생각에 잠기는 시늉을 하더니 입을 열었다.

"음, 어떻게 말할지는 잘 모르겠지만, 절 낳아 주신 아빠는 성이 모용을 쓰세요. 그리고 청 자, 현 자요. 그리고 지금 아빠는……."

모용은 흔한 성이 아니다.

선우 씨와 더불어 양대 북방 유목민 씨의 기둥을 이루는 것이다. 물론 모용석화의 집안은 아니지만 이곳 섬서는 북쪽 유목민들이 오래전부터 한족의 귀족들과 어울려 자리 잡은 곳이다.

모용세가가 섬서, 서안에 위치한 것은 우연이 아니었다. 모용석화와 핏줄로도 그리 먼 것은 아닌 셈이다.

왈칵 반가움이 밀려들었다.

"이리 오렴."

아현이 다가오자 손을 잡고 말했다.

"이 아줌마도 모용 씨란다."

"아, 그러세요? 그럼 집안어른이 되실지도 모르겠네요? 이렇게 멋있는 중년 부인이라니, 모용 씨를 계속 써야 할까 봐요."

모용석화는 자신에게 쓰디쓴, 그러나 아현에게는 부드러워 보이는 웃음을 다시 올렸다.

대체 이 아이는 어디서 이런 아부를 먼저 배웠을까?

아현은 말문이 터지자 쫑알거리며 본격적으로 쏟아 내기 시작했다.

"음…… 어, 그러고 보니 지금 아빠는 성도 모르고 있었네요. 어휴, 이 불효막심한 딸."

머리를 콩콩 쥐어박는 아현의 모습에 어이가 없고, 한편으로는 웃음이 났다.

"저런, 그러면 쓰나. 아버지 성함은 집안에 소중한 것인데."

"지금 아빠 이름은 광수예요. 삼촌도 있어요. 작은삼촌은 광검, 막내 삼촌은 광겸."

그 말을 듣는 순간, 머릿속이 하얘졌다.

모용석화의 가슴을 덜컥 멈추게 만든 이름들이 줄줄이 쏟아져 나온 것이다.

그제야 호위무사가 이 아이를 만나면 놀라실 거라는 말을 이해했다. 아니, 놀라는 정도가 아니었다.

모용석화는 숨을 잇지 못했다.

"헉!"

지켜보던 당령이 급하게 부축해 등을 쳐 주고 문질러 숨통을 틔워 주어야 했던 것이다.

아현은 놀란 눈을 동그랗게 뜨고 어쩔 줄 몰라 하고 있었다. 모용석화는 숨을 일단 크게 쉬었다.

그리고 아현을 와락 끌어당겨 세게 안았다.

말을 할 수가 없었다.

눈물은 흘리지 않으려 한다고 안 나오는 것이 아니었다. 모용석화는 길게 숨쉬고, 또 쉬었다.

"살아 있었구나, 살아 있었어. 그것도 셋이 다……. 이걸, 이걸 어떻게…… 감사합니다, 감사합니다. 정말……."

아현을 보듬어 안고 그 뒷머리를 쓸어내리며 모용석화는 감사를 수십 번이나 반복했다.

모용석화는 간신히 아현을 품에서 끌어내 다시 바라보았다. 달라 보였다. 그저 귀엽기만 한 소녀가 아니라 이난나 여신에게서 따뜻함을 전달하는 작은 전령사처럼 보였다.

그러나 아현은 뭔가 잘못되었다는 감각을 느꼈다.

광수가 해 준 말은 그저 자신들의 이름이나 입에 올리면 된다고 했다. 그 외의 말은 전혀 언급이 없었다.

그런데 이 흔들림 없을 것 같은 기품의 부인이 그 이름 세 개만 듣고 그냥 무너져 울고 있으니, 당연한 의문이었다.

"저기…… 우리 아빠랑…… 삼촌들을…… 혹시 찾고 계셨나요?"

찾고 있었냐고?

그걸 어찌 한마디 말로 응, 할 수 있단 말인가.

모용석화는 일어섰다.

"아현아, 지금…… 아빠랑 삼촌들 어디…… 계시니?"

"지금 여기 문 앞에요."

그 말에 모용석화는 다시 무너지듯 주저앉았다.

현실감각이 돌아온 것이다.

아들, 친아들과 배다른 아들들이 바로 요 마당 건너 문 앞에 있다.

게다가 그 아들들은 아현을 보내 자신들의 뜻을 명확히 밝힌 것이다. 어떻든 간에 자신을 어머니로 인정하고 있다는 뜻이고, 셋이 여태 뭉쳐 있음을 고려할 때 배다른 형제 같이 생각하고 있지 않다는 것을 뜻했다. 부모 입장에서는 최상의 상태였다.

감히 바라지도 못한 것을 자식들이 알아서 해 준 것이다.

그러나…… 그 이십 년 세월을 잊게 만들 저 마당의 짧은 길 안에, 그 사이에 존재하는 것은 명월이었다. 원로원 직속 삭풍당 백 명이었다.

뿌리 깊은 전통의 구대문파라도 단일의 힘이라면, 속가의 힘을 박박 끌어모아도 버틸 수 있을까 말까 의심스러운 가공할 힘이 아들과 자신 사이에 있는 것이다.

"후우우……."

모용석화는 그제야 눈물을 그치며 어머니다운 냉철한 판단이 돌아왔다.

눈길은 바로 십 장 남짓한 객점 정문을 향했다.

그리고 단호하게 말했다.

"아현아, 가서…… 아빠에게 말하거라. 뜻은 고맙게 잘 받았다고. 정말 고맙다고, 또 고맙다고. 그렇게 전해 다오. 지금."

퇴출령이었다.

아현은 밖으로 나가는 것이 안전하다.

그것조차도 마음을 졸여야 했다.

그러나 당령도, 밖의 무사들도 제지가 없었고, 모용석화의 뜻대로 아현은 종종걸음 쳐 마당을 걸어 나갔다. 할 수만 있다면 자신도 달음박질로 나가고 싶은 저 십 장의 길.

아현의 모습이 문밖으로 사라지자 다시 왈칵 눈물이 흘렀다.

이번에는 참지도, 닦지도 않고 내버려 두었다.

명월도 도박을 하는 것이다.

모용석화는 단번에 깨달았다. 자신은 판돈을 걸고 낄 처지가 아닌 것이 가슴 아프긴 했지만, 아들들이 대신 끼어들어 싸우겠다고 밝혔다.

아들들.

모용석화는 잃어버린 세월을 이제야 느꼈다.

'늙었구나……. 아이들이, 아이들이 다 커서…….'

어느새 눈앞 창가는 흐려져 선명하게 돌아올 줄을 몰랐다. 눈물이 말로 대신해 이십 년의 한을 터뜨리는 중이었으니.

그랬다.

아들들, 삼 형제는 다 컸다. 어른들이 꼬아 버린 격랑을 헤쳐 나가겠다고, 모용석화를 대신해 뛰어들 만큼 성장한 것이다.

자신이 돌보지 못했음에도 이렇게 컸다. 고맙다는 말이 이렇게 허전할 줄이야. 모용석화는 주먹을 불끈 쥐고 중얼거렸다.

"부탁하자꾸나, 얘들아."

다음 순간, 객점의 정문이 다시 열리고 건장한 사내 셋이 천천히 걸어 들어왔다.

"견자단이 진입합니다!"

셋의 모습이 모용석화의 눈길을 사로잡고 놓아 주지 않았다.

그중 가장 오른쪽에 서 있는 사내의 얼굴을 보는 순간, 모용석화는 다리가 후들거려 제대로 서 있을 수가 없었다.

손으로 창틀을 짚었다.

그날, 모처럼 세 아들이 다 모였던 날, 제갈청청을 따르는 무사들이 난입해 셋을 떼어 놓고 자신을 사로잡았다. 그때 생혈육인 광겸도 떼어졌다.

울부짖는 자신에게 무정하게도 검이 들이밀어졌다.

큰형님인 육미령, 광수의 생모도 그때 죽었다.

충격에 모용석화는 아무것도 할 수 없었다.

육미령은 무공을 익혔다. 그러나 별무소용이었다.

교주 가족을 호위하는 호법단 중에서 제갈청청을 따르는 자가 있을 줄은 누구도 생각지 못한 일이었으니.

아이들을 보호하려는 순간, 뒤에서 내밀어진 칼이 육미령의 가슴을 뚫고 튀어나왔다.

광수 나이, 아홉. 제왕의 길을 걷는 수업을 어느 정도 받은 후였다. 어머니가 돌아가신 충격을 광수는 어린 나이답지 않게 소화했다.

죽을 수도 있다는 말을 듣기만 하는 것과 정말 눈앞에서 당하는 것은 어마어마한 차이가 있다.

그러나 그게 '아이'에게 주입되면 아이는 시킨 대로 하는 본능이 있다.

광수는 그편이었다.

교주의 가족이 처할 수 있는 위험에 대해 늘 귓가에 박아넣은 것이 광수의 몸을 움직이게 했던 것이다.

동생인 광겸이 무사가 휘두르는 칼의 범위 안에 있는 것을 확인하고 재빨리 끌어내지 않았다면 그 자리에서 머리가 터졌을지도 모를 일이었다.

다음 순간, 현재 교주 직속의 호법단과 집법당의 고수가 쳐들어오며 제갈청청 휘하의 고수들을 그들에게서 떼어 냈다.

아주 간발의 차이로 죽을 뻔한 것이다, 광겸은.

그때, 광수는 얼굴에 깊은 상처를 입었다. 왼쪽 눈썹의 절반을 끊고 눈꼬리 바로 옆으로 세 치 정도 내려간 그 상처. 아직도 그날의 기억에 아이들이 서로 형제이며 서로 위해야 한다는 것을 똑똑히 기억하고 있었다는 사실을 그토록 감사하게 했던 그 흉터.

그 흉터가 이십 년이 흐른 지금도 남아 모용석화의 눈을 흐리게 만들었다.

그 흉터 밑 깊숙한 눈빛.

광수의 그 눈빛이 객점 정원의 삭풍당원을 건너뛰어 자신이 내다보는 창문으로 들어왔다.

그리고 눈동자가 돌아가는 모습까지 보았다. 모용석화 자신을 찾는 것이다. 모용석화는 손으로 굳이 눈물을 닦아 내지 않았다.

이윽고 모용석화의 눈과 광수의 눈이 마주쳤다. 광수의 얼굴이 굳어졌다. 그리고 걸음을 멈췄다.

모용석화의 심장도 멈추는 것 같았다.

"이난나시여……."

드디어 이십 년의 고통 속에서 버틴 보람이 보이는 것 같았다.

만났다.

둘의 시선이 마주쳤다!

손이 저절로 입가로 올라가 막아 버렸다.

흐르는 눈물이야 어쩔 수 없어도, 지금은 소리를 내지 말아야 할 때라는 것을 잘 알기 때문이었다.

광수 옆의 둘도 멈췄다.

광검은 금세 알아볼 수 있었다. 어린 시절의 얼굴이 남아 있으니 알아보기가 쉬웠다.

모용석화의 기억에 광검은 떼쟁이였다. 아직도 그 통통 부은 볼이 튀어 올라 있었다. 광검도 곧 모용석화의 눈과 마주쳤지만, 그는 광수처럼 의연하지 못했다.

얼굴이 아주 딱딱하게 굳어져 눈을 떼지 못했다.

모용석화는 그것마저도 가슴이 아팠다.

'제 어미 초화부인을 의식하고 있어서 그렇겠구나. 이십 년간…… 얼마나, 얼마나 마음고생을 했을꼬.'

그것만 보아도 삼 형제가 서로를 얼마나 의지하고 있는지 짐작이 갔다.

그리고…… 맨 왼쪽, 그 청년의 얼굴은 차마 볼 수가 없었다.

광겸은 아무것도 모르는 얼굴을 한 채 웃고 있었다.

웃고 있었다. 아들, 광겸은 웃으며 삭풍당 고수 하나에게 말을 걸고 있었다.

"하하, 여봐. 우리 형들 왜 이리 쫄았대? 저기 저 달 같은 칼 차고 있는 노친네가 그렇게 센 거야? 아님, 저기 저 달 칼 찬 노친네한테 모셔진 저 여자가 센 거야?"

모용석화의 가슴이 다시 멈췄다.

광겸의 손가락은 정확히 자신이 내다보고 있는 그 창문으로 향해 있었다.

자신을 향해져 있었다.

아무것도 모르고 있다는 것이 확연하게 드러나는 말이었다.

그랬다면 자신을 향해 저 여자라는 표현을 쓰지는 않았을 것이다.

그러나 그것만으로도 충분히 서운했다.

그러나 그것만으로도 충분히 감사했다.

그러나…….

"헉!"

모용석화는 가슴을 움켜잡고 비틀거렸다.

다시 심장이 압박을 느꼈다.

"나, 나 좀……."

이제는 죽어도 여한이 없을 거라 생각했는데, 이상하기도 하지. 사람의 욕심은 촌음(寸陰)이 새롭다더니, 살고 싶었다.

당령이 다가와서 다시 부축하며 진기를 불어넣었다.

"커, 후우욱…… 후우……."

당령이 보기에도 너무 안타까운 장면이었던지 잔소리가 들려왔다.

"몸이 좋지 않으십니다. 아드님들을 보고 싶은 마음은…… 누가 뭐랄 수 없겠습니다만, 지금 더 무리하시면 제가 아니라 천하 명의가 와도 쓸데없게 될 수도 있습니다."

모용석화의 눈이 그 말에도 계속 밖을 쫓았다.

자신이 비틀거린 모습을 광수와 광검은 목격한 모양이었다. 엇, 하는 외마디 소리와 함께 몇 장의 거리를 무시하고 그냥 손을 내뻗으려는 시늉을 하는 것이다.

둘의 반응에 광검의 손은 저절로 칼 손잡이로 갔고, 객점 정원에 있던 삭풍당 고수들의 손도 그에 따라 전원 칼 손잡이로 움직였다.

오면서 귀 닳게 들은 것?

삼 형제의 무력이었다. 광검의 칼이 한 번 뽑히면 어떤 일이 일어나는지에 관한 것도 있었다. 아무리 삭풍당이라 해도 화들짝 놀랄 만큼 긴장하지 않을 수 없었다.

촤앙! 차라! 촤차차차창!

객점 정원은 순식간에 칼날의 번득임이 가득 채워졌다.

모용석화 자신 때문에 위기가 가중된 것이다.

모용석화는 손에 땀을 쥐었다.

'이런 실수를 하다니⋯⋯.'

그러나 정작 광수와 광검은 그런 생각을 하고 있지 않았다. 모용석화는 눈을 크게 떠야 했다.

모용석화뿐만이 아니었다.

무감정의 대명사인 명월도 대경실색해 객점 건물의 정문을 열고 한 발 나가야 했다.

모용석화를 응급 처방하며 부축하던 당령도 놀라 한순간 호흡이 흐트러질 정도였다.

광수와 광검은⋯⋯ 절을 하고 있었다.

이 상황에서!

모용석화의 눈에서 그쳤던 눈물이 다시 흘러나왔다.

광검은 당황했다.

"아니, 형! 지금 뭐 하는 거야?"

돌아온 대답은 광검을 더더욱 혼란에 빠뜨리는 말이었다.

"절 올려라. 저기 저분이 널 낳아 준 어머님이시다."

광수의 그 말에 모용석화는 눈을 감아 버렸다.

소리를 내지 않던 입도 가슴에서 밀려 나오는 압력은 막지 못했다.

"욱, 읔! 흑! 광검아⋯⋯."

창문에서 새어 나오는 가느다란 울음이 광검의 머리를 관통했다. 입가에 맺힌 웃음은 온데간데없이 사라지고, 빨갛게 달아오른 두 눈만 보였다.

광겸의 머리에 이제야 두 형의 이상한 행동이 이해되었다. 아주 확, 가슴을 세게 두드리며 한 번에 이해되었다.

기억에 아예 없다면 오히려 그게 거짓말인 어머니였다.

걸음마를 갓 시작할 때라고 해서 기억이 안 난다는 것은 거짓말이다. 엄마가 그토록 그리웠기에, 눈에 뭔가 보이는 것이 들어오면서부터 오늘까지 줄창 애타게 찾아 부른 어머니이기에 광겸은 오히려 어릴 때의 기억을 끄집어낼 수 있었다.

그래서 똑똑히 기억하던…….

어.

머.

니.

광겸은 지옥 같은 실험실에서 나와 눈물을 꽤 많이 흘렸다. 하지만 그의 눈물도 남자의 눈물이었다.

광겸의 눈물은 평소 가장 잘 웃던 사람의 눈물이라 보기가 힘든 것이었다. 광겸의 붉어진 눈에서 눈물이 흘러내렸다.

그리고 광겸은 칼을 놓았다.

툭.

광겸이 내던진 칼. 그 의미…….

삭풍당 전원이 몸을 떨어야 했다.

이런 상황에서 칼을 내던질 수 있는 여유?

삭풍당도 지금은 이번 작전이 총체적으로 뭔지 다 듣고 알고 있었다. 견자단 삼 형제는 배다른 형제다. 하지만 한 사람의 어머니라고 해서 그 의미가 달라지지는 않았다.

견자단 전체의 어머니일 수 있다. 이해한다.

하지만…… 삭풍당이다.

삭풍당의 이름 앞에 설마 혈육의 정이 먼저라고 칼까지 버리는 놈이 있으리라고는 상상도 못했던 것이다.

삭풍당에게는 이제 혼란이 찾아왔다. 그것은 명월도 예외가 아니었다. 하지만 그만큼 더 엄격하게 교단의 분열을 막아야 할 책임도 생겼다. 초화부인을 거역하기엔 현실의 벽이 너무 높았다. 그래서 명월은 따로 각오하고 나온 바가 있었다. 그걸 다시 확인했다.

자신들이 이곳으로 온 것을 아는 사람들이 있다. 그러니 섬서 전체에 불의 도를 따르는 교도들이 전대 교주의 아들들이 살아 있다는 것을 알게 될 것이다.

명월 자신의 죽음이 그렇게 만들 것이다. 초화부인과 교단의 재정립 사이에서는 아주 큰 갈등이 생긴다. 그리고 초화부인은 그 갈등을 용서치 않을 것이다. 교의 반은 죽을 것이다. 명월은 그걸 아주 빨리 봉합할 길을 찾았다.

그리고 그것은 견자단, 전대 교주의 아들들이 원로원 부원주인 자신을 힘으로 죽이고 모용석화를 구출하는 일이었다. 그 후는 살아남은 사람들이 알아서 할 것이다. 물론, 견자단이 그걸 해낼 수 있다는 가정하에서였다.

마교는 힘이 우선이었으니까.

그런 심정을 아는지 모르는지, 광겸은 광수, 광검과 같이 절을 하기 시작했다.

엎드릴 때는 눈물을 비 오듯 흘렸지만, 광수, 광검과 맞춰 같이 일어설 때는 다시 미친 견자단으로 돌아간 광겸이었다.

붉어진 눈에 눈물이 흐르고, 초절정을 넘은 고수의 품위답지 않게 콧물까지 흘렸지만, 개의치 않고 광겸은 웃었다.

견자단, 미친 세 마리 개들이 웃는 그 웃음으로 이렇게 외쳐 준 것이다.

"하하하하하하하! 곧 구해 줄게! 엄마!"

뚝.

웃음이 그쳤다.

모용석화의 심장, 숨쉬기조차 압박하던 두근거림도 거짓말처럼 그쳤다.

지금 눈앞의 아들은 혼란스러움에 자신을 밀어 넣는 바보가 아니었다.

주변의 혼란 속에서 자기 마음을 지킬 줄 아는 단단한 어른이었다. 모용석화는 그것을 보고 다시 눈물을 흘렸다. 그것 말고는 할 것도 없었다.

"오만하구나!"

삭풍당의 누군가가 소리를 쳤다.

광겸의 몸이 빙글 돌았다.

돌면서 손이 뻗어졌다. 그 손에 버려졌던 칼이 빠르게 쑤욱 솟구쳐 빨려 들어갔다.

경악할 만큼 빠르긴 했지만, 삭풍당은 이미 칼을 뽑은 상태였다.

칼이 휘둘러졌다. 동시에…….

드쿵!

"푸히익?"

칼을 휘두르던 삭풍당 고수 하나가 입에서 피를 뿜으며 나동그라졌다.

광수의 손이 불을 뿜은 것이다.

착각이 아니었다.

"허헉! 저, 저게 뭐야?"

동시에 일어난 일은 또 있었다.

파콰작—!

광검의 손바닥을 확 찢어 버리며 만령충 촉수가 뻗어 나왔다. 그리고 모용석화가 서 있던 창문을 그대로 부숴 버리며 당령을 쳐서 날려 버렸다. 당령이 빤히 보고 있음에도 단번에 당할 만큼 빨랐다.

광검의 얼굴은 약간 일그러져 있었지만, 그깟 살 찢는 고통 따위야 서슴없이 맞아들였다.

그리고 만령충 촉수는 그대로 모용석화를 휘어 감쌌다.

명월에게는 충분히 긴 시간이었다.

그러나 그가 가만히 있던 것은 바로 광수의 일 장 때문이었다.

후끈한 열기.

삭풍당원의 가슴이 대단히 높은 열에 당한 듯 흐물거리며 아직도 녹고 있었다.

지옥의 암벽흔이 가진 시공을 격하고 목표에 맞춰지는 성질과 지옥의 개 이빨이 가진 열기를 합친다면 어떻게 될까라는 누군가의 중얼거림.

그는 분명히 들었던 것이다. 그리고 그것은 전대 교주가 교주 신물을 내달라고 요청하기 전이었다.

이십여 년 전, 지금의 교주인 단예가 중얼거린 말이었다. 당시 그는 전대 교주의 충복으로, 일인지하 만인지상의 자리에까지 올랐다.

명월은 너무 놀라서 반항할 수 없었다. 어떤 생각이 떠올랐기 때문이다.

"정말, 정말 저 두 개가 합쳐지다니!"

그걸 아는 사람은…….

명월은 크게 웃었다.

"으하하하하하! 초화부인! 당신의 야욕은…… 으하하하하하하하!"

명월의 웃음이 삭풍당의 정신을 산만하게 분산시켰다 해도 광겸의 칼에서 터진 것에 반응을 하지 못했다는 변명은 되지 못했다.

광겸의 칼에서 쏟아 낸 것은…… 없었다.

휘둘렀는데 아무것도 안 나왔다. 칼날에서 살짝 불길이 일기는 했지만, 그것으로 끝이었다.

그러나…… 다음에 일어난 사태는 정말로 끔찍한 것이었다.

삭풍당원의 가슴. 광겸이 휘두른 칼의 궤적 반 바퀴 안에 서 있던 삭풍당원의 가슴은 거리를 불문하고 모조리 터져 나갔다.

퍼퍽! 드쿵— 퍽퍽퍽!

열기가 터뜨린 것이다.

그리고 그것이 공간을 격했다는 점을 확실하게 보여 주는 것은 아직 문을 나오지 않아 벽 뒤에 서 있던 삭풍당원의 가슴까지 터져 나갔다는 사실이었다.

스르륵 쓰러져 문이 열린 공간으로 보여지는 식풍당원의 시체가 모든 것을 말해 주고 있었다.

연옥견의 초열 이빨과 지옥의 침묵을 가진 손이 하나로 합쳐진 것이다.

저 셋을 가르친 윤홍광은 대체 이걸 어떻게 알았을까?

윤홍광은 도대체 누구인가?

명월은 어처구니가 없었다.

아주 간단한 도발에 속아 스스로 귀중한 일질이 될 모용석화를 꺼내 와 스스로 갖다 바친 셈이었다.

이 부분에서 명월은 고민해야 했다.

초화부인은 무섭다.

그러나 아직은 교단에 충성하는 사람이었다.

견자단도 전대 교주의 혈육이다.

그러나…… 교단 외부 사람이라고 봐야 했다.

견자단은 교단에 원한을 가지고 있었고, 저 실력이라면 초화부인과 언젠가는 맞붙어야 했다.

그들 때문에 흘릴 교단의 피는 엄청날 것이다.

그래서 명월은 견자단 삼 형제에게 들어가면 안 되는 마지막 열쇠를 떠올렸다.

그것 때문에 고민한 것이다.

―전대 교주께서 아마도 신물을 대성할 수 있는 비밀을 셋째 부인에게 알려 주었을 거야. 교묘하게 현 교주가 셋째 부인만 구한 것을 봐도 알 수 있는 일이지. 부인을 어찌할 지는 차마 자네에게 부탁하진 못하겠네. 하지만 만약, 정말 만약의 사태가 오면 그때는……. ―

묵마의 마지막 말은 그것이었다.

교단을 지키는 것은 초화부인을 거꾸러뜨리는 일이다. 하지만 초화부인은 혼자 죽지 않는다. 교단의 거의 모든 것을 다 같이 끌고 지옥으로 갈 것이다.

명월로서는 발전해야 할 다음 세대를 생각지 않을 수 없었다. 명월은 마음을 굳혔다.

만약이라도 모용석화가 알고 있다면, 교주의 마지막 비밀을 알고 있어서 견자단에게 그 힘이 더해진다면?

교단은 분열을 맞이할 수밖에 없었다.

제갈청청 하나만 죽이지 못한 상태에서는 당연히 그랬다. 지금의 초화부인은 천하무적이라고 해도 과언이 아니었다. 교단의 힘을 마구 휘두르는 것을 막을 자가 없었다.

그렇기 때문에 그 비밀이 견자단에게로 넘어가면 교단은 정말 위험해진다. 명월은 스스로에게 면죄부를 주었다.

"만약이 아니지……. 이건 확률이 확실한 것이겠지……. 그래서 여태 악을 쓰고 살아 있던 것이겠지……. 언젠가 운이 닿으면 아들에게 전해 주기 위해……."

그는 광겸의 만령충 촉수 하나가 자신에게로 쏘아지는 것을 무시하고 손을 놀렸다.

바람이 불었다.

막 모용석화가 삼 형제 앞에 안전하게 놓여지는 순간이었다.

광겸이 초인적으로 울음을 참고, 빨개진 눈으로 웃으며 엄마라고, 늘 보던 사람처럼 부르던 순간이었다.

퍼억!

만령충 촉수가 너무도 허무하게 명월의 단전을 꿰뚫었다.

퍼억!

동시에 입을 막 열려던 모용석화의 가슴이 쩌억 갈라졌다.

피가 솟구쳤다.

"으아아아아아! 엄마—!"

광겸이 울부짖었다.

"정신 차려! 건드리지 말고!"

광겸이 소리치며 만령충의 촉수를 내뻗었다.

촤악—

수십 가닥의 얇은 지렁이들이 모용석화의 가슴 안으로 들어가며 다시 촤악 퍼졌다. 수천수만 가닥으로 늘어난 것이다.

혈관만큼 가늘어지면서 피가 새는 것을 막고, 숨이 빠져나가는 것을 막고 있었다. 그러나 뼈가 갈라진 것 자체를 어쩌지는 못했다. 거기다가…… 이쪽이 힘을 많이 퍼부을 정도로 정교하게, 그만큼 가늘어지면서 다른 쪽이 줄어들었다.

명월의 단전을 뚫은 쪽이었다.

고통 때문에 돌아갔던 명월의 눈동자가 다시 되돌아왔다. 그리고 모용석화의 가슴에서 일단 피를 막고 다시 숨을 유통시키기 위해 가늘어지며 혈관을 잇고 있는 만령충의 촉수를 보는 순간, 명월의 살기가 다시 폭발했다.

"화왕신(火王神) 천천세(千千歲)!"

바람이 불었다.

호신강기를 다른 사람의 몸에 덮는다는 것은 종남일기나 녹진자 정도로 세세무궁의 비밀을 엿볼 만큼 공력을 쌓은 사람이나 가능하다.

광수와 광겸의 눈동자가 바람이 쓸어 올린 먼지를 향해 안타깝게 돌아가는 순간이었다.

"아⋯⋯."

광겸은 이 순간 아무 생각도 하지 않기로 했다. 광겸의 비명이 마치 억겁을 잇는 소리처럼 느리게 분해돼서 들리는 것 같았다.

"안⋯⋯."

순간적인 생각은 '얼마나 빠를까?'라는 것. 이 순간, 윤홍광이 하늘에서 광겸을 보았다면, 아마 그 엄했던 주름을 활짝 펴며 웃었을 것이다.

"경공은 기본적으로 사량발천근이다. 제 몸의 움직임, 땅이 버티는 반탄력, 허공에서 머물다가 추진력을 잃고 떨어지려는,

바로 그 순간의 관성. 그 작은 것까지 모조리 다 이화접목으로 이용하는 게다. 팽팽한 긴장감을 얼마나 익숙하게 자기 것으로 만들었느냐에 따라 달렸지."

왜 그 말이 지금 생각났을까?

이유조차 알 수가 없었다.

광검은 가늘어진 만령충의 가닥, 모용석화의 가슴에서 단 한 가닥이라도 엉키거나 끊어지면 당장 저승행인 모용석화 쪽의 가닥을 당겼다.

툭.

이미 팽팽한 상태였다. 그러니 그 약간의 반탄력은 광검에게 충분한 느낌을 주었다.

끊어지기 직전의 팽팽함. 거기에 바람이 스쳐 가며 농밀해지고, 다시 칼날로 변해 가고 있는 느낌을 정확히 잡아냈다. 팽팽한 상태에서의 정확한 진동 진원지!

"돼―애……."

명월을 향했던 광검의 팔이 홱 뿌리쳐지듯 돌았다.

툭, 하는 소리만 남긴 반탄력을 가지고 행해진 놀라운 두 번째 움직임.

"애―애―애―애―!"

서거억!

광검의 팔은 밀도가 높아지기 시작한 바람의 가운데로 파고들었다.

때마침 힘겹게 모용석화가 눈을 떴고, 광검의 어깨가 바로 눈앞에서 난도질당하는 것을 보았다.

푸하악!

광검의 어깨에서 만령충 촉수가 솟아나는 것도.

"크으흑! 우, 움직이지 마세요, 어, 어머니."

고통 때문에도 그랬지만, 모용석화는 정말로 움직이지 못했다. 광검의 고통 어린 표정이 그녀의 가슴으로 박혀 드는 것 같았다.

피가 나오지 않는 것이다.

모용석화의 눈에서 다시 눈물이 흘러내렸다.

"이게, 후우…… 무슨, 이게 무슨 일이니…… 아검아…… 네 몸에 도대체……."

만령충의 촉수는 광검의 고통에 같이 반응했다. 마구 꿈틀거리며 어깨의 뼈를 맞추고, 살을 도로 채우는 것이었다. 광검이 히죽 웃었다.

말이 웃었다는 것이지, 그건 일그러진 얼굴이었다.

"그냥, 그냥 살아요. 익숙해서 이젠……."

그러고는 고개를 돌리며 소리쳤다.

"얼마 못 버텨! 빨리 끝내라고!"

그때, 저만치 내팽개쳐진 명월이 비틀거리며 일어섰다.

"모두 물러나라! 비극을 쓸 것이다!"

그러자 삭풍당주가 비명을 질렀다.

"안 됩니다! 지금 무리하시면……!"

그러나 명월은 단전에서 피를 철철 흘리면서 눈에서 노란 광채를 뿜어냈다.

"설명할 시간이 없다! 초화부인에게 전하도록! 교단의 다음 세대가 디딜 발판만이라도 남겨 달라고! 물러서라!"

명월의 정말 무서운 최후 비기는 수만, 수억 개의 비수가 벽이 되어 근방 수십 장을 뒤덮는 수법이었다.

비수의 끄트머리로만 이루어진 벽이 내리누른다 하여 붙여진 이름, 비극벽압!

평소 숨 쉬는 공기가 이토록 가공할 위력으로 사람을 내리누르는 상상을 해 보았는가.

삭풍당주마저 뒤로 도약한 순간이었다.

바람이 불었다.

실제 녹진자와 종남일기 같은 초절한 고수들도 끼어들 틈을 아직 찾지 못했다.

광검은 아예 모용석화를 제 몸으로 덮어 버렸다.

다시 바람이 불었다. 그 바람은 마치 칼 같았다.

지나가면서 그 자리에 수많은 칼날의 벽을 만드는 바람이었다.

길이가 도대체 얼마나 될지도 몰랐다.

삭풍당주가 외쳤다.

"부원주께서 죽음을 각오하셨다! 빠져나가지 못하게 지켜라! 합일의 경지에 오르지 못하면 진기 소모가 자신을 잡아먹는 것이 교주님의 신물이다! 겁먹지 말고 지켜라!"

삭풍당주의 말대로 광검과 광수의 안색은 벌써 달라져 있었다. 광검은 모용석화를 보호하며 움직일 엄두도 내지 못했고, 종남일기가 무리하게 끼어들려는 순간이었다.

때가 안 맞는다. 종남파 전체가 큰어른을 잃어 곡을 할 수도 있을 판이었다. 그러나 녹진자도 말리지 못했다.

그 순간, 광겸이 얼굴을 쳐들었다.

"이……."

동시에 칼을 쳐들었다.

"개만도 못한 새끼들!"

비도!

수억 개의 비도가 쏟아지기 시작했다.

광겸의 눈은 불타올랐다.

"죽……."

칼 두 개는 정말 이상했다. 비도의 벽을 마주하면서 서서히 양쪽으로 내려지는 것이다. 벌써 공기의 압박이 머리를 누르는 것이 느껴질 정도였다.

그럼에도 아주 천천히 펼쳐졌다.

광겸의 쌍칼은 마치 새가 날갯짓하듯이 서서히 벌려지더니 완전히 활짝 열렸다.

쿠투두두두두둥― 표표표표표웅! 파팍팍―!

객점 정원의 양쪽, 이층 건물의 지붕이 한꺼번에 일그러지기 시작했다.

"여……."

내려온 쌍칼이 서로 반 바퀴 회전을 그리기 시작했다.

비극압벽을 펼치는 명월의 눈에 경악이 일었다.

"저것은……!"

콰지지지지지직—

팽파박, 팍팍!

건물 안에 든 사람들은 물론 죽었을 것이다. 건물은 아주 급속하게 짜부라들 듯 수억 개 비도의 벽에 의해 잘라졌다.

명월의 경악에 삭풍당주가 감각적으로 대처했다.

건물 안의 삭풍당원이 다 뛰쳐나오며 스물다섯이 한꺼번에 광겸을 향해 칼을 휘두른 것이다.

그리고 그 칼마다 푸른빛이 서려 있었다. 강기였다.

거기서 발출되는 검기의 농도는 금철이라도 벤다.

그 누구도 강기를 다루는 고수의 스물다섯 줄기 검격을 받아 본 사람은 없었다.

그래서 명월은 삭풍당만을 데리고 왔고, 원로원의 누구도 이에 대해 뭐라고 하는 사람이 없던 것이다.

누구도 상상치 못하는 검강고수 백 인의 집단, 삭풍당.

그 엄청난 검기가 광겸에게로 쇄도해 들었다.

광수의 양손도 이상했다.

한 점을 찍던 손이 왜 휘둘러졌을까?

그런데 그 이유는 바로 다음 찰나에 드러났다.

화르르르르륵!

허공에 아주 새파란 불길의 궤도가 생긴 것이다. 초열을 동반한 장공은 궤적을 급속도로 넓히며 검기를 집어삼켰다.

한 사람이 스물다섯의 힘을 감당한다는 것은 있을 수 없다. 극한을 넘은 경지의 염옥견 이빨이기 때문에 가능했다. 이빨은 사람의 손에도 옮겨질 수 있었다.

다음 순간, 광겸의 두 칼이 빛을 폭사했다.

흰색!

쇠를 열에 달구면 벌게진다. 계속 가열하면 하얀빛을 낸다. 그러고서야 녹는 것이다. 쇠가 녹기 직전의 하얀빛. 그것이 반경 수십 장을 덮어 막 건물의 일층 천장까지 부수며 압박하는 비도의 벽으로 폭사했다.

광겸의 말이 마저 이어졌다.

"……주마!"

두 개가 정확히 직각의 종횡으로 그어진 형태. 십자인.

하얀 십자의 날이 비도의 벽을 뚫고 지나갔다.

그 순간, 바람이 불었다.

비도의 벽은 거짓말처럼 흩어졌다. 백 년 전, 당시 마교의 교주조차 깨지 못한 칼날의 벽이 깨진 것이다.

삭풍당주도, 삭풍당원 중 살아남은 인원들도, 그리고 명월도 이 순간 우두커니 서 있었다.

다시 바람이 불었다.

이번에는 그냥 먼지만 피어오르는 바람이었다.

"쿨럭!"

명월이 기침을 했다.

한 번 터진 기침은 피를 쏟아 내게 했고, 명월을 끝내 쓰러뜨렸다.

"부원주님—!"

삭풍당주가 뛰어 부축했다.

명월은 피가 나오는 입을 가리지도 않은 채 악을 쓰며 고개를 들었다.

"그, 그, 쿨럭! 쿨럭! 쿨럭! 쿨럭! 컥컥, 후…… 후…… 그, 수법은. 대체……."

광겸도 적지 않은 무리를 한 것이 확연히 드러났다. 상단전은 주로 뇌호흡과 관련이 있다. 코피를 흘리는 것은 확실히 상단전에 적지 않은 충격이 왔다는 뜻이었다. 광겸은 빙빙 도는 세상을 보며 칼을 땅에 박았다.

콱!

"제, 제기, 이거, 이거, 이름도, 없어. 사부님이, 안 지어, 줬어……."

그러더니 광겸은 칼에 의지해 무릎을 꿇었다.

코피가 사정없이 흘렀고, 눈동자가 돌아가 버렸다.

"광겸아! 후윽, 컥컥컥……."

모용석화의 고통은 이제 시작이었다. 당장 명줄만 붙여 놓고 있을 뿐이지, 숨을 쉬는 것 자체가 초인적인 의지를 요구하는 상태였다.

광수는 재빨리 대답했다.

"절대 고정하세요. 겸이가 우리 셋 중에 제일 튼튼합니다."

저만치서 명월은 고개를 끄덕였다.

"열기…… 열기가…… 뭐든 다 잘라 버리겠군……. 아니, 이제 말도 올려서 써야겠군요. 전대, 전대 교주의 소공자……."

삭풍당주는 이미 회생하기 힘든 명월의 기운을 느꼈다.

명월의 눈동자는 이미 저 멀리의 구름을 쫓고 있었다.

이를 악문 삭풍당주의 진기가 명월에게 흘러들었다.

명월이 조금 편해진 상태로 마지막 이야기를 시작했다.

"이 늙은이는…… 도박패를 잘못 잡았습니다……. 현 교주이신 단예 님께서 왜 그런 거짓말을 했는지는 모르지만, 후우…… 전대 교주님의 혈육들이, 공자님들이 모두 죽었다고 했지요. 그래서, 그래서 우린 현 교주님의 손을 들어 줬고, 나중에야, 그게 초화부인의 손을 들어 준 결과라는 것을 알았습니다. 그렇지요. 초화부인이…… 정말 무서운 마공을 익혔다는 사실을…… 지금 천하에서 누구도 당적할 수 없다는 사실을…… 그래서, 전, 초화부인의 패를, 후우…… 세 분 공자님, 부디, 부디, 교단 사람들에게 자비를 베풀어, 자비를, 아…… 서쪽 하늘 화왕신시여…… 명월은 고향으로……."

명월의 마지막은 그리 편한 것이 아니었다. 숨이 끊어져야 할 시점을 지났기 때문에 팔다리가 멋대로 배배 꼬이고 있었다. 목을 끊어도 어쩔 수 없는 경련이라 누구도 건드리지 못했다.

그러고 나서야 간신히 종남일기와 녹진자가 객점 정원에 들어섰다.

광검은 모용석화를 감싸 안은 촉수를 풀지도 못하고 외쳤다.

"어르신, 도와주세요!"

녹진자가 한숨을 쉬었다.

"이놈이 제 어미 죽어 나가니까 이제야 어른 알아보는구나. 에이, 망할 놈."

그러더니 눈을 돌리는 모용석화에게 까딱 인사를 하며 말했다.

"내 나이 이백 세수를 넘었다만, 네 아들들같이 싸가지없는 놈들은 살다 살다 처음 봤다."

그에 종남일기가 일침을 놓았다.

"이런 상황에도 농담이나 하니 세상이 널더러 벽에 통칠할 거라고 하는 거지. 이거참, 무슨 벌레 죽이듯이 사람이 죄 터져 나갔으니, 이게 웬 날벼락이란 말이냐."

뒷말은 삭풍당을 쓸어보며 내놓은 것이었다.

꺼지라는 말이었다.

광수는 여전히 기세를 피워 올리며 손에 허연 불길을 이글거리고 있는 중이었다.

종남일기가 급한 대로 광겸의 등을 치고, 진기를 타통해 주며 응급처방을 했다.

그러자 기운을 차린 광겸이 도로 튀어 오르며 소리쳤다.

"다 덤벼!"

15.

식풍당, 그리고 선택

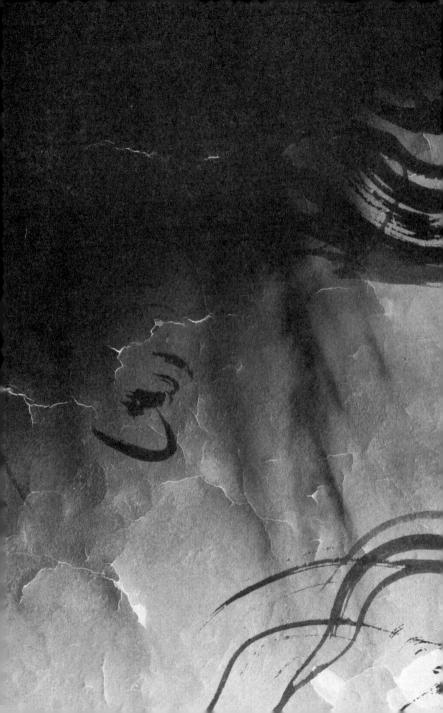

아직 이름은 없다지만, 조금 전 그 끔찍한 초열의 십자인을 다시 한 번 쏟아 낼 수 있다는 듯 외치는 광겸 앞에 버티고 싶은 사람은 없었다.

게다가 광수 또한 이름조차 없는 새로운 경지를 선보였다. 아직 끝이 나온 것도 아니라는 것이 확실했다.

그럼에도 삭풍당주는 확인하고픈 것이 있었다. 쓰게 웃어야 했다.

"개념 없는 행동, 그 언사들이…… 다…… 얕잡아 보이게 만든 거였나?"

"진짜 쇠로 만든, 날 있는 칼을 처음 내려 줄 때 모든 사부들이 신신당부하는 거잖아! 강호에선 실력의 삼 푼을 숨겨라!"

'삼 푼? 그게 삼 푼이면 이미 강호는 물이 마르고 산이 닳아 없어졌겠다.'

그 말을 꿀꺽 삼키고 삭풍당주는 다시 물었다.

"교단 내에서 초화부인이 싫다는 무리들이 당신들, 견자단으로 갈 명분이 분명히 생겼소. 이제 어쩔 참이오? 전대 교주의 혈육이 분명하니 이젠 누구도 명분상으로는 막을 길이 없소. 물론 힘으로는 초화부인에게 미치지 못하겠지만."

그러나 광겸의 말은 단호했다.

"교단? 이미 길이 갈렸어! 너희와 우리! 너흰 이미 우릴 버렸다! 이제 와서? 개들이 다른 놈 식구로 받을 때 쉬운 줄 알아?"

"나 역시…… 부원주와 같은 부탁을 할 참이오, 세 분 공자."

삭풍당주는 칼을 버리고 무릎을 꿇었다.

그에 녹진자가 진기를 흡입하자 코 부근에서 녹색 가루가 생성되어 콧구멍 안으로 빨려 들어갔다.

그러고는 말을 하며 자연스럽게 녹색 빛의 가루를 뿜어내었다.

"뭐, 금방 기를 쓰고 죽이려 들더니 웬 부탁? 저놈들, 마교 맞냐? 최소한 이십 년 전에 기어 나온 놈들은 저렇게 정신없지는 않았는데."

모용석화의 가슴으로 녹색 가루가 스며들자 쩌저적, 하는 소리가 들렸다.

벌어졌던 중앙의 갈비뼈를 녹진자의 능공섭물이 붙여 대는 소리였다. 덜덜 떨리는 수준의 허공섭물로는 불가능한 일이었고, 아무리 정교한 의원이라도 사람의 손으로는 불가능한 일이기도 했다.

오직 초절정고수의 능공섭물만이 가능한 일이었다.

순간, 모용석화의 눈이 동그랗게 커졌다.

통증이 느껴지지 않을 수도 있었다. 곧 죽을 상처가 아니던가.

이보다 절반의 상처만 입어도 당연히 죽는 것이 상식이었다.

녹색 가루가 환부에 머물면서 녹진자의 머리가 끄덕이자 광겸이 깊은 한숨을 내쉬면서 촉수를 빼냈다.

그렇게 한숨을 돌리자 광겸의 눈이 다시 활활 불타올랐다.

"부탁? 우리 어머니가 네놈들 뜻대로 돌아가셨으면 지금 어찌 되었을 것 같아?"

삭풍당주는 쓰게 웃었다.

"공자님들의 무위를 보아하니, 물론 저희는 다 죽었겠지요."

그러자 광겸이 고개를 뚜드득, 돌리며 다시 물었다.

"그럼, 계속 살려 둘 것 같아?"

순간, 사방이 다 조용해졌다.

광겸이 이렇게 지독한 살기를 뿌린 적은 전에 없던 일이었다.

지금 객점 정원이 어찌 되어 있는가 하면, 건물 이층은 다 주저앉아 부서진 잔해들이 정원을 덮었고, 정원수들도 같은 높이로만 남아 있었다.

살아 있는 생나무가 마치 맷돌에 갈리듯 부스러진 것이다.

수많은 칼날의 끝이 가느다란 가지조차 흔들거리지 못하

게 만드는 생생한 절단력을 자랑했다. 부스러뜨려 잎과 줄기를 구분하지 않고 파편으로 흩날리며 저렇게 만든 것이다.

굳이 들춰 보지 않아서 그렇지, 객점의 건물 잔해 사이로는 엄청나게 피가 배어 나오고 있었다.

건물 안에 있던 사람들은 같이 갈려지면서 피죽으로 변했다. 정말 글자 그대로 '살과 피로 죽을 쏜' 형국이었다.

객점 식당에서 밥을 먹던 사람들은 놀라서 도망치거나 벽 너머에서 놀란 가슴을 쓸어내리며 구경하는 상태였다.

난동에 가까운 공황 사태가 벌어져야 당연한 그 현장이 지금 바늘 떨어지는 소리 하나 들리지 않게 변했다.

자연스럽게 만들어진 원형의 중앙에 견자단 삼 형제와 모용석화, 종남일기가 있고, 그 바깥쪽의 원을 삭풍당이 구성하고 있었다.

백여 명. 단일한 세력으로는 세상 어느 누구도 맞상대할 힘이 없다던 삭풍당의 포위망은 군데군데 시체로 채워져 있었다.

그것만 해도 믿을 수가 없는 일이었었다.

한데 삭풍당의 원형 중 한 꼭짓점에 삭풍당주가 무릎을 꿇고 있고, 그 위에는 명월의 시신이 머리를 베고 누워 있었다.

명월에게, 혹은 명월을 연구하던 사람들에게 '아수라마공'은 살인을 위한 것으로 분류되지 않았다. 그것은 파괴를 위한 것이었다.

비극압벽은 그 이유를 가장 극명하게 보여 주는 힘이었다. 말도, 해석도 필요 없이 확실한 이유였다.

강호에 등장하고서 백여 년간 강기로 사방 몇 장의 벽을 칠 수 있다는 기준이 생기게 만든, 강호의 새로운 무공경지를 가늠케 만든 힘이었다.

한데 그런 경지가 깨진 것이다.

그리고 그걸 깨 버린 광겸은 지금 살기를 폭출시키고 있었다.

재앙을 맞이한 현장의 있을 수 없는 침묵. 그 근원은 바로 광겸이었다. 광겸의 눈은 지금 녹색의 불길을 보여 주고 있었다.

가끔 달랑 두세 마리만 있음에도 불구하고 주인과 같이하면 겁 없이 호랑이 사냥을 하는 개들이 있다.

저 멀리 해동의 풍산이라는 지명을 가진 곳에서 나는 개들은 가끔 그런 불길을 눈에 지닌 혈통이 태어난다고 한다.

그런 개들은 주인과 같이 깊은 산중을 밤에 다니는 것을 무서워하는 법이 없었다.

그중에는 하룻강아지가 없었다.

그리고 그런 개들의 눈은 밤에 호랑이의 눈과 같이 초록의 불길을 토한다.

호랑이를 만나도 기필코 물어 갈가리 찢어 죽이겠다는 살기만이 남은 불길. 바로 그런 초록 눈빛이었다.

광겸의 지금 심정이 바로 그랬다.

"어머니가 힘들어 하신다."

만약 광수가 한마디 끼어들지 않았다면, 구대문파를 함몰시키는 삭풍당을 그 살기만으로 터뜨려 죽일 것 같은 광겸의 기세는 꺾이지 않았을 것이다.

광겸의 눈이 가슴의 기복이 심하게 오르내리는 모용석화에게로 돌아갔다.

저 정도 기복이면 뼈까지 통째로 갈라진 가슴의 고통이 혹여 심장에 압박을 주어 큰일이 나지 않을까 우려해야 할 정도였다. 녹진자가 없었다면 말이다.

혹여 눈앞에서 어머니가 저런 식으로 돌아가시는 사태는 상상도 할 수 없었다.

그 바람에 잠시 끊어졌던 분노가 다시 폭발했다.

"무공도 모르시는 분을, 네놈들이 존중한다고 입으로 떠들던 분을 저렇게 간단히 죽이려 들고서 자비? 어이, 참……."

광겸은 어처구니가 없다는 듯 웃어 버렸다.

"그게 불의 도냐? 그게 무인의 도냐? 그렇게 가볍게 죽일 마음이 생기든? 무인의 양심도 없디? 너네가 그러고서도 무인이냐?"

저 멀리 밖에서 구경하던 사람들의 고개조차 끄덕이게 만드는 광겸의 말에 불만을 표하는 이가 있었다.

삭풍당주였다.

"물론 무인입니다. 하지만 우린 그렇게 한가한 무인이 아닙니다."

그 말은 광겸은 물론이고, 숨넘어가기 일보 직전의 사람을 살피느라 정신이 없던 사람들의 손도 뚝 멈추게 만들었다. 녹진자가 보기 드물게 성질을 냈다.

"뭐? 한가? 아니, 약한 자를 배려하는 정도가 자기 목숨까지 거는데, 그게 한가한 거냐? 이놈들, 왜 이리 골수까지 삐뚤어졌어?"

그 탓에 모용석화의 손이 움찔거렸다. 그러자 삼 형제의 몸이 같이 움찔거렸다.

"워! 어, 거거거거거! 고, 고정하세요!"

광검이 급히 소리를 질렀지만 녹진자는 아랑곳 않고 손을 들어 삭풍당주를 가리켰다. 모용석화의 가슴에서 나온 대량 출혈에도 피가 전혀 묻지 않은 손. 그에 그치지 않고 녹진자는 모용석화의 허파를 철퍽거리고 만지는 소리까지 들려주었다.

그게 뭘 의미하는가.

내공의 크기는 몰라도 정교함이 결코 명월 못지않음을 보여주는 것이었다. 아니, 어떤 면에서는 능가함을 보였으니까.

"목숨 구하는 게 중하냐, 널 죽이는 게 중하냐?"

"목숨 먼저 구하셔야죠."

삭풍당주의 대꾸에 녹진자가 웃었다.

"그만큼이라도 더 살고 싶냐?"

삭풍당주는 고개를 끄덕였다.

"물론 살고야 싶습니다. 하지만······."

목숨을 구걸하고 있지는 않다는 느낌을 주는 말이었다.

그러자 광검이 빠르게 칼을 빼 얼굴 앞에 세워 칼등을 볼에 댔다. 그러고는 혀가 내밀어 허연 칼을 핥았다.

"살고 싶어? 그럼 죽여 주마. 바로 지금."

그러자 삭풍당주가 고개를 흔들었다.

"허허, 죽기는 저희가 죽어야죠. 왜 손에 피를 보십니까?"

그 말의 의미가 무슨 뜻인지 몰라 잠시 광겸의 눈이 찌푸려질 때였다.

삭풍당주가 재빨리 칼을 휘둘렀다.

퍼억!

목 하나가 허공에 떴다. 그사이 견자단 삼 형제는 멍하니 지켜보기만 했다. 삭풍당주의 행동은 그만큼 빨랐다.

피가 튀고 사람들의 비명이 다시 일어났지만, 소동은 일어나지 않았다.

삭풍당주는 스스로 자신의 목을 끊은 것이다.

툭.

삭풍당주의 머리가 굴렀다.

그리고 몸뚱이가 피를 다 뿜어 올린 후 스르륵, 천천히 넘어갔다.

삭풍당주는 바로 이것을 원했던가. 광겸의 얼굴이 천천히 일그러지며 더 분노한 목소리로 말을 이었다.

"이, 이 자식들…… 자결한다고 내가 너희들을 용서할 줄 알아? 오냐, 아예 미쳐 보자! 지금 네놈들을 다 죽여 버릴 테다!"

그러자 삭풍당 부당주도 칼을 빼 들었다.

"지금 저희가 다 죽어야 하는 것은 맞습니다. 하지만 그게 셋째 공자님 손에 그리되면 안 됩니다."

저렇게 서슴없이 '죽어' 줄게, 라니. '죽여' 줄게도 아니고. 너무 기가 막혀 찰나지간 대꾸를 못한 사이, 부당주의 목도 허공에 날았다.

촤아악—

마침 막걸개가 들어오는 순간이었다. 목 잃은 삭풍당 부당주의 몸이 피를 내뿜으며 옆으로 기울어져 막걸개의 얼굴로 향한 것은.

막걸개도 고수다. 고수가 물론 그걸 못 피할 리는 없지만, 막걸개의 비위가 그런다고 갑자기 좋아지는 것은 아니지 않은가.

"우웨애애애애애액—!"

막걸개의 구토하는 소리가 사람들의 정신을 현실로 돌아오게 했다.

말 한마디 하고 자기 목을 날리고, 또 말 한마디 하고 자기 목 날리고.

이건 꿈이 아니었다.

광겸의 이가 절로 갈렸다.

"이, 이놈들, 전부 다 돌았어!"

그러자 다시 삭풍당의 세 조장이 나섰다.

"그럼요. 세상 전체가 악마만 섬긴다고 핍박하는데, 그 불의 도를 아직도 목숨 걸고 쫓고 있으니 원래 돈 놈들입니다."

퍼억!

목이 또 하나 떴다.

맨 왼쪽에 있던 조장이 그렇게 허물어지자 가운데의 삭풍당 중룡조 조장이 바로 또 이어받았다.

"그것도 모자라 착한 불의 도에 따라 얌전히 살지 않고 무공까지 익혀서 교단 수호하겠다고 날뛰면서 사람 죽인 게 기백에 달하니 미쳤죠. 암요."

"그만해!"

보다 못한 광수가 소리쳤다.

저렇게 태연히, 무슨 비장한 표정 비스무리 한 것도 없이 밥 먹었냐 하는 식으로 그냥 자살하면 도대체 어쩌자는 말인가.

그러나 광수의 외침은 전혀 쓸데없이 끝났다.

퍼억!

또다시 목이 굴렀다.

막걸개의 구토가 절정에 달했다.

"우—웨애애애애애액! 우웩! 웩! 웩! 웨—에에에에!"

소리가 끊어진 것은 너무 깊게 구토를 해서 목젖이 더 이상 움직이지 못할 정도였기 때문이다. 그러다가 기어이 그 한계점을 넘기고 더 올려 냈다.

"웨에액!"

객점 건물의 파편이 그득한 정원은 허연 톱밥과 석회, 돌가루로 온통 하얀색이었다. 그 위에 피로 다시 덮이는 것이다. 목을 잃은 시신이 벌써 네 구였다. 뿌려진 피의 양은 그것만으로도 막걸개의 내장이 입으로 쏟아질 듯 처참했다.

그리고 다섯 번째 칼이 다섯 번째 목에 대어졌다.

"어차피 모용 부인을 도로 모셔 가지 못하는 이상, 초화 부인의 분노를 막지 못합니다."

말이 끝나며 또 하나의 목이 날았다.

광겸의 얼굴이 꿈틀, 변화를 일으키는 순간이었다.

어머니.

제갈청청.

길게 생각할 여유도 없었다. 광겸이 악을 썼기 때문이다.

"그럼 딴 데 가서 죽어! 너네 믿던 수하들까지 다 죽이지 말고! 사는 건 어쨌든 사는 거 아냐? 도망가면 그만큼 더 살잖아!"

그러자 여섯 번째 칼은 약간 움찔거렸다.

그러나 삶의 유혹 때문이 아니었다. 항의가 있었다.

"이미 죽을 몸이니 한 말씀 올리겠습니다, 셋째 공자님. 현재 교주님이 이십 년째 폐관에서 나오지 않은 상황에 초화부인의 교단 장악은 불법이 더해지고 있고, 지금 전대 교주님의 죽었다던 혈육이 교주의 신물까지 가지고 살아 돌아왔습니다. 불의 도를 쫓는 자가 어디로 도망친단 말입니까? 저희를 마지막 궁지로 몰지 마십시오!"

퍼억!

감정이 실린 탓인지 목은 더 멀리 날았다.

그리고 일곱 번째 칼이 목에 대어지면서 광겸의 칼이 움직였다.

쨍!

칼날이 부러지면서 문설주에 박혔다. 그러나 삭풍당원은 눈 하나 깜짝하지 않고 입을 열었다.

"초화부인이 무서워 돌봐 달라는 게 아닙니다! 초화부인은 불의 도를 지키지 않습니다! 세상에 쇠를 녹이는 편리함과 돌로 가득한 밭을 손쉽게 갈게 해 주는 풍요함을 전하는 것이 불의 도입니다! 인간에게 문명이 뭔지 눈을 뜨게 해 준 것이 불의 도입니다! 사람에게 그릇을 굽게 하고, 물을 끓여 먹게 한 것이 불의 도입니다! 초화부인은, 이것을, 이것을……."

삭풍당원은 입에서 피를 주르륵 흘렸다.

"초화부인은 불의 도를 지키지 않습니다……."

심맥을 끊은 것이다.

광겸의 손이 그 말에 이르러서야 멈췄다.

그리고 여덟 번째 칼날이 또 움직였다.

"태초에 세상 사람들을 추위와 가난, 무지에서 구해 낸 불의 도를 초화부인은 싫어합니다. 증오합니다. 그녀는 불의 힘만을 추구합니다."

퍼억!

또 하나의 머리가 날았다. 칼을 쳐 내느라 가까이 다가갔던 광겸은 고스란히 그 피를 덮어쓸 수밖에 없었다.

"그만해! 그만! 그만해, 이 자식들아―!"

광겸의 고함은 그 살기의 강도에도 불구하고 무시당했다.

아홉 번째 삭풍당원은 광수를 향해 문득 허리를 숙이며 절을 했다.

"두 분 공자님은 너무 어리셨을 때지만, 큰 공자님은 제때에 불의 도를 전수받으셨지요. 저는 이십 년 전 그 모습을 봤던 놈입니다."

광겸의 충혈된 눈이 광수를 향해 돌아갔다.

광수의 입이 굳어지며 씰룩, 외면했다.

삭풍당원은 말을 하고 씨익, 웃기까지 했다.

"두 분 공자님은 모르셔도 큰 공자님은 아시겠지요? 불의 도가 이렇게 사람 미치게 하는 구석이요. 태초에 니 것 내 것 없이 서로 위해 잘살았던 그 전설의 시대를 말입니다."

삭풍당원은 다시 웃었다. 그러더니 기꺼이 칼을 목에 가져갔다.

"초화부인은 불의 도를 멀리하고, 화왕신의 제사도 제대로 지키지 않습니다. 대체 남에게 양보만 하며 바보같이 사는 저들은 어디로 갑니까?"

삭풍당이 갑자기 이러는 이유를 광수는 알고 있었다. 마교 교주는 원래 두 개의 몸인 마교를 잘 융합해야 한다. 둘로 쪼개면 안 되는 자리였다.

불의 힘에 치중하면 악마에게 먹히고, 불의 도만 좇으면 물욕의 노예가 된다. 아마도 둘째 어머니 제갈청청은 불의 도를 다 죽이려 했거나 내쫓았을 것이다.

명월은 그동안 침묵했을 것이고, 단예도 폐관 중일 테니 누가 말릴까.

그리고…… 삭풍당은 지금 와서 혈육이라는 점을 내세워 책임을 강요하고 있었다. 그 바람을 광수는 외면하려 했다.

"내 알 바 아냐!"

광겸은 독하게 외쳤다.

그러나 광겸은 아무 반응도 보이지 못했다.

주먹을 쥐고 부서져라 힘을 줄 뿐이었다.

드디어 아홉 번째 목이 떴다.

열 번째 삭풍당원이 말을 이었다. 물론 칼과 함께.

"이곳 서안에만 교도가 이천입니다. 그들이 초화부인의 명에 복종해 악으로 빠지는 것을 막을 명분이 없었지만, 이젠 공자님이 살아 있는 것도, 교주님의 신물이 현세에 나타난 것도 증명되었습니다. 그리하면 저들이 어디로 가겠습니까?"

물론 대답을 듣기도 전에 목이 먼저 날았다.

피가 튀었다.

망설임 없이 들려진 열한 번째 칼이 멈춰진 것은 가느다란 목소리 때문이었다.

"멈추시게……."

광겸이 돌아보며 화들짝 놀랐다.

"어머니!"

모용석화가 정신을 차린 것이다.

"삭풍당…… 아니, 전 이제 교주 부인이 아니군요. 삭풍당 여러분은 죽으면 안 됩니다."

광겸이 머리를 흔들었다.

"안정을 취하셔야 한다고요."

누구나 다 같은 마음일 것이다. 그러나 모용석화는 굳이 머리를 가로 흔들었다.

"아니, 아니야……. 의미가 다른 일이야, 겸아. 그래, 이십 년 만에 네 얼굴을 이렇게 가까이서 보는구나. 이리…… 가까이 와서 옆에 앉겠니?"

광겸이 엉거주춤 칼을 내렸다. 그리고 아쉬운 듯 삭풍당원들의 얼굴을 째려보며 혀를 한 번 찼다.

"쳇, 재수 좋은 줄 알아."

그와 함께 염옥견의 초열이빨은 칼집으로 들어갔다.

광겸은 모용석화의 곁에 무릎을 꿇고 앉고는 손을 잡아 직접 진기를 흘려 넣었다.

모용석화는 눈을 깜빡였다.

"이젠 네가 나를 보살피는구나. 아, 널 낳은 나조차 아무것도 해 주지 못했건만, 누가 이리 잘 보살펴 주었느냐."

그리고 말끝에 힘든 숨소리가 묻어 나왔다.

"하아……."

광겸의 진기가 들어가면서 몸의 느낌이 되살아나고, 고통도 같이 피어오른 까닭이었다.

그 광경에 녹진자는 눈을 꿈뻑였다.

사실 중환자, 그것도 진기를 불어넣던 일을 중단하면 바로 죽을 정도로 위중한 사람은 진기를 넣으면서도 조심해야 한다.

이건 대단히 어려운 일이었다. 실 가닥같이 가느다란 진기를 기맥에 따라 여러 줄기로 한꺼번에 들어가야 하기 때문이다.

그런 형태의 입진(진기 주입)이 다른 이의 기맥 속에서 이루어지는 것만 해도 대단히 순수하게 내공을 쌓았다고 평할 수 있다.

한데 녹진자의 감각에는 그런 진기가 수십 가닥이 잡혔다.

진기는 성격과 많은 상관관계가 있었다. 이 정도로 순한 진기의 수련을 극한의 고통을 겪은 광겸이 익힐 수 있다는 게 말이 되지 않았다.

실제 조용한 산속에서 자란 순진한 화산파 제자들도 이정 도로 순한 성질이 나올지는 녹진자로서도 의문이었다. 그러 니 광겸이 이 정도의 진기를 지녔다는 것은 있을 수가 없는 일이었다.

게다가 익힌 무공은 기의 파장이 무섭게 날뛰는, 극도로 짧은 파장이다. 그러니 용광로처럼 서로 부딪치며 쇠도 녹 일 정도로 부글부글 끓는 게 아닌가.

명월을 쓰러뜨릴 때의 열기는, 칼을 돌릴 시간 동안 축적 되기까지 했다.

기파의 부딪침만으로는 그 정도 열기가 불가능하다. 열기의 축적과 엄청난 압력. 그것을 견디지 못하고 폭발한 것이다.

순하다는 것하고는 아예 정반대의 성질이었다.

만류귀종을 이해해 그 깨달음을 지침으로 오랜 기간 명상 수련을 했다면 혹 모를까.

그러나 바로 옆의 종남일기가 보여 주고 있지 않은가.

종남일기의 올해 세수가 백하고도 이십 년이 넘었다.

'그런데 이렇게 순해? 이놈도 반로환동하고 어린 척하는 거냐? 이건 불가능해.'

그러나 분명히 현실이었다.

'어떻게?'

궁금했지만 지금은 그걸 물어볼 때가 아니었다. 의아함 속에서도 녹진자는 손을 떼고 농담까지 던졌다.

"허, 넌 도 닦아도 되겠다. 뭔 놈의 진기가 그렇게 순하냐 그래. 사십 년 동안 성질 한 번 안 낸 우리 장문인보다 더 순한가 보다."

그러자 반응이 엉뚱한 데서 나왔다.

모용석화였다.

"정말, 정말이십니까? 우리, 우리 아들, 겸이의 진기가 정말 그렇게 순…… 후, 순한가요?"

"그렇다네. 정말 순해. 세상이 두려워하는 마교주의 무공만 아니었다면 난 서슴없이 이놈에게 도복을 입혔을 거야."

모용석화는 다시 눈물을 글썽였다.

눈길이 저 멀리 하늘로 올라가 있음을 발견한 광수가 조심스럽게 물었다.

"어머니, 혹시…… 겸이가 이런 무공을 익힐 줄 미리 아셨습니까?"

말도 되지 않는 질문이었지만, 지금 모용석화의 반응이 그런 류였다. 모용석화는 다시 고개를 가로저었다.

"아니. 그때는 몰랐지. 하지만 이런 일을 다 겪고 나니, 이제야 알겠구나……. 아, 당신은 대체 어떻게 이런 일을……."

"예?"

그제야 뭔가 심상치 않은 과거가 있다는 것을 짐작한 사람들의 눈이 커졌다. 재촉하려는 사람들을 두고 모용석화는 고개를 가로저었다. 그러고는 희미한 미소를 지었다.

"나중에…… 조금 있다가 말해 주마. 지금은 이 사람들의 목숨을 살리는 것이 우선이잖니."

그래서 화제는 다시 삭풍당원들로 돌아왔다.

모용석화의 목소리에는 조금씩 힘이 붙었다.

광겸의 진기는 정말 순한 것이 맞았다. 녹진자가 뿌린 빛의 가루는 상처 부위에서 아주 강한 빛을 분수처럼 뿜어 올리고 있었다.

녹색의 빛에 물든 광겸과 모용석화의 얼굴은 신비롭기까지 했다. 그런 가운데 모용석화의 입에서 흘러나온 말은 첫마디부터 충격적이었다.

"여기, 녹진자 어르신의 말씀을 듣고 방금 짐작한 거예요. 혹, 이십 년간 현 교주님이 두문불출하시지 않았나요? 청청의 압박에 밀려 변을 당하신 게 아닌지 의심될 만큼 말이에요."

대체 누구인가, 모용석화에게 이 정도의 일의 전말을 한 번에 꿰뚫도록 알려 준 사람이. 그러나 이 자리의 누구도 전혀 짐작도 할 수 없었다.

삭풍당원은 고개를 저었다.

"사실입니다. 하지만…… 생존 여부를 의심하진 못했습니다. 폐관실의 두꺼운 석문 너머로 교주님 특유의 기세가 확실하게 느껴지곤 했다니 말입니다. 만약 교주님이 잘못되셨다는 생각을 했다면 그 즉시로 초화부인을 제거해야 하는 쪽으로 교단의 모든 힘이 집중됩니다. 지금 모용…… 으흠, 죄송합니다. 현화부인을 죽이려 하면 안 되는 일이지요."

맞는 말이었다.

교주가 살아 있으니 초화부인은 교단 내에서 합법적인 존재다. 그녀의 명도 합법이다.

그녀의 말을 거부하면, 원로원 급은 아니라도 최소한 집 법당의 응징을 받을 각오는 해야 한다.

두렵지는 않더라도 교단의 율법은 어기는 일이 되는 것이다.

그건 치명적인 일이었다. 그래서 삭풍당도 자결할 수밖에 없었다.

명월도 죽고, 현화부인 모용석화도 데려가지 못하면 가장 난적이 될 견자단 삼 형제에게 힘을 실어 주는 꼴이었으니, 정말 당연히 죽어 줘야 하는 것이다.

어차피 죽어야 하는 것, 평교도들에게 피해나 덜 가게 하는 쪽으로 택한 것뿐이었다.

그런데 모용석화는 죽지 말라고 했다.

삭풍당원은 눈살을 찡그렸다.

"저희더러 죽지 말라는 것은…… 지금 세 분 공자님을 유리하게 만든 일이 교단에 해롭지 않은 일이라는 뜻입니다. 이유를 설명해 주시겠습니까?"

모용석화는 빙긋 웃었다.

"정말로 교주님의 생존을 확신하고 계시나요? 그렇다면 왜 직접 저까지 몰래 빼내 여길 끌고 오셨나요? 초화부인이 교주님을 시해했다는 의심이 있어서 그런 것 아닌가요?"

삭풍당원의 고개가 숙여졌다. 목에 대어졌던 서슬 푸른 칼날도 힘없이 내려지고 말았다.

"여기, 구대문파에 막강한 영향력을 발휘하는 분들이 계셔서 말하면 안 되는 일이지만…… 상황이 이러니 솔직히 말씀드리지요."

기실 종남일기나 녹진자보다 개방 인물들의 귀가 쫑긋 세워졌다. 폭탄발언이 나올 수도 있었으니 말이다.

"사실 원로원주께서는 이미 의심하고 계셨습니다. 하지만 초화부인을 칠 명분이 없었습니다. 증거가 없었으니까요. 그리고 폐관실 석문의 두께는 자그마치 일 장입니다. 그걸 넘어서 느껴지는 힘의 강도나 기파의 특이함은 누구도 의심하지 못할 기운입니다. 의심해서도 안 되는 일이지 않습니까? 불충이고 불의한 의심입니다."

모용석화가 질문을 던졌다.

"어째서 그렇지요?"

삭풍당원은 기가 막힌다는 듯 잠시 멍청한 얼굴로 모용석화를 바라보았다. 그러다가 심경을 정리한 듯 천천히 말했다.

"모용…… 아니, 현화부인. 폐관 중인 교주의 존위 여부는 원로원에서 직접 확인하지 않습니까? 한데 원로원이 그걸 스스로 뒤집는다는 말입니까?"

물론 교주 부인이었던 모용석화가 몰라서 던진 것이 아니었다. 유도 질문이 바로 이런 것이다.

"그렇지요. 원로원이 직접 확인합니다. 하지만 먼저 교주부인에게 먼저 통보하지요? 만일 초화부인이 원로원을 속였다면?"

삭풍당원은 입을 쩍 벌렸다.

개방의 인물들이나 어디로 튈지 모르는 견자단 삼 형제, 세상 다 살았다는 녹진자나 종남일기든 간에 입은 땅에 턱이 처박힐 듯 벌어졌다.

모용석화는 지금 마교 교주가 죽었다는 이야기를 하고 있는 것이었다.

"폐관동에 저희가 갈 때는 항상 교, 교주 부인을 같이 대동합니다. 그런 속임수는 있을 수도 없습니다. 초화부인 말고 교주님의 기세를 흉내 낼 수 있는 경지의 인물이라니, 원로 급 인물이 아니면 불가능한 일입니다."

모용석화는 약간 숨을 돌렸다. 그래서 광겸이 일순 눈을 찌푸렸지만, 이렇게까지 흘러간 마당에 그만하라고 말할 수도 없는 노릇이었다.

"전대 교주님은……."

다시 말을 꺼낸 모용석화의 눈이 약간 붉어졌다.

애틋함은 때와 장소를 가리지 않는다. 교주, 천하제일고수, 악마……. 어떤 명칭으로 세상이 부르든 간에 모용석화에게는 한 가지 이름이었다.

남편.

이십 년, 그 세월 동안 아들 생각에 고통을 버티다가 이제야 자기 반쪽을 떠올리는 마음을 누가 헤아릴까. 보는 눈들이 있어 펑펑 울지 못하는 것이 한이었다.

모용석화는 다시 말을 끊었다가 숨을 고르고 말을 이었다.

"전대 교주님은 저를 제외한 두 부인에게 내공심법 한 가지씩을 가르쳤습니다. 그중 초화부인이 전수받은 것은 흡기

공이었지요. 천축에서는 기를 프라나라고 부른답니다. 그 우주의 프라나, 기를 자기 안에 오래 머물게 하는 방법이 숨을 마시고 오래 참는 것인데, 거기서 나온 기공법이랍니다. 그리고 그 발전된 형태를 세상 사람들은 이렇게 부르지요."

뒷말은 개방의 거지 입에서 신음처럼 토해졌다.

"흡정마공⋯⋯."

사람들의 입이 닫혔다.

모용석화의 눈에 눈물이 다시 차오르며 목소리가 떨려 나왔다.

"초화부인의 아들⋯⋯ 저 가엾은 광검의 몸에 심어진 만령충을 보는 순간, 저는 그 저주받은 마물이 누구의 욕심에서 비롯되었는지 바로 알았답니다."

모용석화의 눈길이 그렁그렁해진 채 광검에게로 돌아가자 사람들의 눈도 일제히 쏠렸다.

광검의 생모, 제갈청청이 만령충을 퍼뜨린 장본인이라는 것이다.

광검의 얼굴은 푸들거리며 웃었다.

"헤, 헤헤⋯⋯ 무슨 운명이 이래? 하지만 원래⋯⋯ 원래 난, 이런 거 아무렇지도 않아. 아무렇지도⋯⋯."

아무렇지도 않을 턱이 없었다.

얼굴근육이 저렇게 엉망으로 일그러지는데, 말아 쥔 주먹이 하소연할 데 없이 난장판으로 떨리는데.

광수는 외면했다.

광겸도 일부러 모용석화의 상처에만 집중했다.

광겸은 지금 처음으로 자존심을 죽이고 우는 중이었다.

모용석화는 그런 광겸을 가엾이 바라보다가 입을 뗐다.

"만령충은 기를 흡수하는 만큼, 만약…… 남의 기를 흡수한 경험이 있다면 그 사람의 기파도 똑같이 기억합니다. 흡정마공의 극상승에 노니는 것이니까요. 아마…… 초화부인의 다른 아들이라면 교주님의 기파를 전수받는 것이 불가능하지는 않을 겁니다. 초화부인의 능력이라면 충분할 테니까."

단천상?

"그놈, 제 스스로 백선고 여왕을 집어넣은 놈이잖아? 저번에."

종남일기의 말이 결정타였다.

이제 사람들의 경악은 저승사자가 같이 가자고 해도 얼떨결에 고개를 끄덕일 정도였다.

모용석화도 상황이 그 정도일 줄은 몰랐는지 얼굴이 허옇게 떴다. 단천상이 아무리 스스로 했다고는 해도 제갈청청이 용인하지 않았다면 어찌 가능한 일이겠는가.

'초화부인…… 당신은, 당신은 대체 배 아파 낳은 자식이 어떤 존재인가요? 어떻게…….'

모용석화로서는 꿈도 못 꿀 일이었다. 이렇게 떨어져 있었다는 것만으로도 한없이 미안한데, 이렇게 무사히 컸다는 것만으로도 눈물이 나는데, 이제 죽기는커녕 손주 보고 싶다는 욕심이, 생에 대한 의지가 활활 타오르게 하는 게 자식인데…… 두 번 다 버리다니.

모용석화의 말은 거기서 멈췄다.

차마 무슨 말을 더 하겠는가.

침묵이 잠깐 사람들을 휘어잡았다. 그러다가 삭풍당원의 말이 이날의 충격을 매듭지었다.

"일단, 죽음은 보류하겠습니다. 교단의 귀는 지금 이 자리에도 있을 테니까 분명히 교단으로 소식이 들어갈 겁니다. 광명전과 원로원, 양쪽 다. 그리고 그 진원지가 전대 교주의 셋째 부인인 현화부인이라는 것이 알려지면 원로원은 공개적으로 조사할 권한을 가지게 될 겁니다. 초화부인은 발톱을 드러내든지, 아니면 뛰쳐나가든지 하겠지요."

"설마 그 정도 욕심을 가진 이가 얌전히 나갈 리가."

종남일기의 촌평이 아프게 찔러 들자 삭풍당원은 얼굴이 더 굳어진 채 말을 이었다.

"만일, 교주님이 살아 계신다면 그때 우리는 전원 자결할 것입니다. 그리고 만약 교주님이 혹시라도 시해되신 것이 맞다면, 그게 원로원의 '의심'만이 아닌 공식적인 사실로 판가름이 나게 된다면……."

말을 끊은 삭풍당원의 기세가 삼 형제를 포위할 때처럼 위험하게 변하며 눈은 굳은 결의로 빛났다.

"그땐 삭풍당 전원이 초화부인과 일전을 불사할겁니다. 혹, 힘이 모자라더라도 그게 교단을 위하는 길이 되니까요."

그제야 모용석화의 얼굴이 스르륵, 옆으로 돌아가 바닥에 닿았다.

"으아아아아! 어머니!"

놀란 광겸의 비명에 늙은 목소리가 때렸다.

"좀 침착해라. 기운이 빠져서 순간적으로 기절한 거잖아. 이제 모자 상봉 제대로 하게 집으로 옮겨라."

그제야 개판인 현장의 정리가 시작되었다.

물론 그건 개방의 몫이 분명했기에 막걸개가 한숨을 쉬었다.

"거지가 진짜 거지같은 일만 맡네. 확 쉬어?"

그러자 종남일기가 나가면서 슬쩍 옆구리를 찔렀다.

"얘네 집에 지금 재신이 와 있다. 강북련주 말이야. 개방 호걸들이 수고하는데 가만있겠냐?"

"아, 거지들아! 빨리빨리 움직여!"

구역질도 잊고 후다닥 일어난 막걸개의 반응이었다.

날은 맑았다.

황사가 일기는 했지만, 그조차도 곧 봄이라는 조짐이 아닌가.

거지들은 열심히 움직였다.

"고향에…… 이 몸이 가야 하건만, 자꾸 엉뚱한 사람들이 먼저 가 버리는구나……."

침침함이 압박을 주는 방 안, 어슴푸레한 어둠을 다 빨아들이는 듯한 새까만 눈동자 두 개가 감겼다.

명월이 묵마의 최면에 걸려 있던 사실을 삭풍당원조차 끝까지 모른 것이다.

명월이 마지막으로 남긴 말은 서천의 화왕신에게 돌아간다는 것이었고, 그 말이 아수라 마왕이라 불리던 묵마의 가슴을 깊게 후벼 파는 중이었다.

묵마는 충격으로 오랜 시간 호흡을 가다듬어야 했다.

이제 늙었느니, 자신들의 시대가 갔다느니 하는 소리들은 물론 허망한 이야기들이었다.

명월이 누구인가.

명월의 비기, 호흡기 안에 들어간 공기마저 농축시켜 칼날로 이용하는 수법은 거의 심즉살(心卽殺)의 경지에 이른 것이라 평가받았고, 천하가 마교라 불리는 교단 안에서조차 전설로 등극했다.

심즉살.

마음속으로 살심이 일어나면 상대가 실제로 죽는, 지고무상한 살기의 극이었다. 화려한 진기의 동원 없이 그냥 마음만으로 상대를 죽이는 것이 가능하다는 말이다.

단지 마음만으로.

정도에서 말하는 심검지경(心劍之境)이 바로 그것일 터였다.

공기를 이용하는 것과는 어마어마한 차이가 있다. 땅위에서 올려다본 하늘, 그 너머의 우주 저만치 나가고도 얼마인지 모를 정도로 차이가 엄청난 것이다.

그러나 명월의 수법은 보통 손발을 투닥거리는 사람들이 보기에 정말 심즉살처럼 보였다.

그 대단한 기예가 깨졌다고 해서 허무한 것은 아니었다.

중요한 것은 명월, 그 자체였다.

근 이백 년을 같이 살아온 육우(肉友). 내 몸 같은 친구였다.

그런 그가 죽었다.

그 사실만 해도 마음이 걷잡을 수 없이 침잠될 일인데, 명월은 한 가지 과제를 던져 주고 죽었다.

'왜 초화부인을 택했나······. 세 분 공자님이 살아 계심을 확인하고도······ 자네답지 않았어······.'

아무리 급박하고 괴롭다 해도, 명월이 명월답지 않은 순간이라는 것은 있을 수가 없었다.

실수도 아니었다.

묵마는 그래서 열심히 생각하고 또 생각했다.

그리고 습관처럼 손아귀를 꿈실꿈실 움직였다. 그 때문에 손안에 감각이 느껴졌고, 펴 본 손바닥에는 작은 패 하나가 들려져 있었다.

명월이 떠나기 전 마지막으로 쥐어 주고 간 패였다.

風.

묵마의 검은 눈이 다시 뜨여졌다.

삭풍령이다.

삭풍령을 묵마에게 넘긴 것은, 다시 결성될 삭풍당을 묵마에게 넘겨준다는 뜻이 아니었던 것이다.

"돌아오지 못한다는 뜻······."

왜 진작 생각지 못했을까?

삼 형제. 견자단에 대한 조금만 자료를 훑어보면 알 수 있는 일이었다.

아무리 현화부인이 죽었다 해도 견자단, 아니, 세 공자는 몰살이라는 것을 행할 만큼 혹독하지 않다는 것을 말이다.

게다가…….

모용석화 부인이 죽었을지 여부도 불투명했다.

정말 죽이자고 들었으면 현화부인의 목은 그 몸과 분리되었을 것이다.

명월이 죽기 직전, 둘째인 광검 공자가 만령충 촉수로 재빠르게 혈맥을 보호하는 광경을 기어이 쳐다보았다는 것이 그걸 증명했다.

명월은 애당초 현화부인을 죽일 생각이 없었다.

'그리고?'

묵마는 다시 삭풍령을 보았다.

원로원만이 알고 있어야 당연한 이 일을 명월은 삭풍당원에게 알려 준 것이 분명했다.

물론, 초화부인도 알고 있을 것이다. 원로원 전체에 감시의 눈을 깔아 놓은 상태라고 해도 지금은 어떤 형태로든 초화부인의 귀에 들어갔을 것이다.

배신자도 바보는 아닐 테니까.

명월은 그걸 염두에 두고 삭풍당에게 알려 준 것이다.

그리고 삭풍당 전원은 돌아오려 하지 않을 것이 틀림없었다.

삭풍당원들의 자결로 인해 귀를 기울이게 된다면, 전대 교주의 세 아들은 교단과 전쟁을 벌이겠지만, 그래도 최소한 초화부인의 세력에만 힘을 집중할 것이다.

삭풍당은 그렇게 길러졌고, 명월은 그들을 믿었다.

교단을 이끌어 갈 우두머리들보다 자신이 직접 기른 칼잡이들을 믿은 것이다.

명월이 말해 준 것, 묵마가 추리할 수 있는 것은 거기까지였다.

검은 눈자위가 가늘어졌다.

확인할 것이 다시 한 가지가 생겼다.

광명전 교주 전용 폐관동을 찾을 때면 늘 초화부인을 대동하고 갔다.

그러나 명월의 죽음은 많은 것을 시사하고 있었다.

명월은 죽음으로 알려 준 것이다.

이번엔 정말 이례적인 기습 방문이 필요했다.

묵마는 벌떡 일어섰다.

─교주는 죽었다.

짐작한 것은 이미 십 년이 넘었다. 하지만 증거가 필요했다. 명월은 자신의 죽음으로 말했다.

─죽을 각오를 하지 않으면 초화부인에게서 교단을 지키지 못한다.

묵마는 뭔가에 홀린 사람마냥 일어서 눈을 빛냈다. 침침

한 방 안에서 오로지 새까만 두 개의 구슬만이 보였다. 검은 구슬은 점점 커지더니, 한순간 급격하게 확대되었다. 그리고 묵마의 온몸을 집어삼켰다.

다음 순간, 구슬은 사라졌다.

묵마도 보이지 않았다.

어둠은 어떠한 기세도 내보내지 않고, 방 안 공기의 미묘한 떨림조차 허락하지 않았다.

묵마의 저 눈은 그대로 내단이었다.

사람이 내단을 형성할 수도 있다는 경지를 묵마는 늘 눈으로 보여 주고 있던 것이다.

바깥의 감시자도 멀리서 방 안 하나하나의 기세를 감지할 만한 고수였지만 묵마의 이 수법에는 어쩔 도리가 없었다.

현재 마교에서조차 유일한 인간 내단, 묵마의 행보였다.

십 년 전부터는 드나드는 것 자체가 치욕을 느끼게 하는 곳이었다.

광명전 폐관동 복도에는 오늘도 불이 밝혀 있었다.

이곳 복도에 새겨진 조각들만 보면 추억이 새록새록 떠올랐다.

그러나 묵마가 원하는 곳은 이곳이 아니었다.

그는 안으로 들어가는 비밀 입구를 알고 있었다. 그 입구를 찾으려 기억을 되살리는 중에 인기척을 느꼈다.

그래서 눈의 검은색을 한 번 더 빛냈다. 검은 구슬 두 개가 천장으로 달라붙었다.

바로 묵마가 서 있던 옆자리였다.

스르르르릉—

사람 키의 반만 한 조각 단상이 들려졌다. 그곳은 사람이 나올 수 있는 곳도 아니었다. 겨우 사람의 팔이 들어갈 만한 구멍 하나를 빼곤 다 막혀 있었으니 말이다.

시녀들이 일 년에 한 번, 벽곡단을 들이붓는 장소였다. 그것도 원로원과 광명전의 폐관수련자 가족, 즉 교주 가족의 입회하에 지켜보는 가운데 행해진다.

하지만 지금, 이곳에는 묵마 말고는 아무도 없었다.

더구나 묵마 자신도 불청객인 것이다.

구멍의 입구가 열릴 턱이 없었다.

천장에 붙은 각도에서는 도저히 보이지 말아야 할 부분, 안쪽이 보였다.

그럴 수밖에 없었다.

사람의 팔 하나만 간신히 들어가던 구멍은 엄청 넓혀져 있었다. 누군가 화강암을 파낸 듯 길이만 삼 장에 달했다.

원로 급 고수야 그게 문제되지는 않는다. 하지만 광명전 폐관동은 지켜보는 사람의 눈이 많다는 것이 문제였다.

아무 소리도 내지 않고, 아무 기세도 발출하지 않고 사람 하나가 들락거릴 정도의 통로를 낸다? 그것도 삼 장 길이로?

묵마는 기가 막혔다.

초온양의 침강이면 거의 기세가 잡히지 않을 수도 있다.

하지만 그 기세도 속일 수 없는 것은 교주 호위단이었다.
교주 호위단은 초화부인도 절대 모른다.

묵마의 내단 덩어리인 눈으로도 그들을 확인할 수는 없었
다. 하지만 가끔 사람인지 귀신인지, 하여간 뭔가 있다는
느낌을 이곳에 올 때마다 언뜻언뜻 받곤 했다.

그냥 그런 느낌뿐이었다.

그런 그들이 가만있었을 턱이 없었다. 그렇지 않을 때라
면 오직 폐관동 안에서 바깥으로 파 나왔을 때뿐이었다.

묵마의 눈이 다시 가늘어졌다.

'역시 교주님이 살아 계시는 건가……. 잘못 짚었는
가…….'

묵마가 침음을 내뱉으려 할 때였다.

옷 긁히는 소리가 들려왔다.

묵마의 눈이 다시 통로로 향했다. 그러자 시녀 하나가 불
쑥 나타났다. 시녀는 가만히 옷매무새를 가다듬었다. 황급
히 입고 나온 것이 틀림없는 모양새였다.

광명전이 흔히들 성스러운 공간이라고 하지만, 광명전 시
녀들은 대개 제사를 주관하는 제관 직속이거나 혹은 사제들
인 경우였다.

그리고 열에 아홉이 예뻤다. 시간이 지나 정을 통하고 사
단이 나지 않는 경우가 없는 것이 오히려 더 이상할 정도로.
하지만 단예는 달랐다. 그 많은 미녀들을 목석으로 보는 인
물이었다.

묵마의 눈이 찌푸려졌다.

'교주께서…….'

이제 와서 여색을 가까이할 턱도 없었다. 안에서 흘러나오는 기세는 여전히 교주의 그것이었다.

그러나 시녀가 우연히 턱을 들어 묵마의 눈에 들어온 순간, 묵마는 경악하고 말았다.

초희였다.

얼마 전, 단천상이 새로 불러들여 끼고 산다는 시녀인 것이다. 단천상이 직접 끼고 이리저리 돌아다니는 것을 먼발치에서 보여 주었기 때문에 알아볼 수 있었다.

'대체 어떻게 이런 일이…….'

광명전이 언제부터 이렇게 타락했다는 말인가.

초희는 간단히 옷매무새를 추스른 후, 조각에서 가장 튀어나온 부분을 눌렀다.

스르르르르릉—

툭.

입구가 닫히자 저 멀리 천장에 새겨진 조각이 뭔가의 음영에 꿈틀거리는 것이 살짝 보였다.

아마도 교주 호위단일 것이다. 초희가 복도를 꺾어질 때까지 따라가며 확인하는 것이 틀림없었다.

묵마의 두 눈은 다시 감겨졌다.

순간, 묵마의 신형이 사라졌다.

초희가 열쇠였다.

마차가 구해졌다.

"살살! 아, 살살 가란 말이야!"

광겸은 모용석화의 몸이 흔들려 저절로 숨이 튀어나올 때마다 짜증을 부렸다.

보다 못한 광검이 퉁명스럽게 쏘아붙였다.

"천천히 가려고 소 끌잖아! 소한테 직접 말해 보지 그러냐!"

그러자 광겸이 천연덕스럽게 맞받아쳤다.

"야! 이놈의 소야! 울퉁거리는 길 좀 피해 가란 말이야!"

그러자 소가 정말 구덩이를 살짝 돌아서 가는 것이다.

마차 바퀴는 절묘하게 구덩이를 피해 갔다. 그 모습에는 누구라도 멍청해질 수밖에 없었다.

"……?"

"얘는 사람 말 알아듣는 소야?"

광겸이 소 목덜미를 손으로 쓰윽, 훑어내리며 중얼거렸다.

"내가 한 성깔 하기는 하지. 짐승의 감각은 예민하거덩."

그러자 뒤에서 막걸개가 웃었다.

"하하하, 개방 거지들의 사업에는 이런 저잣거리 안에서 간단한 짐이나 환자를 싣는 일도 있습니다. 환자 수송의 경우, 소를 반년에서 일 년간 훈련을 시키지요. 덜컹거림을 피하도록 말이지요. 소가 의외로 똑똑하기 때문에 이 정도는 가능합니다."

삼 형제가 머쓱해져서 머리를 긁는 사이, 멀리 집에서 여자들이 우르르 쏟아져 나왔다.

연락을 받은 홍춘과 연미, 강북련주까지 모두 나온 것이다.

문득 광수는 자신의 손을 내려다봤다.

정말 오랜만에 상처를 입었다.

사부 윤홍광과의 대련 이후로 처음이었다.

광수는 상처를 보며 식은땀을 흘린 순간이 떠올랐다.

세상에서 가장 단단하다는 금강석을 능가하는 손이었다. 그것이 강기도 아니고 겨우 바람결에 터진 것이다.

광수는 쓴웃음을 지었다.

가공하면 그것은 자연이 아니다. 기가 자연에서 순환하면 그냥 자연이지만, 사람이 흡하여 가공하면 자연이 아닌 것이다.

명월이 위대한 점은 바로 가공하지 않은 자연의 힘을 그대로 이용한다는 것이었다. 광수는 상처가 터지는 순간에 보았다.

거대한 나무를 뿌리째 뽑고, 끝없는 바다를 통째로 벽처럼 세워 마을 하나를 한 번에 휩쓰는 폭풍이 칼날 하나로 압축된 모습을 보았다.

그 거대함이 금강석을 자르는 예리함으로 변한 것이다. 그것이 자연이었다.

소름이 끼쳤다.

자신들은 대체 어떤 사람을 쓰러뜨린 것인가.

광수는 새삼 경이를 느끼며 손에서 시선을 뗐다.

'그래도 여자들을 보니 풀리는군…….'

그랬다. 어쨌든 살아서 집에 돌아온 것이다.

16.

제갈청청의 발톱

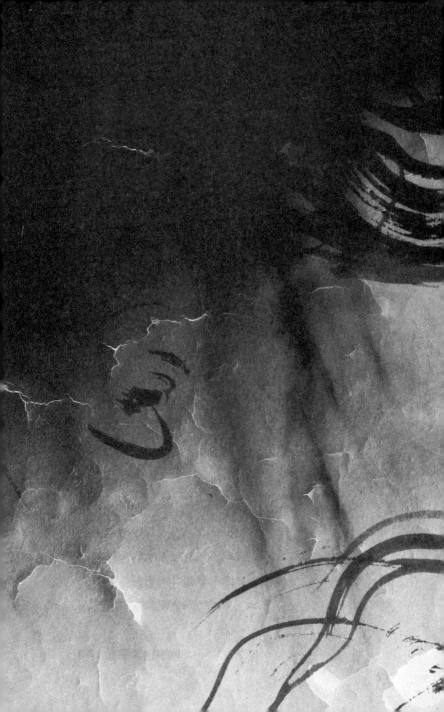

모용석화에게 약식으로 인사하고 호들갑을 떨어 대는 여자들의 소리가 살아 있다는 느낌을 전해 주었다.

어느덧 정신이 돌아오는 것 같았다.

그러고 나서야 광검을 흘깃 바라보았다.

강북련주가 일부러 눈길을 주건만, 광검은 집에 오자마자 다시 말을 잃었다.

광수는 상처를 숨기며 입술을 찡그렸다.

'쯧, 건드리지 않는 게 당분간 좋겠군.'

그러나 곧 광수의 생각이 틀렸음이 밝혀졌다.

딱 반 각 후였다.

모용석화가 침대에 눕혀지고 나서 가족들만 남았다.

강북련주고 무슨 대선배고, 중요한 위치고 나발이고 없었다. 광겸은 방 안에서 모조리 다 쫓아내려 했다.

"가족회의합니다."

녹진자가 방을 나가며 투덜거렸다.

"오, 네 모친이 이제 위급지경에서 벗어났다, 이거냐? 뒷간에 갈 때랑 나올 때랑 다르다더니 말이야, 확확 막 바뀌네. 넌 변검해도 되겠다!"

그러자 광겸이 해죽 웃어 보였다.

"독한 놈 하나 있으면 보내세요. 칼 쓰는 거 가르칠 게요."

무려 천조쌍도의 공언이었다.

그 말에 녹진자의 눈이 반짝 빛났다.

명월은 마교 교주를 세 사람이나 섬겼다. 그간 교주라는 절대적 지위가 그의 위에 있음에도 불구하고 고금무적이니, 천하제일이니 하는 소리를 수없이 들은 인물이었다.

그런 명월을 꺾은 광겸이었다.

"저, 정말이냐?"

"거짓말 안 해요."

녹진자의 머리가 빠르게 구르는 동안 옆에서 끼어드는 사람은 당연히 종남일기였다.

"화산은 워낙 방대해서 그런 거 필요 없다. 매화검의 자존심이 얼마나 대단한데 마검을 받누. 특출 난 거 몇 개 없는 우리 종남이면 또 모를까."

종남일기였다.

당연히 녹진자의 얼굴이 일그러졌다.

"선배, 그걸 날름 가로채려 하다니. 이게 다 내 수고 때문인데."

그러자 종남일기가 코웃음을 쳤다.

"사람 목숨 구한 거야 당연한 일이지 무슨 수고? 사해 동도 몰라?"

녹진자는 기가 막혔다.

"사해 동도가 왜 거기서 튀어나온답디까? 지금 이건 선배가 후배를 뜯어먹는 거 아니오."

"후후후, 저 세 놈에게 배우려면 고생깨나 할걸? 내 꼭 세상 어려운 거 가르치고 싶은 독종 씨앗이 있어."

당연히 항의가 들어왔다.

"아니, 겨우 말썽장이한테 복수하겠다는 거잖소. 그런 이유로 저 위험한 초열아를 안겨 주겠다는 거요?"

그러자 광겸이 머리를 긁었다.

"아니, 저 완성은 안 돼요. 이론만 알고 있다가 내공을 꾸준히 수련해야 하니까……."

"에잉?"

종남일기가 눈살을 찌푸렸다.

광겸은 자신의 내공이 어떻게 급성장했는지를 털어놓았다.

"사실은…… 광수 형의 내공은 갓난아기 때부터 아버지에게 조금씩 직접 받아 뭉쳐 있던 거예요. 그게 사부님 만나서 풀려 나온 거고요, 광검 형은 사부님이 포기했으니 실제 만령충 덕택이지만, 제건…… 사부님이 퍼부어 주신 거예요. 마지막에."

녹진자의 눈이 커졌다.

"아니, 그럼 홍광이 스스로 네게 내공을 다 퍼부어 주고 조금 더 일찍 세상 떴다는 의미였잖아? 그걸 얌전히 받았느냐?"

광겸이 머리를 숙이며 천천히 대답하는 말이 홍춘의 가슴을 찔렀다.

"사부님 당신의 딸 이야기를 그때 처음 하셨어요. 돌봐 달라고…… 평생 얽매일 수 있는 약속을 제자라는 이유 때문에 짊어지게 하고 싶지는 않으시다고…… 대신 한 가지를 준다고…… 그렇게……."

모일 수 있는 사람이라는 의미가 오히려 다행인 자리였다. 거기 홍춘이 뻘쭘하게 끼었다. 연미는 광겸과 결혼을 약속한 처자니 그렇다 치지만, 홍춘은 실제로 애매한 관계였기 때문이다.

홍춘은 아버지를 완전히 포기하고 잊었다고 생각했다.

그런데 이어진 녹진자의 말에 또다시 눈물이 났다.

"홍광이가 그 유언을 제 생명과 바꿨구나."

그 말을 이해할 수 있는 이유는, 홍춘이 모진 수모를 당하고도 목숨을 끊지 못한 이유였다.

홍광과 똑같은 이유. 자식, 아현 때문이니 말이다.

윤홍광이 홍춘 앞에 나타났다면 세상이 어땠을까?

마교와의 일생에 걸친 사투를 모르기 전이었다면 그렇지 않았을 것이다. 하지만 그 사연을 알아 버린 지금, 아버지 윤홍광이 이 삼 형제를 마교를 상대할 칼로 내놓기 위해 자신까지 돌보지 않은 이유를 짐작할 수 있었다.

'아니, 아버지, 이해할 수 있어요. 이젠……'

"엄마, 울어?"

아현이 가라앉은 목소리로 묻자 홍춘은 황급히 눈가를 훔쳤다. 아현이 홍춘을 껴안았다.

홍춘은 뒤에서 껴안은 아현의 손을 꽉 붙들고, 다시 눈가를 그렁거렸다. 장례 치를 때 불효자식이 눈물을 많이 흘리는 이치, 얘기만 들어도 눈물이 나는 건 옛말이 맞는 모양이었다.

윤홍광의 사연을 들은 모용석화가 빙긋 미소를 지으며 손을 뻗어 아현의 손을 어루만졌다.

"아이가 광수더러 아빠라고 부르더구나. 나도 네가 우릴 가족으로 생각했으면 좋겠다. 나와 내 남편을 대신해서 우리 아들들을 살려 주신 분이 네 아버님이잖니. 내게는 이미 넌 내 딸과 같은 며느리다."

"네……"

다른 말이 어떻게 나올 수 있겠는가.

홍춘은 최근 십 년간의 인생 중에 최고로 순한 대답을 했다.

모용석화는 광수를 불렀다.

그녀에게 다가간 광수는 경악의 표정을 금하지 못했다.

난데없는 모용석화의 말 때문이었다.

"칼을 뽑아라."

모용석화의 표정은 결연했다.

"저기, 엄마. 사람 자는 방 안에서 왜 칼을 빼라는 거예요?"

모용석화는 광겸의 질문에 웃어 보이며 말을 이었다.

"광수, 그리고 네 내공은 문제가 없는 거 아니었니? 그럼 광검이만 남은 건데, 문제를 해결할 길이 있단다."

곧 벽에 걸렸던 서슬 푸른 칼날이 거꾸로 잡혀 모용석화의 어깨에 대어졌다.

"헉! 어, 엄마! 뭐 하는 거예요!"

광겸이 놀라 기절할 듯이 펄쩍 뛰었다.

그러나 이미 칼은 모용석화의 쇄골 사이로 푹 들어가 버린 뒤였다.

"크흡!"

모용석화의 얼굴이 일그러지자 방 안이 뒤집히고 아수라장이 되었다.

"어머니!"

광수가 달려들어 칼을 잡고 확 뽑아 들었다.

"어머님!"

하얗게 얼굴이 질린 연미가 제 치맛자락을 찢어 모용석화의 어깨로 가져갔다.

"……!"

광겸은 아예 꿀 먹은 벙어리가 되었다.

광검도 굳은 얼굴로 바라보다가 광수에 의해 칼이 뽑히는 것을 본 후에야 몸을 돌렸다.

그러나 곧 멈출 수밖에 없었다.

"서!"

광겸의 외침이었다.

"난, 날 낳아 준 어머니에게 버림 받았다. 널 낳아 준 어머니마저 희생시키며 살고 싶지 않아, 난."

말을 마친 광검이 몸을 다시 돌리려는 찰나, 광겸의 핏발선 고함이 다시 광검을 붙들었다.

"서! 돌아서서 우리의 어머니를 봐! 우리가 한 몸이라고, 같이 살자고 한 말은 거짓말이었어? 거기서 한 발자국이라도 떼면 형이고 뭐고 확 패 버릴 거야!"

이윽고 광검이 얼굴을 돌렸다.

만령충의 촉수가 눈동자 사이로 홱 지나갔다.

감정이 격해진 것이다.

"그래! 네 엄마, 내 엄마가 아니라 우리 어머니지! 하지만 저 꼴을 봐! 이십 년간 교단 안의 뇌옥에서 사신 것만 해도 기적이다! 네가 교단의 뇌옥을 알아? 거긴 절정고수도 삼 년을 못 사는 곳이야! 그렇게 살아 나오시고 또 몸을 상하면서까지! 내가 그렇게 해서 살아야겠냐! 날 도대체 어떤 놈으로 만들고 싶은 거냐!"

"그만들 해! 어머님 앞에서 이게 무슨 짓들이냐!"

광수가 결국 호통을 치고 말았다.

그때였다.

요오오오오오옹—

높은 진동음이 들렸다.

연미의 손 밑, 모용석화의 어깨뼈 밑에서 흘러나온 소리였다.

그리고 이내 상처에서 밝은 빛이 터져 나왔다.

"헉!"

모용석화 찡그린 표정으로 손을 올려 연미의 손을 치워 냈다.

요오오오오오웅—

진동 소리가 커지면서 빛과 함께 무언가가 어깨에서 떠올랐다.

그것은 하나의 구슬이었다.

어정쩡한 상황 속에 미처 방을 빠져나가지 못한 녹진자와 종남일기의 입에서 동시에 신음성이 터져 나왔다.

"믿, 믿지 않았건만, 내단이라니……."

허공으로 떠오른 구슬은 선명하게 사람의 기운을 전하고 있었다. 오색의 빛을 번갈아 뿌리는 구슬에서 모용석화의 피가 뚝뚝 흘러내렸다.

삼 형제의 얼굴이 동시에 일그러졌다.

방금 전까지 큰 위기를 간신히 넘긴 모용석화였다. 그러니 고통이 몸에 좋을 턱이 없었다.

사실 사람의 몸에서 내단이 나왔다는 것도 믿지 못할 괴사였다. 그런데 내단에는 광수의 기억을 자극하는 기운이 있었다. 광수는 저도 모르게 중얼거렸다.

"설마, 아버지가……."

광겸과 광검이 광수를 돌아보자 모용석화가 대신 고개를 끄덕였다.

그러는 사이, 녹진자의 신공이 이번에도 발휘되었다.

녹색 가루가 스며들고 고통이 조금 가시자 모용석화는 천천히 손을 내밀었다.

허공에 떠서 요요하게 진동하던 구슬, 내단은 모용석화의 손에 얌전히 내려앉았다. 휘황하게 빛나는 광채에 모용석화의 눈이 빛났다. 물기에 의한 반사광이었다.

"여보…… 우리 아이들을 보세요…… 다 컸어요, 이렇게."

마치 남편을 대하는 듯한 모용석화의 태도가 내단의 주인이 누구인지 알게 해 주었다.

전대 교주이자 원영신의 경지에 올랐다던 일섬번천하(一閃飜天下). 번쩍이는 광채 한 번에 천하를 몽땅 뒤집는다던 광형연이 남긴 것이다.

오색의 광채가 삼 형제를 번갈아 비췄다.

사람도 아니고, 내단이 설마 그럴 리야 없겠지만, 정말 삼 형제를 보며 대견해하는 것 같은 느낌의 광채였다.

아니, 삼 형제가 그렇게 느꼈다는 게 맞을 것이다.

누구도 감히 입을 열 수가 없는 마음이었다.

모용석화의 목소리가 잦아들었다.

"너희 아버지는…… 광검의 생모, 초화부인의 야심이 스스로 진정되기를 바랐단다."

광검의 눈이 씰룩, 움직였다.

도망칠 때나 운명이지 받아들이면 그건 운명이 아니다. 극복해야 할 문제일 뿐이었다.

광검은 마침내 그렇게 이해하기로 마음먹었다.

그리고 그 순간, 모용석화의 말도 그렇게 맞아떨어졌다.

"검아, 네 아버지는 그래도 네 어머니를 버리지 않으셨단다. 나도…… 그렇게 하길 바란다. 후우우, 세상에 뿌린 초화부인의 악은 죽어 마땅하지만, 검이 너만은 그렇지 않았으면 좋겠구나. 그러니 강해지거라."

내단은 요오옹— 울며 다시 광검에게로 날아들었다.

광검의 눈 속에서 만령충 촉수가 다시 꿈틀거렸다.

눈물이 며칠 사이로 나오지 않았다. 이제 눈물은 광검에게 허락되지 않을 정도였다.

광검의 손에 내려앉은 내단은 진동과 광채가 사라지고 그냥 평범한 구슬로 돌아갔다.

광검은 구슬을 움켜쥐었다.

모용석화의 말소리가 잦아들며 조금씩 느려졌다.

"검아…… 불의 도는…… 야생에서 무지하게 살던 사람에게, 빛과, 따뜻함과…… 상한 것을 먹을 걱정이 없는…… 안락함을 제공하는 것이란다……."

힘이 드는 모양인지 모용석화는 잠시 말을 멈췄다.

삼 형제의 가슴이 덜컥 내려앉는 순간이기도 했다.

모용석화는 남은 힘을 모아 다시 입을 열었다.

"불의 도는…… 불길의 화려함보다…… 제 몸을 태우는 장작의 도이니…… 희생하는 자들처럼, 네 엄마의 악을, 악으로 갚지 않았으면 하는구나……. 그것이 아버지의 유품이 네게 이어지는 이유란다……. 알겠니?"

그때, 광검의 눈 속에서 만령충 촉수가 다시 꿈틀거렸다.

하지만 지금, 광검은 끝내 나오지 않는 눈물을 오히려 다행이라고 생각하며 대답했다.

"예, 어머니."

이십 년 만에 평범하게 불러 보는 이름이었다.

광검은 구슬을 다시 바라보았다.

떨렸다.

이십 년간 고통을 버티다 생살을 찢고 내단을 꺼낸 어머니도, 그리고 가장 믿던 사람에게 남겨 준 아버지도…… 모든 것이 한꺼번에 이해되었다. 그리고 그리워졌다.

광검은 상처에서 녹색 빛을 뿌리는 것을 확인했다.

그제야 정말 잠이 드는 모용석화에게 광검은 천천히 말했다.

"예, 악으로 갚지 않겠습니다. 어차피 절 낳아 주신 어머니이신데요."

묵마의 눈은 까맣게 윤이 났다. 그중 윤기가 없는 한 점이 있었다. 그것이 천천히 모여들어 한곳으로 움직였다.

그리고 거기 초희가 있었다.

오들오들 떨고 있는 그녀의 손은 단도를 쥐고 있었다.

단도는 피를 들이마신다는 요물이었다. 그리고 아주 작은 살기도 새어 나가지 못하게 만드는 단도였다.

마치, 완벽하게 몸을 숨기고 진동만으로 상대를 가늠하는 독거미 같은 그 요물이 묵마의 심장에 박혀 있었다.

"허억!"

초희는 소스라치게 놀라서 단도를 놓고 그 자리에 주저앉아 버렸다.

그러나 묵마의 신형은 여전히 꼿꼿하게 서 있었다.

비틀거리지도, 안색의 작은 변화조차도 없었다.

묵마는 평상시와 다름없는 음색으로 초희에게 물었다.

"소교주시더냐?"

"……!"

초희는 소교주라는 단어를 듣자마자 얼굴을 일그러뜨렸다. 괴로움, 자책감, 그리고 어찌해 볼 수 없는 공포가 배어 있는 표정이었다.

"흑, 저, 전…… 정말, 정말, 그분이, 절…….."

묵마의 입에서 피가 흘러나왔다.

그것을 본 초희의 얼굴도 더욱 일그러졌다.

"죄송합니다. 정말…… 윽, 흑, 원주님…… 처음, 처음 소교주님을 뫼실 땐……."

그 순간, 묵마의 신형이 벼락같이 돌려졌다.

드쿵!

담벼락에 큰 물체가 부딪친 것 같은 소리가 터지고, 묵마의 신형이 초희가 서 있는 곳까지 주르륵 밀려왔다.

초희는 화들짝 놀라 최면에서 깨어나며 눈을 깜빡였다.

자신의 손을 내려다보았다가 다시 묵마의 가슴을 쳐다보았다.

분명히 자신이 박은, 그 소름 끼치는 감각을 전해 준 단도는 온데간데없었다.

묵마의 최면은 이런 점이 무서웠다.

초희는 소교주 단천상이 시킨 대로 묵마를 구석으로 유인해 찌르려 했다. 하지만 아무리 요물 같은 단도를 들었다

해도 평범한 여자가 묵마 같은 절대고수에게 해를 입힐 수는 없었다. 오히려 순간적으로 묵마의 최면에 걸려 가장 중요한 실마리를 털어놓고 만 것이다.

심약한 초희는 속으로 오히려 안도의 숨을 내쉬었다. 불의 도를 지키는 자신이 교단 수호에 가장 큰 버팀목인 원로원의 원주를 죽이려 하다니. 그건 교단을 부정하는 짓이나 마찬가지였다.

하지만 그런 짓을 시킨 단천상을 미워할 수도, 무서워할 수도 없었다. 가여웠다. 그리고…… 사랑했다.

또 그런 자신이 더욱 가엾게 느껴지는 초희였다.

지금 단천상의 모습은 결코 초희가 떠날 수 있는 모습이 아니었다.

꿈틀—

단천상의 왼팔은 없었다.

꿈틀꿈틀—

그 자리에는 하얀 뱀 떼가 마구 요동치며 붙어 있었다. 바로 만령충의 촉수였다.

촉수들은 단천상의 통제를 벗어나 있었다.

땅바닥에 늘어져 꿈틀거리는 촉수는 무려 여덟 자는 되어 보였다. 그것들이 중간에서 꼬이고 다시 단천상의 몸속으로 기어 들어가며 난리를 떨어 댔다.

단천상은 광검과 달랐다. 주어진 환경이 정반대였다.

광검이 만령충을 빙공으로 얼려 놓고 있던 동안, 단천상은 절대고수의 도움을 받으며 훈련시키고 길들였다.

절대 있을 수가 없는 현상이었다.

'있을 수도 있지.'

묵마는 이맛살에 주름을 팠다.

만령충이 빨아들인 기가 단천상의 단전을 훨씬 넘어섰으리라.

'자기 그릇보다 큰 기운을 받아들일 만한 사람은 없는 법.'

만령충이 기가 집약된 생명체라는 것을 증명하는 모습이었다. 도대체 얼마나 될지 묵마의 경험으로도 가늠이 되지 않았다.

단천상의 재질도 천년기재니 어쩌니 하면서 호들갑을 떨게 할 만큼 대단한 것이었다. 그런데 받아들이지 못했다는 것은 정말 뜻밖이었다.

'깨달음을 얻을 만한 기재인 줄 알았건만.'

묵마는 거꾸로 되짚어 올라가 짐작했다.

'만령충이…… 흡수행공을 위협할 만큼 강해졌군…… 어쩌면 소교주를 삼킬지도……'

지금 단천상이 몸 안에 지닌 만령충은 그럴 만큼 강했다. 이백 년하고도 수십 년을 살아 별별 마인과 기라성 같은 고수 수천을 목격한 묵마의 눈으로도 끔찍해 보일 만큼.

묵마는 방금 전 촉수를 받아쳤던 손목을 감싸 쥐었다.

"욱신거리는구려. 힘이 이리 좋으신 데도 저번에 원로원에서 비틀거리던 모습은…… 경극하신 겝니까?"

단천상의 두 눈은 언제부터인가 핏발이 가라앉지 않았다.

얼마나 충혈되었는지 금방이라도 눈이 터져 피가 쏟아질 것
같았다.

"암습인데…… 겨우 손목?"

단천상은 눈을 가늘게 좁히며 웃었다. 그렇게 붉은 눈이
휘어지니 꼭 지옥염화를 머금은 만월도 같았다.

"크크크크크, 정말 신경 써서 준비한 함정인데…… 너무
쉽게 피하면 재미없지 않소?"

나풀거리듯 가볍게 움직이는 보라색 입술. 그리고…… 위
험한 눈이었다.

모든 것을 빨아들일 듯한 묵마 자신의 눈만큼이나 위험한
색. 그래서 퍼뜩 깨달았다. 만령충을 억제하고, 또 정신없
이 싸우면서도 한편으로는 합일되어 간다는 사실을.

빨아들인 기가 만령충의 징그러운 모습이 될지, 단천상
자신이 될지는 아무도 모를 일이었다. 거기까지 알려진 바
도 없었고, 감히 상상을 하기도 힘든 일이었다.

"고치를 만들려는 만령충……. 소교주, 저 촉수가 소교주
를 완전히 감싸면 그때는…… 그때는 소교주께서 어찌 될
것 같습니까?"

묵마의 질문에 단천상은 키들거리며 웃었고, 초희의 얼굴
은 노래졌다.

"크크크큭, 과연 늙은 생강. 그렇지. 완전히 번데기가 되
어 탈태환골을 하든지, 아니면 벌레가 되겠지. 나도 모르겠
소. 한데 그걸 어떻게 예상했소? 만령충 실험에 관여한 것
도 아니면서."

"늙으면…… 허허, 호기심도 많아지는 법입니다. 소교주, 부디 통제하셔 인간으로서 불의 도를 완성하기 바라겠습니다."

그 말에 단천상은 다시 키들거리며 웃었다.

"키키키킥, 키킥. 불의 도라…… 불의 도. 키킥, 좋은 거지. 한데 꼭 다시 못 볼 사람처럼 이야기하시오?"

묵마는 웃었다.

다시 못 볼 사람처럼.

과연 의미심장한 말이었다.

"내 이백을 훨씬 넘겨 살았습니다만, 이렇게 강한 기운은 처음입니다. 교주님보다 더 강한 기운이고, 원영신을 이루신 전대 교주님보다도 강한 기운이라는 것은 상상도 해 본 적이 없습니다. 그런 기운이 지금 여기 와 있군요."

그러자 단천상의 입에서 자연스럽게 한마디가 흘러나왔다.

"어머님?"

원영신이었던 전대 교주보다 더 강한 기운이라는 말이 나오자마자 단천상은 자연스럽게, 너무나도 자연스럽게 초화부인을 거론한 것이다.

정말 너무나도 의미심장한 말이었다.

묵마는 고개를 끄덕였다.

"그렇군요……. 역시 교단 전체를 손아귀에 쥐려는 욕심을 가질 만한 힘이 초화부인께 있었군요."

묵마가 거기까지 말하고 나서야 저만치 건물 사이에서 누군가가 천천히 걸어 나왔다.

이십 장 떨어진 거리에서도 빛이 나는 것 같았다.

전혀 중년이 아닌 것 같은 그녀는 아름다웠다.

귀밑에 희끗한 몇 가닥의 머리카락이 이질감을 주지 않았다면 아마 한창 스물 초반으로 볼 만한 외모였다.

너무도 아름다워 시간을 멈춰 세워 그녀의 아름다움을 영원히 간직하고 싶어질 만큼 제갈청청은 아름다웠다.

그리고…… 그 아름다운 얼굴이 오히려 공포스럽게 보일 만큼 강했다. 다가오는 한 걸음 한 걸음에 묵마의 심장은 그만큼씩 조여 들어갔다.

축 늘어진 소매 안에 감춰진 묵마의 손가락은 한껏 구부러져 긴장하며 바르르 떨렸다.

지축이 울리는 느낌은 고수들끼리 기세 싸움에서 실제 느끼는 경우가 있다고 하는데, 지금 제갈청청이 걸어오는 모습이 묵마에게 그렇게 느껴졌다.

쿵—

쿵—

아름다운 그녀는 발을 움직이지 않고도 미끄러지듯 떠다닐 수도 있을 것이다. 그러나 일부러 발을 내딛어 걸었다.

벌써부터 묵마의 심혼이 흔들렸다. 그 아름다운 얼굴이 은은하게 미소를 짓고 있어서 긴장감은 더했다.

한 걸음 다가올 때마다 그 몽롱한 미소가 더욱 짙어졌다.

묵마는 어쩔 수 없이 평상시의 가벼운 호흡을 깨뜨리고 깊은 숨을 들이마셨다.

마교 교주를 셋이나 모셨던 원로원의 원주가 걸음걸이 하나에 큰숨으로 진기를 다스려야 할 만큼 평정이 깨졌다. 이 것이 바로 마교제일미녀라 추앙받는 제갈청청, 초화부인의 위력이었다.

묵마의 손가락이 어느 순간 떨림을 멈췄다. 점점 부풀어 오르다가 한계치에 달해 멈춘 상태 같았다. 터지기 직전의 멈춤. 묵마의 웃음도 같이 멈췄다.

"드디어…… 움직이시는 겝니까?"

묵마가 먼저 말문을 떼었다.

대답하는 목소리는 중년 여인의 것이었다.

"오랜만이로군요, 원로원주."

초화부인 제갈청청이 본격적인 교단 장악에 나선 것이다. 묵마가 첫 번째 희생물이었다.

모용석화가 잠들자 간호하던 여자들도 잠깐 방 밖으로 나왔다. 그 틈에 삼 형제도 같이 우르르 나왔다.

그러자 밖에서 기다리던 사람들이 몰아낸 것에 대한 분풀 이로 한마디를 날리려 했다.

밖이라고 해서 이야기를 듣지 못하는 게 아닌 탓이다. 고수가 괜히 고수인가. 그러나 '밖에서'와 '옆에서 같이'는 차원이 달랐다. 강북련주 엄자령이야 그럴 거 없다지만, 종 남일기와 녹진자의 불만은 대단한 것이었다.

섭섭하다는 표현이 막 터져 나오려는 그 순간, 광겸이 만 행을 저질렀다.

연미를 뒤에서 끌어안고 그 등에 얼굴을 묻은 것이다.

이 많은 이들의 눈앞에서.

"……!"

강북련주가 아무리 씩씩하다 해도 이런 광경에는 조용히 헛기침을 하며 바라보기만 할 수밖에 없었다.

"저런 뻔뻔한 놈!"

종남일기가 순간적으로 할 말을 잃고 소리쳤다.

"그렇게 좋아? 아주 홀랑 뒤집어쓰고 살지그러냐?"

녹진자의 야유였다.

"……!"

연미의 얼굴도 확 붉어졌다.

그런데 이 많은 사람들 앞에서 광겸의 입에서 흐느끼는 소리가 흘러나왔다. 흐느낌은 곧 큰 울음소리로 변했다.

"크흐흐흑!"

남자가, 그것도 견자단의 언제나 즐거운 개가 모두가 지켜보는 가운데 그냥 대책 없이 우는 것이다. 막 와자지껄해지려던 분위기가 싸늘하게 굳는 것은 당연했다.

"웬 청승이냐? 어머니 살아 돌아오니 울다니, 그건 대체 어떻게 되어 처먹은 심보냐?"

야유는 들어왔지만, 정말 말뿐이었다. 이해 못하는 사람은 없었다. 광겸 자신도 죽을 고생을 했겠지만, 그런 거라면 사실 무인이라면 누구에게나 다 있는 것이다.

이젠 즐겁게 웃고 사는 게 인이 박히기까지 하지 않았는가. 건강한 무인이란 그런 법이었다.

하지만 모용석화는 건장한 무인도 곧 죽어 나가는 뇌옥에서 힘겹게 버티다 이제야 나왔는데, 자식 걱정에 바로 맨살을 째기까지 하고서 겨우 잠이 드신 것이다.

그 이십 년 세월의 모진 목숨을 어떻게 버텨 왔을지 생각해 보면 삼 형제 당사자가 아니라도 금방 이해가 되는 일이었다.

광겸의 눈물은 그래서 옆 사람도 할 말 없게 만들었다.

연미는 울고 있는 광겸의 손을 살며시 잡았다. 그러자 광겸이 다시 그 위로 손을 덮었다. 처절한 감정이 이제야 터져 나온 손이었다.

연미는 가만히 광겸에게 말했다.

"괜찮아질 거예요. 우리 어머니도 절 낳다가 돌아가셨어요. 문득문득 아버지께 들은 어머니 얘기가 떠오를 때마다 저도 눈물을 흘리곤 했어요. 제가…… 정말 편하게 모실게요. 고생하신 것 다 잊을 수 있도록, 그렇게……."

광겸은 고개를 들지 못하고 작게 말했다.

"고마워."

연미는 같이 눈시울을 붉히면서 광겸의 손을 어루만졌다. 광수가 쓰게 웃으며 끼어들었다.

"둘이 하는 걸 보니 애는 빨리 낳겠다."

동시에 좌중에서 웃음이 터졌다. 광수의 농담이 처음으로 성공하는 순간이었다.

연미가 화끈거리는 얼굴로 도망치듯 부엌으로 빠져나갔다.

그러는 동안에도 광겸은 얼굴이 굳어진 채 아무 말도 하지 않았다. 같은 형제인데 입장이 이렇게 다르다니. 광수는 아무도 모르게 한숨을 쉬었다.

"달이 밝네."

요요함.

광검의 손가락 위에 놓여진 내단은 말없이 달빛을 받으며 요요한 반사광을 내고 있었다. 광검은 뜬금없이 달 얘기를 하고선 대청마루에 걸터앉았다. 그러더니 내단만 뚫어져라 들여다보는 것이다.

"먹어, 그거."

고개를 돌리고 보니 광겸이었다.

광겸은 눈을 불태우고 있었다. 명월의 마지막 수법을 발기발기 찢어 버리던 초열아의 불길처럼 강렬하게 불타오르고 있었다.

"그거 먹어. 힘이 있어야겠어."

"이자식이, 가뜩이나 고민하는데."

광검이 짐짓 웃으며 대꾸하자 광겸은 눈을 더욱더 강렬하게 불태웠다.

"삭풍당을 받아들이겠어."

무려 하늘의 발톱 같은 쌍칼잡이가 하는 말이었다.

"뭐? 너희들도 마교의 한 갈래로 일어서겠다는 말이냐?"

종남일기의 걱정은 곧 노강호들의 걱정이었다. 광겸의 말을 강호상의 세력 구도로 판단해 보면 대단히 민감한 발언인 탓이었다.

명월을 거꾸러뜨린 견자단에다가 이십여 명이 죽기는 했어도 여전히 구대문파 하나쯤은 동귀어진의 파멸로 몰고 갈

수 있는 삭풍당. 이 둘을 하나로 합친다면 강호상에 큰 파장을 불러올 수도 있었다.

그 질문에 대한 부정은 광수가 했다.

"아니요. 우린 어디까지나 견자단입니다."

"그럼 어쩌자는 게냐?"

녹진자의 물음에 광수가 싱긋 웃더니 말을 이었다.

"어머님을 뵙고 나니…… 핏줄끼리 아득바득 싸우기가 힘들어진 겁니다. 하지만 정의는 그게 아니고……."

녹진자는 고개를 끄덕였다.

그럴 경우, 질서를 잡는 것은 힘이었다. 최소한 비슷해지기라도 하면 피해를 우려해서라도 되도록 싸움을 자제하게 되는 것이다.

물론 제갈청청이 삼 형제를 그렇게 의식할 만큼 강해져야 한다는 전제가 붙기는 하지만 말이다.

"그러니까 먹어. 꼭꼭 씹어서 잘 소화시켜."

광검이 광겸의 불타는 눈에 대고 웃어 주었다.

그러나 다른 사람들은 전혀 웃을 수가 없었다.

이어진 광겸의 말 때문이었다.

"잘 들어. 내가 내단을 먹고 운기하면 만령충이 깨어날 거다. 전에 단천상 놈이 불러냈을 때처럼 될 거야, 아마. 내가 잘 알아. 이놈, 말을 어지간히 안 듣는 놈이거든."

그 말에 광겸이 흠칫거리려는 때였다. 그러나 광겸은 그럴 틈을 주지 않았다. 내단을 재빠르게 입 안에 털어 넣고 눈을 질끈 감아 버린 것이다.

꿀꺽.

어렵지도 않았다.

내단은 그렇게 광검의 속으로 들어갔다.

그리고 한순간, 광검이 눈을 번쩍 떴다.

"자, 북해의 저주를 다시 풀어놓는다. 걱정하지 마."

그러더니 종남일기와 녹진자를 향해 한 번 더 말했다.

"걱정하지 마세요."

"어떻게 걱정을 안 할 수가 있느냐?"

하지만 광검은 그 특유의 웃음을 되찾았다. 유들유들, 세상 비웃는 듯한 그 입.

"아현이 노래가 있기는 했지만, 다시 돌아왔잖아요. 괜찮을 거예요."

푸아아악!

광검의 등을 뚫고 수십 가닥 흰 구렁이 떼가 튀어나왔다.

"……!"

구렁이들은 순식간에 광검을 친친 감았다.

"야! 이, 이놈아! 괜찮을 거라메!"

고통은 격렬했다.

광검의 얼굴은 한껏 일그러졌지만, 고통 중에도 얼굴을 이리저리 틀면서 만령충 촉수를 살짝 피했다. 그러고는 입을 쩍 벌린 사람들에게 말했다.

"만령충이 날 먹어 버릴까 의심하세요?"

종남일기는 기가 차서 등을 홱 돌렸다.

"당연히 못 믿어!"

"그럼 가차 없이 자르세요."

푸슈욱—

푸학.

그 말을 알아들은 듯 만령충의 촉수들이 더 빨리 광검을 옭죄어 들며 얼굴마저 감싸려 들었다. 그 끔찍한 모습에 아현은 차마 보지 못하겠다는 듯 방으로 뛰어 들어가 버렸고, 여자들도 마찬가지로 너무 기가 질려 오히려 맥이 탁 풀린 모습이었다. 오직 한 사람, 강북련주 엄자령만이 눈을 빛내고 있었다.

그녀는 오히려 쾌활하게 되물었다.

"그래, 어디를 자르란 말씀이죠?"

전혀 쾌활하지 못할 상태에서 태연히 묻는 엄자령을 보며 광검은 억지로 씨익 웃었다.

꿈틀대는 만령충 촉수가 얼굴의 절반을 덮었지만 가려진 눈 밑으로, 노란 달빛 아래로 허연 이가 드러났다.

"목이 잘려도 도로 붙는 만령충이지만, 고치일 때는 그렇게 못할 거요. 여길 자르면 되오."

광검이 엉킨 촉수의 틈 사이로 턱을 비죽 내밀었다. 그리고 내리누르던 촉수가 튀어나오는 틈을 타 깨물었다.

잠깐 꿈틀거리던 촉수가 곧 얌전해졌다.

슈슉— 쏵—

드디어 촉수들이 광검의 얼굴을 온통 감싸 버렸다.

그런 가운데에 뻣뻣하게 치솟은 촉수 하나가 있었다. 광검이 물고 있는 촉수였다.

엄자령이 급하게 물었다.

"설마…… 그 촉수를 자르면 된다는 건가요?"

대답은 없었다.

이미 광검의 얼굴을 만령충이 온통 둘러쌌기 때문이다.

달빛은 흰 촉수들을 노랗게 물들이고 있었다. 덩어리처럼 빡빡하게 조여드는 촉수들이 물결치듯 달빛을 음영으로 조각했다.

기괴했다.

초화부인이 장악한 힘에 비해 너무 보잘것없어 어쩔 수 없이 선택한 비장함. 그러나 광검은 웃으며 이 기괴함을 받아들였다.

엄자령은 문득 그 촉수를 만져 보고 싶었다.

왠지 광검이 마음에 든 그녀였기에.

어떻게 될까, 광검은?

고개를 광수와 광겸 쪽으로 돌려도 대답은 없었다.

둘은 침울한 얼굴로 지켜보기만 할 뿐이었다.

결국 녹진자가 눈을 꿈뻑이다가 대신 대답해 주었다.

"그건…… 제 놈 목이 있는 자리를 표시한 거겠지."

엄자령의 표정이 흠칫 굳어졌다.

"그럼…… 우리더러 자신의 목을…….'

종남일기가 힘없이 방으로 들어가며 대꾸했다.

"정확히는 우리가 아니라 너다."

"예?"

엄자령이 입을 쩍 벌렸다.

광수와 광겸도 자리에서 일어섰다. 광겸은 두 개의 칼 중

하나를 빼 들고 만령충의 거대한 고치 앞에 꽂았다.

팍!

그러더니 칼 앞에 다시 침을 탁 뱉었다.

"목을 치는 일은 절대 없어! 깨어날 거야! 우리 삼 형제의 둘째 모습 그대로!"

그 말을 남기고 광겸은 성큼성큼 대문을 열고 나갔다.

대문 밖, 저잣거리 건너편의 건물 뒤에 삭풍당이 있고, 광겸은 그리로 향했다.

광수는 여전히 아무 말도 없었다. 아무런 동작도 없었다. 달빛이 보여 준 현실이 너무 차가워 그냥 얼어 버린 사람 같았다.

종남일기가 방문을 잡았다.

그리고 엄자령에게 말했다.

"어차피…… 생사고락을 같이한 제 피붙이더러 죽여 달라고 하겠느냐, 아니면 우리 두 늙은이에게 해 달라고 하겠느냐? 그러면 남는 건 너뿐이다. 저놈은 네게 부탁한 게야."

엄자령은 쓸쓸하게 웃었다.

"저는…… 외인이라는 건가요?"

녹진자가 종남일기를 안으로 잡아끌며 느릿하게 대꾸했다.

"글쎄…… 그건 의미가 좀 다를걸?"

"어떻게 다르다는 건가요?"

"사람은 희망을 버리지 않게 마련이다. 자기 유리한 대로 생각하는 버릇도 있다지만, 그것도 삶의 의지 때문에 생긴 게지. 복수, 복수…… 자나깨나 복수거리면서 죽는 것만 말하던 놈이 사는 것도 생각하는 모양이다. 여자라곤 주변 이쁜이들을 거들떠보지도 않던 놈이 널 지목한 걸 보니."

엄자령은 순간적으로 얼굴이 빨개졌다.

세상이 놀랄 일이었다.

천하의 엄자령이 남자 때문에 얼굴이 붉어지다니.

엄자령은 순간적으로 항변했지만, 자기도 모르게 더듬었다.

"그, 그게 절 좋아한다는 뜻이라고…… 요?"

은연중에 광검의 뜻이 황당하지만은 않다는 심리를 내비친 셈이었다.

녹진자가 방문을 당겨 닫으며 해죽 웃었다.

턱.

방문 너머로 웃는 소리가 들려왔다.

"거, 뭐, 내 나이 이백 가까우니 남녀상열지사야 어찌 돌아가는지 까먹었는걸."

엄자령은 허탈한 웃음을 흘렸다.

"호홋. 참 할 말 없게 만드는 사람이에요, 여러모로."

그러고는 허연 만령충 덩어리 앞의 꼬부라진 칼을 바라보았다.

시커먼 칼.

온 세상을 죄 노랗게 물들인 달빛도 소용없었다.

검은 칼은 달빛마저 삼키고 있었다.

"염옥견의 초열아……."

모든 것을 불태우는 열기는 궁극이고, 끝이고, 또 새로운 시작이다.

그러나 저것이 휘둘러지면 광검은…….

'벨 수 있을까? 세상에 괴물을 내놓지 않겠다는 냉정함으로 벨 수 있을까?'

엄자령은 아버지를 잘 둔 덕에 외롭고 험난한 세월을 보냈다. 여자로서 치명적인 외모의 손상도 입었다. 비록 얼굴은 아니라지만 손가락 두 개가 잘렸을 때부터 평범한 여자의 생도, 마음 씀씀이도 포기했다.

그런 생을 살아온 엄자령의 마음에 든 광검이었다.

그렇게 마음에 든 사내가…… 여차하면 죽여 달라고 부탁했다.

'원래 아버지 때부터 지지리도 남자 복 없는 년이야, 난.'

속으로 투덜거린 엄자령은 시커먼 칼을 계속 지켜보았다. 그 앞의 하얀 고치덩어리도.

달빛은 요요했다.

검게 물든 처마의 단청마저 원래의 붉은색으로 훤히 비출 정도였으나 지금 여기 있는 사람들은 그것을 보지 못했다.

초희, 묵마, 단천상.

제갈청청은 노란색 달빛에도 여전히 하얀 얼굴이었다.

표정 없는 그녀의 아름다움은 얼굴에서 반사된 달빛마저 무겁게 바꿨다.

묵마의 어깨를 내리누르는 달빛은 무거웠다.

오로지 제갈청청의 얼굴에서 반사된 달빛만으로 천하의
묵마를 이렇게 짓누를 수 있는 것이다.

그 순간, 바람이 일었다.

후우웅—

달빛을 가르고 먼지 한 줄기가 둘 사이를 지나간 순간,
묵마의 손이 먼저 움직였다.

제갈청청의 시선이 묵마의 손으로 향했다. 그때, 묵마의
검은 눈이 작은 소용돌이를 쳤고, 소용돌이는 묵마의 손에
서도 솟아났다.

묵마의 섭혼술은 전신에서 기를 발출시켜 상대를 흔들 수
있었다.

손에서 일어난 소용돌이는 제갈청청의 얼굴에서 반사된
달빛을 모두 빨아들일 듯 강렬했다. 제갈청청의 눈빛도 그
달빛처럼 흔들렸다.

그녀가 최면에 걸린 것인지 아닌지 알 수 없었지만, 묵마
는 망설일 틈이 없었다.

다음 순간, 묵마의 반대편 손이 갈고리처럼 구부러지며
허공을 긁었다.

제갈청청의 얼굴에서 일 장 떨어진 허공. 그러나 천하의
묵마답게 무지막지하게 강한 흡입력이 일었다.

능공섭물 같은 단순한 흡입력이 아니었다. 물론 능공섭물
도 단순한 것은 아니지만, 묵마가 구사하는 능공섭물은 규
모가 달랐다.

물이 늘 밑으로 흐르듯, 모든 물건이 땅바닥으로 추락하

는 이치가 담긴 흡입력이었다.

수백 길 높이의 폭포가 밑으로 떨어지는 힘이랄까?

아니면 여름에 소나기가 온 대지를 적시듯 땅을 뒤덮는 그런 힘?

묵마의 무공은 이백 년 이상을 단련한 것이다.

과연 일 장이나 떨어진 제갈청청의 얼굴이 쑤욱 딸려가며 신형이 기울어졌다.

축기를 하든 운기를 하든 중심은 대단히 민감하다. 초고수들의 싸움이 의외로 꼿꼿한 자세에서 이뤄지는 경우가 많은 것이 바로 그 때문이다.

그러니 제갈청청 같은 절대고수의 몸이 순간적으로 기울어진 것은 단순히 무게가 쏠렸음을 의미하는 것이 아니었다. 기의 중심이 쏠려 가는 것이다.

지켜보던 단천상의 눈이 악독하게 빛난 것은 바로 그때였다. 단천상의 손에서 꿈틀거리던 촉수가 꼿꼿해지는 찰나, 제갈청청의 기울어진 어깨가 들썩이는가 싶더니 어느새 손이 하나 올라왔다.

파콰창!

하얀 손은 허공에서 달빛을 받아 요요하게 빛났다.

가장 단순한 궤도의 가장 단순한 직선이었다.

그 궤도가 묵마의 흡입력을 끊어 놓은 것이다.

한 손을 높이 치켜든 제갈청청은 진리를 안내하는 여신처럼 아름다웠다.

그러나 그 단 한 수로 묵마는 처참한 타격을 입었다.

당기던 줄이 끊어지면 뒤로 쓰러지든가 최소한 뒷걸음이라도 치게 된다.

묵마는 피를 토했다.

피가 적셔진 곳은 묵마가 원래 서 있던 자리였다.

제갈청청은 힘이 끊어지는 반탄력에 소수(素手)의 충격까지 담아 받아친 것이다.

소수공 자체가 막대한 신공이기는 하지만 역시 제갈청청의 소수도 차원이 달랐다.

"흰 손과 소멸만이 남는다는 백멸수……."

이것이 교주의 삼대신물 중 마지막 최강의 절기였다.

원래 세 가지 신공은 서열을 따지는 것 자체가 무의미하다. 그러나 제갈청청은 희대의 천재였고, 흡정마공으로 내공을 모았다. 그게 이미 삼십 년째였다.

흡정마공을 익히고도 삼십 년을 산다는 것을 있을 수 있다. 그리 드문 경우도 아니었다. 하지만 흡정마공으로 삼십 년을 쉴 새 없이 계속해서 기를 빨아 대고도 멀쩡할 수 있다는 건 있을 수 없는 일이다. 절대고수의 벽을 허문 것이다.

묵마는 믿을 수가 없었다.

"이, 이렇게 높은 경지에…… 커헉, 다다르고도 탐욕을 버리지 못하다니……."

묵마의 한탄은 가슴을 후벼 파는 것이었지만, 제갈청청의 눈조차 깜짝이지 않았다.

무공 높은 사람이 마음이 나쁘다?

말이 안 되는 이야기였다.

그러나 눈앞에 펼쳐진 엄연한 현실이기도 했다.

드디어 제갈청청의 눈에 희미한 미소가 스쳐 지나갔다.

그 미소는 이백 년을 넘게 살아온 묵마의 눈마저 흔들리게 하는 것이었다.

웃음만으로 사람의 마음을 흔드는 천마살소의 경지가 펼쳐질 정도로 제갈청청은 아름다웠다.

"크아아아아악!"

묵마는 바닥을 뒹굴었다. 두 눈을 부여잡고 부들부들 떠는 묵마의 손 사이로 피가 배어 나왔다.

묵마의 두 눈은 내단이다. 아무리 절대고수라도 그렇게 간단히 파괴할 수 있는 것이 아닌 것이다.

과연 제갈청청의 고운 손에서 피가 뚝뚝 떨어졌다. 묵마의 두 눈을 빼낸 것이다.

그 아름다운 손으로 묵마의 두 눈을 단천상에게 내밀었다.

"이것을 복용하거라."

초희의 얼굴에 경악이 가득 찼다.

사람이 어찌 저럴 수가 있단 말인가.

묵마는 고통에 헐떡이고 있었다. 아직 살아서 저리 몸부림치는데, 그 사람의 눈알을 아들에게 먹으라 건네는 초화부인.

화도(火道)를 지키는 지도자가 아니라 불만을 탐하여 세상을 태우려는 악귀 같았다.

초희는 자신도 모르게 몸서리 쳤다.

단천상이 말없이 손을 내밀었기 때문이다.

"소…… 소교주님……."

순간, 단천상의 손이 움찔했다. 그러자 제갈청청의 눈길이 초희에게 향했다.

단지 그것뿐이었다.

아무런 기세도 일지 않았고, 압박을 가하지도 않았다.

그래도 초희의 입은 닫혔다.

대신 눈물을 흘렸다. 입술을 바르르 떠는 것으로 초희는 말을 대신했다.

'안 돼요.'

초희는 진심으로 바라고 있었다.

단천상이 사람의 마음을 지켜 주기를, 그래서 불의 도를 제대로 펼쳐 주기를.

오래는 아니더라도 초희와 잠자리를 함께했던 단천상이다. 초희의 반응이 무슨 뜻인지 모를 리가 없었다.

사실 단천상도 고귀한 불의 도를 걸어가려 했던 적이 있었다.

아주 오래전이지만, 아주 어릴 적뿐이지만.

잠시 초희의 얼굴을 보았다.

순간, 단천상의 손이 초희의 입술처럼 떨린 것은 착각일지도 몰랐다.

곧 핏덩이 두 개를 올려놓고 있는 고운 손이 눈에 들어왔다. 그 손을 보는 순간 떨림은 멈췄다.

핏덩이를 쥐고 뚝뚝 흘리고 있음에도 너무나 고운 손.

'내가 원하는 것은…… 하늘을 죽여도 불가능한 일이지.'

단천상의 눈이 다시 번들거렸다.

동시에 초희의 눈에도 절망이 채워졌다.

단천상의 눈이 잠시 제갈청청을 쫓았다.

제갈청청은 웃었다.

그 웃음이 다시 단천상의 표정을 바꾸었다.

넋이 나간 얼굴이었다.

그것이 어머니를 바라보는 눈빛이 아니라는 것을 초희는 진작부터 알고 있었다.

자신을 안고 절정을 맞이하는 순간에 단 한 번, 단천상은 어머니를 부른 적이 있던 것이다.

그때부터 초희의 인생은 송두리째 바뀌었다.

그녀가 잡을 수 없는 허망한 꿈은 제갈청청이 탐욕을 버리는 것이요, 또한 단천상이 제대로 사람다운 길을 걸어가는 것이었다. 불의 도가 제자리를 잡아 십만 교도를 낙원으로 인도하는 것이었다.

초희는 그때부터 눈물을 흘렸다.

그 눈물이 지금도 흘렀다.

그 눈물은 너무 많은 말을 했다.

그러나…… 단천상의 손은 결국 핏덩이 두 개를 움켜쥐고 말았다.

꽉.

초희의 눈이 질끈 감겨졌다.

그리고 단천상은 심하게 몸을 떨었다.

도저히 참지 못할 것 같아 입 밖에 꺼내고 만 것이다.

"이걸, 이걸 먹으면, 한발 더 가까이, 다가설 수 있나요?"

초희의 감은 눈에서 눈물이 마구 흘러내렸다.

초희는 그대로 바닥에 주저앉았다.

여자라는 자존심이 무슨 소용인가, 자신을 안은 남자가 저 모양이 되었는데.

울음소리만 간신히 참고 있던 초희의 귀에 가슴을 더욱 찢게 만드는 소리가 들려왔다.

"그 내단의 힘만 제대로 얻는다면 그렇게 될 것이다."

제갈청청이었다.

어찌 이럴 수가 있단 말인가.

아들이 원하는 것은 '여자'였다. 어머니가 아니었다.

한데 그걸 승낙한다는 투로 이야기한 것이다.

믿을 수가 없었다.

초희는 손으로 얼굴을 감싸 쥐었다.

"흑!"

참고 말고의 차원을 넘었다.

한 번 터져 나온 흐느낌은 계속 이어졌다.

"흐흐흑, 소, 소교주님…… 제발……."

그때였다. 고통에 꿈틀거리던 묵마가 남은 힘을 쥐어짜 마지막 충언을 했다.

"소, 소주, 흡정공이…… 마공이라 불린 까닭을 염두에……."

퍼억!

말은 끊어졌고, 그 순간 눈을 뜬 초희의 눈에 머리가 박살 난 묵마의 모습이 들어왔다.

그 중앙에 놓인 제갈청청의 발이 끔찍했다.

"아아악! 원주님!"

묵마는 잔 경련을 일으킬 뿐이었다.

초희가 묵마의 시신을 붙들고 목 놓아 울었다.

그 눈물은 바닥을 뚫으며 떨어져 내리는 것 같았다.

세상이 마교라 부를 만큼 불의 도가 추락하는 모습이 초희에게도 보이는 듯했다. 눈물을 붙잡을 수 있다면 무슨 짓이든 했을 테지만, 안타깝게도 초희에게는 그럴 능력이 없었다.

그사이에 단천상은 내단을 마저 삼키고 말았다.

피로 물든 묵마의 두 눈을.

한순간 이글거리는 눈으로 제갈청청을 응시하던 단천상이 눈을 부릅떴다.

"커허윽!"

그러고는 가슴을 움켜쥐었다.

초희가 비명 소리를 듣고 고개를 돌리자 가슴을 찢고 만령충의 촉수가 튀어나왔다.

"소교주님!"

"오지 마! 물러나 있어!"

그동안 초희도 급작스러운 단천상의 만령충 발작을 몇 번 경험해 보았다. 하지만 초희가 이러지도 저러지도 못하는 가운데 단천상이 뭐라 말을 하려 했다. 그러나 말은 나오지 않았다.

"쿠우웨에에에엑―!"

푸화아악!

만령충이 입에서도 한가득 쏟아진 것이다. 이어 눈에서, 귀에서도 마구 쏟아져 나와 단천상을 감쌌다.

이런 모습은 본 적이 없기에 초희는 너무 놀라 달려가려 했다. 그걸 가로막은 것은 제갈청청이었다.

콰드득— 콰드득—

만령충이 단천상의 몸을 죄는 소리는 초희에게 너무도 소름 끼치는 일이었다.

안타까워하는 초희의 턱을 치켜 올리며 제갈청청은 웃었다.

"애벌레는 나비가 되기 전에 고치를 치지. 고치를 치기 전에 부지런히 먹고. 저것이 그런 과정이다. 그런 데……."

말을 끊은 순간, 제갈청청의 눈동자는 명월의 그것처럼 노란빛이 돌았다.

무공을 모르는 사람도 확연히 알 수 있는 살기였다.

초희의 눈이 다시금 질끈 감겨졌다.

그 눈에 입술을 바짝 대며 제갈청청은 천천히 말했다.

"천상이가 고치를 벗고 나왔을 때 네가 없으면, 그러면 무척 섭섭해하지 않겠느냐?"

"……."

초희는 차마 말을 잇지 못하고 눈물만을 흘렸다.

제갈청청은 그 눈물에 입을 대고 빨아들였다.

초희가 그 변태적인 행위에 몸을 떨 때, 제갈청청의 사악한 목소리가 가슴에 못을 박아 넣었다.

"묵마는 원로원주의 지위를 버리고 내게 반기를 들었다.

세상이 그리 알 것이니, 너도 그리 말해야 할 것이다. 그렇지 않았다간……."

제갈청청의 손가락이 초희의 턱을 당겼다.

거기 만령충 촉수로 감싸인 단천상이 있었다.

"그렇지 않았다간 저 아이가 고치를 벗는 광경을 영원히 보지 못할 것이니라."

"소, 소교주님은, 초화부인의……."

"아들이지."

너무도 정확하게, 그리고 냉정하게 딱 자르는 말에 초희는 움찔 놀랐다.

제갈청청이 다시 초희의 눈물을 빨며 속삭였다.

"하지만 날 여자로 원한 것은 저 아이가 먼저다. 남자란…… 여자를 얻으려다가 죽거나 다치는 일도 각오를 해야 하지."

초희는 힘없이 중얼거렸다.

"어떻게, 어떻게 그럴 수가……."

그제야 제갈청청은 초희의 턱을 놓았다. 그러고는 확신에 찬 어조로 확실하게 말을 이었다.

"모든 것은 힘이 해결해 주느니라."

이제 초희는 눈물마저 말라 버렸다.

제갈청청이 돌아서며 일으킨 바람은 확실하게 초희의 마음을 얼려 놓았다.

초희는 아직도 꿈틀대는 만령충의 고치를 하염없이 바라보기만 했다. 달빛은 하얀 만령충 덩어리를 노랗게 물들였지만, 초희에겐 이미 신기하지도 못한 광경이었다.

오로지 눈물뿐인 달빛에 빠져든 것은 단천상이 아니라 제갈청청에게 상심을 각인한 초희 자신이었다.

시간은 무정하게 흘러갔다.

〈『운종룡변종견』 제3권에서 계속〉

윤중룡
변중경

1판 1쇄 찍음 2014년 5월 13일
1판 1쇄 펴냄 2014년 5월 16일

지은이 | 담적산
펴낸이 | 정 필
펴낸곳 | 도서출판 **뿔미디어**

편집장 | 이재권
기획 · 편집 | 윤영상

출판등록 | 2002년 9월 11일 (제081-1-132호)
주소 | 경기도 부천시 원미구 상동로 117번길 49(상동) 503호 (우)420-861
전화 | 032)651-6513 / 팩스 032)651-6094
E-mail | bbulmedia@hanmail.net
홈페이지 | http:/bbulmedia.com

값 8,000원

ISBN 979-11-315-1151-0 04810
ISBN 979-11-315-1149-7 04810 (세트)

www.bbulmedia.com

www.bbulmedia.com